BANDEIRAS PÁLIDAS Michael Ondaatje

ERRATA

BANDEIRAS PÁLIDAS Michael Ondaatje

Título original
Anil's Ghost

Capa
Raul Loureiro
sobre "Hands", Vik Muniz (1997-8)
Cortesia Galeria Camargo Vilaça

Tradução
Paulo Henriques Britto

Preparação
Cássio de Arantes Leite

Revisão
Carmen S. da Costa
Ana Maria Barbosa

Autorizações para reimpressão; agradecimentos a:
Garden Court Music Co.: "Talk to me of Mendocino"; Kate McGarrigle
ASCAP (trecho); copyright © Kate McGarrigle, Library of Congress.
Reimpresso com autorização de Garden Court Music, ASCAP.
Warner Bros. Publications U.S. Inc.: "Slim Slow Slider", Van Morrison
(trechos); copyright © 1968, 1971 by Caledonia Soul Music (ASCAP).
Direitos cedidos para o Brasil à Warner/Chappell
Edições Musicais Ltda. Todos os direitos reservados.

Dados Internacionais de Catalogação na Publicação (CIP)
(Câmara Brasileira do Livro, SP, Brasil)

Ondaatje, Michael
Bandeiras pálidas / Michael Ondaatje ; tradução Paulo Henriques Britto. — São Paulo : Companhia das Letras, 2000.

Título original: Anil's Ghost.
ISBN 85-359-0049-7

1. Ficção norte-americana 2. Sri Lanka - Ficção I. Título.

00-3337 CDD-813.5

Índices para catálogo sistemático:
1. Ficção : Século 20 : Literatura norte-americana 813.5
2. Século 20 : Ficção : Literatura norte-americana 813.5

[2000]
Todos os direitos reservados à
EDITORA SCHWARCZ LTDA.
Rua Bandeira Paulista 702 cj. 32
04532-002 — São Paulo — SP
Telefone (11) 3846-0801
Fax (11) 3846-0814
www.companhiadasletras.com.br

Nota do Autor

De meados dos anos 80 ao início dos 90, o Sri Lanka viveu uma crise envolvendo basicamente três grupos: o governo, os rebeldes antigovernistas do Sul e os guerrilheiros separatistas do Norte. Tanto os rebeldes quanto os separatistas haviam declarado guerra ao governo. Posteriormente veio à tona que, em reação a esses movimentos, esquadrões do governo, uns legais e outros ilegais, foram enviados com a missão de caçar os separatistas e os rebeldes.

Bandeiras pálidas é uma obra de ficção passada nesse momento político e histórico. Embora organizações semelhantes às que aparecem aqui tenham existido de fato, e eventos semelhantes tenham ocorrido, os personagens e incidentes deste romance são fictícios.

Hoje a guerra prossegue no Sri Lanka de forma diferente.

M. O.

Em busca de trabalho vim para Bogala
Desci em poços de setenta e duas braças de profundidade
Invisível qual uma mosca, invisível da boca do poço

É só quando volto à superfície
Que minha vida está a salvo...

Abençoados os andaimes no fundo da mina
Abençoada a roda da vida na boca do poço
Abençoada a corrente presa à roda da vida...

Canção folclórica dos mineiros do Sri Lanka

Quando a equipe chegava ao local às cinco e trinta da manhã, havia um ou dois membros da família a sua espera. E lá ficavam o dia inteiro enquanto Anil e os outros trabalhavam, sem jamais ir embora; revezavam-se de modo que sempre ficava alguém lá, como para certificar-se de que nenhuma prova seria perdida outra vez. Uma vigília pelos mortos, por aquelas formas semi-reveladas.

Durante a noite, o local era coberto por plástico, preso por pedras ou pedaços de ferro. As famílias sabiam mais ou menos a que horas chegariam os cientistas. Elas retiravam o plástico e se aproximavam dos ossos submersos até ouvirem o ronco do jipe a distância. Numa manhã Anil encontrou a marca de um pé nu na lama. Num outro dia, uma pétala.

Os familiares preparavam chá para a equipe de antropólogos forenses. No auge do calor guatemalteco, armavam um serape ou uma folha de bananeira para fazer sombra.

Havia sempre o medo, um medo de dois gumes, de que a ossada encontrada na escavação fosse do filho deles, e de que não fosse — o que implicava o prolongamento da busca. Quando não havia mais dúvida de que o corpo encontrado era de um estranho, então, após semanas de espera, a família ia embora. Viajava para alguma outra escavação nas serras do oeste. A possibilidade de encontrar o filho perdido estava em toda parte.

Um dia Anil e seus colegas caminharam até um rio próximo para refrescar-se na hora do almoço. Quando voltaram, havia uma mulher dentro da sepultura. Estava sentada sobre as pernas dobradas, uma postura formal de prece, cotovelos apoiados no colo, olhando para os restos de dois corpos. Havia perdido o marido e um irmão num seqüestro ocorrido na região um ano antes. Agora os dois corpos davam a impressão de estarem dormindo um ao lado do outro, numa esteira estendida no chão no calor da tarde. Ela fora o elo feminino entre os dois homens, o traço-de-união que os aproximara. Voltavam da roça e entravam no casebre, comiam o alimento que a mulher havia preparado e dormiam por uma hora. Todas as tardes da semana ela fazia parte dessa rotina.

Anil não conhece palavras capazes de descrever, mesmo para seu próprio uso, o rosto daquela mulher. Mas o sofrimento de amor expresso por aquele ombro ela jamais esquecerá, ela lembra ainda. A mulher pôs-se de pé quando ouviu os peritos aproximarem-se, cedendo-lhes o lugar para que pudessem trabalhar.

SARATH

Ela chegou no início de março — o avião pousou no aeroporto de Katunayake antes de o sol nascer. Haviam perseguido a alvorada desde a costa ocidental da Índia, e quando os passageiros saltaram ainda estava escuro.

Quando saiu do terminal, já era dia. No Ocidente havia lido: A *madrugada surge como o trovão*, e sabia que era a única na sala de aula capaz de compreender aquela frase de modo visceral. Se bem que para ela nunca era um trovão abrupto. Era acima de tudo o ruído de galinhas e carroças e uma discreta chuva matinal, ou o guincho de uma janela sendo limpa com jornal num outro cômodo da casa.

Assim que foi liberado seu passaporte, com a tarja azul-clara da ONU, um jovem funcionário aproximou-se e passou a acompanhá-la. Era com esforço que carregava toda a sua bagagem, mas o homem não se ofereceu para ajudá-la.

"Faz quanto tempo? A senhora nasceu aqui, não é?"

"Quinze anos."

"Ainda sabe falar cingalês?"

"Um pouco. Olhe, se incomoda se eu ficar calada no carro até chegar a Colombo? Estou tresnoitada. Só quero olhar. Talvez tomar um tari antes de ficar muito tarde. Ainda existe o Gabriel's Saloon, onde fazem aquelas massagens no couro cabeludo?"

"Em Kollupitiya, sim. Eu conheci o pai dele."

"Meu pai também conhecia o pai dele."

Sem tocar em nenhuma das malas, ele organizou a operação de enfiar as malas no carro. "Tari!" Ele riu, continuando a conversa. "A primeira coisa, depois de quinze anos. A volta da filha pródiga."

"Não sou a filha pródiga."

Uma hora depois, trocaram um enérgico aperto de mãos à porta da casinha que haviam alugado para ela.

"Amanhã tem uma reunião com o senhor Diyasena."

"Obrigada."

"A senhora tem amigos aqui, não é?"

"Não, não."

Anil gostou de ficar sozinha. Tinha alguns parentes espalhados por Colombo, mas não os havia avisado de sua volta. Pescou um sonífero no fundo da bolsa, ligou o ventilador, escolheu um sarongue e foi para a cama. Era dos ventiladores que sentira mais falta. Depois que foi embora do Sri Lanka, aos dezoito anos de idade, praticamente seus únicos elos com o país eram o sarongue novo que seus pais lhe enviavam todos os anos no Natal (obediente, sempre o usava) e os recortes de notícias sobre campeonatos de natação. Anil fora uma nadadora excepcional na adolescência, e a família jamais conseguiu deixar para trás esse fato; aquele talento ficaria associado a ela pelo resto da vida. Para as famílias cingalesas, quem era bom no críquete podia facilmente arranjar-se no mundo dos negócios por saber dar efeito à bola, ou por causa de um lance famoso no campeonato Royal-Thomian. Aos dezesseis anos de idade, Anil havia ganho a prova de natação de três quilômetros patrocinada pelo Mount Lavinia Hotel.

Todos os anos, cem pessoas atiravam-se ao mar e nadavam em direção a uma bóia a um quilômetro e meio da costa, voltando depois à mesma praia; o primeiro homem e a primeira mulher a chegar eram festejados nas seções de esportes dos jornais nos dias seguintes. O *Observer* havia publicado uma foto sua saindo do mar naquela manhã de janeiro, sob a manchete "Anil vence!", que o pai dela guardou em seu escritório. A foto fora examinada por todos os parentes distantes (os da Austrália, da Malásia e da Inglaterra, além dos que viviam na ilha), menos por causa de sua vitória do que pela sua possível beleza real e potencial. Ela não teria as ancas um pouco largas?

O fotógrafo captara o sorriso cansado de Anil, o braço direito levantado para arrancar a touca de borracha, e alguns vultos desfocados atrás dela (outrora ela sabia identificá-los). Aquela foto em preto-e-branco era na sua família um ícone que já durava um tempo excessivo.

Anil empurrou o lençol para o pé da cama e ficou deitada no quarto escurecido, encarando as ondas de ar. A ilha não mais a mantinha presa pelo passado. Por quinze anos ela ignorara aquela fama prematura. Havia lido muitos documentos e reportagens sobre tragédias, e já vivera no estrangeiro tempo suficiente para poder interpretar o Sri Lanka com um olhar distanciado. Mas ali o mundo tinha mais complicações morais. As ruas ainda eram ruas, os cidadãos ainda eram cidadãos. Faziam compras, mudavam de emprego, riam. No entanto, as mais terríveis tragédias gregas eram inocentes em comparação com o que estava acontecendo ali. Cabeças espetadas em estacas. Esqueletos escavados numa plantação de cacau em Matale. Na faculdade, Anil traduzira versos de Arquíloco — *Na hospitalidade da guerra, deixamo-lhes seus mortos para que se lembrassem de nós*. Mas ali não se esboçavam tais gestos para as famílias dos mortos; nem sequer lhes diziam quem era o inimigo.

A *Caverna 14 foi outrora o mais belo dos templos localizados em cavernas da província de Shanxi. Quem entrava tinha a impressão de que grandes blocos de sal haviam sido extraídos dali. O panorama de Bodhisattvas — os vinte e quatro renascimentos — foi arrancado das paredes com machados e serrotes, deixando bordas vermelhas, como cicatrizes vivas.*

"Nada perdura", disse-lhes Palipana. "É um velho sonho. A arte se incendeia, se dissolve. E ser amado com a ironia da história — isso não é muita coisa." Disse isso aos alunos de arqueologia na primeira aula. Estava falando sobre os livros e a arte, dizendo que "a ascendência da idéia" era muitas vezes a única sobrevivente.

Naquele lugar fora cometido um crime completo. Cabeças separadas dos corpos. Mãos amputadas. Nenhum dos corpos restava — todas as estátuas haviam sido removidas poucos anos após terem sido descobertas por arqueólogos japoneses, em 1918; os Bodhisattvas foram rapidamente comprados por museus oci-

dentais. Três torsos num museu na Califórnia. Uma cabeça perdida num rio ao sul do deserto de Sind, perto das rotas seguidas pelos peregrinos.

O Além-Mundo da Realeza.

Na segunda manhã, pediram a Anil que se reunisse com estudantes de medicina legal no Kynsey Road Hospital. Não viera para isso, mas aceitou o pedido. Ainda não se encontrara com o senhor Diyasena, o arqueólogo escolhido pelo governo para ser seu parceiro na investigação de direitos humanos. Anil fora informada de que ele estava viajando, e que entraria em contato assim que voltasse a Colombo.

O primeiro corpo que trouxeram fora morto muito recentemente, depois da chegada de Anil no Sri Lanka. Quando se deu conta de que a coisa certamente acontecera quando ela estava dando uma caminhada no mercado de Pettah, no final da tarde, teve de se esforçar para conter o tremor das mãos. Os dois estudantes se entreolharam. Anil não costumava traduzir a hora de uma morte para seu horário pessoal, mas naquele dia ainda estava calculando que horas seriam em Londres, em San Diego. Cinco horas e meia. Treze horas e meia.

"Então é o seu primeiro cadáver?", perguntou um deles.

Ela fez que não com a cabeça. "Os ossos dos dois braços estão quebrados." Lá estava o corpo, bem a sua frente.

Anil levantou a vista e encarou os rapazes. Dois alunos de graduação, jovens o bastante para se horrorizarem. Porque o cadáver ainda era muito recente. Ainda era alguém. Normalmente as vítimas de um assassinato político só eram encontradas muito tempo depois. Ela mergulhou os dedos um por um num bécher contendo uma solução azul, para verificar a presença de cortes e abrasões.

"Cerca de vinte anos de idade. Morto há doze horas. Vocês concordam?"

"Sim."

"Sim."

Eles pareciam nervosos, até amedrontados.

"Como é mesmo que vocês se chamam?"

Eles disseram seus nomes.

"O importante é dizer em voz alta quais são suas primeiras impressões. Depois repensá-las. Admitir que a gente erra." (Seria apropriado aquele tom professoral?) "Se você se enganou na primeira vez, refaça o raciocínio. Assim você talvez perceba o que não viu antes... Como foi que quebraram os braços sem danificar os dedos? É estranho. A gente sempre levanta as mãos para se proteger. Normalmente os dedos são danificados."

"Quem sabe ele estava rezando."

O cadáver que foi trazido em seguida tinha fraturas completas na caixa torácica que indicavam uma queda de grande altura — ao menos 150 metros — antes de bater na água, de bruços. O ar foi expulso do corpo. Jogado de um helicóptero.

Na manhã seguinte, Anil acordou bem cedo na casa alugada na Ward Place e foi caminhar pelo jardim ainda escuro, atrás dos pássaros kohas com seus gritos e cantos territoriais. Tomou o chá no jardim. Depois foi a pé até a estrada principal, no momento em que começou a cair uma chuva fina. Um táxi de três rodas parou a sua frente, e ela entrou. O táxi saiu em disparada, enfiando-se em todas as frestas possíveis que havia no tráfego denso. Anil agarrava-se com força às alças; a chuva entrava pelos lados abertos e molhava-lhe os tornozelos. O bajaj era mais fresco que um automóvel com ar-condicionado, e ela gostava do som gutural da buzina, que parecia o grasnido de um pato.

Naqueles primeiros dias em Colombo, Anil tinha a impressão de que estava sempre sozinha quando o tempo virava. A sensação de chuva na blusa, o cheiro de terra úmida. As nuvens abriam-se de repente, e a cidade transformava-se numa aldeia íntima, cheia de pessoas que trocavam comentários sobre a chuva, aos berros. Ou então a chuva era aceita de modo incerto — talvez fosse apenas um chuvisco passageiro.

Anos antes, seus pais deram um jantar. Instalaram a mesa comprida no jardim ressecado. Era final de maio, mas a seca se prolongava, e a monção ainda não havia chegado. Então, quando o jantar já estava terminando, as chuvas começaram. Anil acordou em seu quarto sentindo a mudança no ar, correu até a janela e olhou para fora. Os convidados corriam sob a chuva forte, carregando cadeiras antigas para dentro da casa. Mas seu pai e a mulher que estava a seu lado continuaram sentados à mesa, comemorando a mudança de estação, enquanto a terra virava lama a sua volta. Cinco, dez minutos, e eles continuavam sentados, conversando, pensou Anil, só para certificar-se de que não era um chuvisco passageiro, para ter certeza de que a chuva continuaria a cair.

Buzinas que lembravam patos.

A chuva caía sobre Colombo enquanto seu bajaj tomava um atalho, rumo ao Serviço de Arqueologia. Luzes acendiam-se aqui e ali nas lojinhas. Ela debruçou-se. "Cigarros, por favor." O bajaj guinou, parou junto ao meio-fio, e o condutor gritou para uma loja. Um homem saiu na chuva com cigarros de três marcas diferentes, e ela escolheu o maço de Gold Leaf. Pagou o homem, e partiram outra vez.

De repente Anil gostou de estar de volta em Colombo, sentindo vivas dentro de si as sensações submersas da infância. Quando o Centro dos Direitos Humanos em Genebra anunciou que precisava de um antropólogo forense para ir ao Sri Lanka, ela se candidatou ao cargo, mas sem muito entusiasmo. Não esperava que fosse escolhida, porque era natural da ilha, embora agora viajasse com passaporte britânico. Além do quê, achava pouco provável que fossem mesmo deixar entrar algum especialista em direitos humanos. Nos últimos tempos, as queixas da Anistia Internacional e outras organizações de direitos humanos chegavam à Suíça e lá ficavam, imóveis como geleiras. O presidente Katugala negava ter qualquer conhecimento de campanhas organizadas de extermínio na ilha. Porém, pressionado, e querendo agradar aos parceiros comerciais no Ocidente, o governo terminou esboçando o gesto de oferecer funcionários locais para trabalhar em equipe com consultores externos, e Anil Tissera foi escolhida como especialista forense da organização de Genebra, para trabalhar com um arqueólogo de Colombo. O projeto estava programado para durar sete semanas. No Centro de Direitos Humanos, ninguém estava muito animado a respeito de seus possíveis resultados.

Ela ouviu a voz do homem assim que entrou no Serviço Arqueológico.

"Então... *a senhora é a nadadora!*" Um homem de quarenta e tantos anos, peito largo, aproximava-se dela, informal, mão estendida. Anil torceu para que não fosse o senhor Sarath Diyasena, mas era.

"Isso foi há muitos anos."

"Mesmo assim... é possível que eu a tenha visto em Mount Lavinia."

"Como?"

"Eu estudava no St. Thomas's. Ali mesmo. Claro que sou um pouco mais velho que a senhora."

"Senhor Diyasena... não vamos mais falar sobre natação, está bem? De lá para cá já rolou muito sangue debaixo da ponte."

"Certo. Certo", disse ele, num tom arrastado, um bordão que se tornaria familiar para Anil, um mecanismo preciso que ele utilizava para ganhar tempo. Era como a Mesura Asiática, que incluía, em seu movimento quase circular, a possibilidade de um não. O "certo" de Sarath Diyasena, dito duas vezes, era uma concordância oficial e hesitante, assumida por cortesia, mas que incluía um indício de que a questão estava suspensa por um tempo.

Ela sorriu, tentando disfarçar o fato de que haviam conseguido entrar em conflito logo nas primeiras frases que trocaram. "É um grande prazer conhecê-lo. Já li vários trabalhos seus."

"Sei que meu período está longe do seu. Mas pelo menos conheço bem a maioria dos lugares..."

"Será que dava para a gente tomar um café da manhã?", ela perguntou enquanto seguiam para o carro dele.

"Você é casada? Tem família?"

"Não sou casada. Não sou nadadora."

"Certo."

"Os cadáveres agora aparecem toda semana. O auge do terror foi 88, 89, mas é claro que a coisa começou muito antes disso. Todas as partes envolvidas estavam matando e ocultando as provas. *Todas as partes*. É uma guerra não declarada, ninguém quer criar problemas com as potências estrangeiras. Então são gangues e esquadrões da morte secretos. Não é como na América Central. O governo não era o único que estava promovendo matanças. Eram, ainda são, três territórios ocupados por inimigos — um no Norte, dois no Sul —, usando armas, propaganda, terror, cartazes sofisticados, censura. Importando armamentos de último tipo do Ocidente, ou fabricando armas aqui mesmo. Uns dois anos atrás começaram a desaparecer pessoas. Ou então surgiam cadáveres tão queimados que não podiam ser identificados. Não há como atribuir culpas. E ninguém sabe quem são as vítimas. Eu sou apenas um arqueólogo. Essa idéia de formar equipes de dois entre a sua comissão e o governo não foi minha — uma patologista forense e um arqueólogo formam uma dupla muito estranha, na minha opinião. O que acontece aqui de modo geral são execuções extrajudiciais desconhecidas. Ora é obra dos rebeldes, ora do governo ou dos guerrilheiros separatistas. Assassinatos cometidos por todas as partes."

"Eu não seria capaz de dizer quem é o pior. Os relatórios são terríveis."

Ele pediu mais um chá e olhou para a comida que estava sendo trazida. Anil fizera questão de pedir coalhada e jagra. Quando terminaram, ele disse: "Vamos. Vou levá-la ao navio. Deixe eu lhe mostrar onde vamos trabalhar...".

O *Oronsay*, um transatlântico dos velhos tempos da Orient Line, fora despido de todas as máquinas valiosas e móveis luxuosos. Outrora ele fazia o circuito entre Ásia e Inglaterra — de Colombo a Port Said, passando pelas águas estreitas do canal de Suez e seguindo até o cais de Tilbury. Nos anos 70 já estava reduzido a viagens regionais. As cabines da classe turística foram transformadas num grande depósito de carga. Chá, água doce, produtos de borracha e arroz substituíram os passageiros exigentes, restando apenas um ou outro sobrinho de algum acionista da companhia, em busca de trabalho e aventuras. Continuava sendo um navio do Oriente, capaz de suportar o calor da Ásia, ainda retendo os cheiros de água salgada, ferrugem e óleo, o perfume de chá no porão.

Nos últimos três anos, o *Oronsay* estava permanentemente atracado num cais abandonado na extremidade norte do porto de Colombo. O navio era agora uma extensão da terra firme, utilizado pelo Kynsey Road Hospital como espaço de armazenamento e trabalho. Como os laboratórios dos hospitais de Colombo estavam superlotados, uma seção do navio convertido seria a base de Sarath e Anil.

Saíram da Reclamation Street e subiram a prancha de embarque.

Anil riscou um fósforo, e no porão escuro a luz concentrou-se e espalhou-se por seu braço. Ela viu o fio de algodão de "proteção" atado em torno de seu pulso esquerdo, e em seguida o fósforo apagou-se. O raksha bandhana fora amarrado ali um mês antes, na cerimônia de pirith de uma pessoa amiga, e já perdera seu tom rosado. Quando calçou uma luva de borracha no laboratório, o fio ficou ainda mais claro sob o látex, como se estivesse sob uma camada de gelo.

A seu lado, Sarath acendeu a lanterna que havia localizado graças ao fósforo que ela riscara, e os dois seguiram em frente, atrás da luz bruxuleante, em direção à parede de metal. Chegando a ela, Sarath golpeou-o com a palma da mão, com força, e ouviram ruídos no cômodo adjacente, de ratos correndo. Bateu outra vez, e mais uma vez ouviram-se sons de movimento. Anil murmurou: "Como um homem e uma mulher saindo da cama correndo quando a esposa dele chega em casa", depois se conteve. Não conhecia Sarath o suficiente para brincar com a estrutura dos casamentos. Ela estava prestes a acrescentar: "Querido, cheguei!".

"Querido, cheguei!", era o que dizia, acocorada ao lado de um cadáver para determinar a hora da morte. A frase saía num som sarcástico ou amoroso, conforme seu estado de espírito no momento, mas o mais comum era ela sussurrá-la enquanto estendia a mão até quase encostar na pele, para sentir o calor do cadáver. Um cadáver. Já não era mais um corpo de homem ou de mulher.

"Bata outra vez", Anil pediu-lhe.

"Vou usar o martelo." Desta vez o ruído metálico ecoou no espaço escuro, e quando acabou tudo ficou silencioso.

"Feche os olhos", disse Sarath. "Vou acender uma lâmpada de enxofre." Mas Anil já havia trabalhado em pedreiras à noite à luz da chama de enxofre, ou em porões expostos em toda sua nudez. A luminosidade porosa revelava uma sala ampla, com os resquícios de um balcão de bar caído num canto, atrás do qual ela depois encontraria um candelabro. Aquele ambiente lhes serviria de depósito e laboratório, claustrofóbico, com cheiro de lisol no ar.

Ela percebeu que Sarath já começara a usar o espaço para guardar alguns de seus achados arqueológicos. Havia fragmentos de pedra e osso embrulhados em plástico transparente espalhados pelo chão, engradados amarrados. Bem, não estava ali para estudar a Idade Média.

Sarath estava dizendo algo que Anil não ouvia, enquanto

destrancava caixas, tirando delas os resultados de uma escavação recente.

"...maioria do século VI. Achamos que era um túmulo sagrado para monges, perto de Bandarawela."

"Encontraram algum esqueleto?"

"Três, por enquanto. E uns vasos de madeira fossilizada, do mesmo período. Tudo se enquadra no mesmo padrão de tempo."

Ela calçou as luvas e pegou um osso antigo, para testar-lhe o peso. A data devia mesmo ser aquela.

"Os esqueletos estavam embrulhados em folhas, depois em pano", prosseguiu Sarath. "Em seguida jogaram pedras em cima, mas com o tempo as pedras deslizaram pela caixa torácica e afundaram no peito."

Anos depois de um corpo ser enterrado, havia um pequeno movimento na superfície da terra. Então a pedra caía no espaço aberto pela carne apodrecida, como se assinalasse que o espírito estava indo embora. Era uma cerimônia da natureza que sempre a comovia. Quando criança, em Kuttapitiya, Anil uma vez pisara na cova rasa de uma galinha recém-enterrada, e seu peso fez com que o ar contido no corpo morto saísse pelo bico — ouviu-se um cacarejo abafado, e a menina deu um salto para trás, sentindo uma compressão na alma, depois começou a escavar a terra, apavorada com a possibilidade de ver a criatura piscar os olhos. Mas estava morta, os olhos cheios de areia. Até hoje sentia-se assombrada com o que acontecera naquela tarde. Ela enterrou a ave outra vez e foi se afastando da cova, andando para trás.

Anil pegou um fragmento de osso na pilha de detritos e esfregou o dedo nele. "Isto aqui veio do mesmo lugar? Não parece ser do século VI."

"Todo este material vem do túmulo dos monges, na reserva arqueológica do governo. Ninguém mais entra lá."

"Mas este osso — ele não é daquela época."

Sarath havia interrompido o que estava fazendo e estava olhando para ela.

"É uma área protegida pelo governo. Os esqueletos foram enterrados em depressões naturais nas cavernas de Bandarawela. Esqueletos e ossos avulsos. É improvável que haja alguma coisa de outro período."

"Podemos ir lá?"

"Acho que sim. Vou tentar conseguir uma autorização."

Subiram para o tombadilho, voltando para o sol e o barulho. Ouviam lanchas a motor singrando o canal principal do porto de Colombo, megafones gritando no meio do tráfego intenso.

No primeiro fim de semana, Anil pegou emprestado um carro e foi até uma aldeia um quilômetro e meio depois de Rajagiriya. Largou o carro num estacionamento escondido atrás das árvores, tão pequeno que ela não conseguia acreditar que houvesse uma casa ali. Folhas grandes e manchadas de crótons cobriam o pátio. Parecia não haver ninguém em casa.

No dia seguinte a sua chegada a Colombo, Anil enviara uma carta, mas não tivera resposta. Assim, não sabia se aquela viagem seria uma perda de tempo, se o silêncio significava aceitação ou se o endereço que possuía havia caducado. Bateu à porta, depois olhou por entre as grades da janela, virando-se mais que depressa tão logo ouviu alguém vindo para a varanda. Mal conseguiu reconhecer a figura mirrada da anciã. Encararam-se. Anil deu um passo à frente para abraçá-la. Nesse momento uma jovem apareceu e olhou para as duas sem sorrir. Anil tinha consciência de que um par de olhos severos contemplava aquele momento sentimental.

Quando terminou o abraço, a velha estava chorando; ela

estendeu as mãos e correu os dedos pelos cabelos de Anil, que segurou seus braços. Um idioma perdido as separava. Ela beijou Lalitha nas duas faces, tendo de abaixar-se para fazê-lo por ser a velha tão pequena e frágil. Quando Anil a soltou, Lalitha parecia perdida, e a jovem — *quem era ela?* — aproximou-se e levou-a a uma cadeira; em seguida, desapareceu. Anil sentou-se ao lado de Lalitha e segurou-lhe a mão, sentindo uma dor por dentro. Havia uma fotografia grande, emoldurada, na mesa ao lado delas; Lalitha pegou-a e entregou-a a Anil. Lalitha cinqüentona, o marido irresponsável e a filha, com dois bebês no colo. O dedo da velha apontou para um dos bebês e depois para o interior escuro da casa. Então era sua neta.

A jovem trouxe uma bandeja com biscoitos doces e chá, e por algum tempo conversou em tâmil com Lalitha. Anil só compreendia umas poucas palavras da língua falada, e era mais com base na entonação que entendia o que as duas estavam dizendo. Uma vez ela tentara dizer algo em tâmil a um estranho, e o homem ficou a olhá-la sem nada entender; explicaram-lhe que, como empregara o tom errado, seu comentário era incompreensível. O homem não sabia sequer se era uma pergunta, uma afirmação ou uma ordem. Lalitha parecia constrangida por estar falando em tâmil; cochichava. A neta, que mal olhara para Anil depois de apertar-lhe a mão, falava alto. Olhou para Anil e disse em inglês: "Minha avó quer que eu tire uma foto de vocês duas. Para lembrar que você veio aqui".

Foi embora e voltou com uma Nikon, pedindo que as duas ficassem uma ao lado da outra. Disse algo em tâmil e tirou uma foto quando Anil ainda não estava de todo preparada. Uma foto era o bastante. Sem dúvida, era uma moça cheia de autoconfiança.

"Você mora aqui?", perguntou Anil.

"Não. É a casa do meu irmão. Eu trabalho nos campos de

refugiados no Norte. Tento vir aqui nos fins de semana, de quinze em quinze dias, para que meu irmão e a mulher dele possam sair um pouco. Que idade você tinha quando viu minha avó pela última vez?"

"Estava com dezoito anos. Nunca mais voltei."

"Tem pais aqui?"

"Já morreram. E meu irmão também foi embora. Só os amigos do meu pai ainda estão aqui."

"Então você não tem mais nenhum vínculo com a terra, não é?"

"Só Lalitha. De certo modo, foi ela quem me criou." Anil queria dizer mais, dizer que Lalitha foi a única pessoa que lhe ensinou coisas de verdade quando ela era criança.

"Foi ela quem criou todos nós", disse a neta.

"O seu irmão é..."

"Ele é um cantor popular muito famoso!"

"E você trabalha com os refugiados..."

"Já faz quatro anos."

Quando se viraram para Lalitha, viram que ela havia adormecido.

Anil entrou no Kynsey Road Hospital e, no corredor principal, viu-se cercada de homens martelando e gritando. Estavam quebrando o piso de concreto para assentar ladrilhos novos. Alunos e professores passavam por ela apressados. Ninguém parecia se preocupar com o fato de que o barulho pudesse estar apavorando ou cansando os pacientes que eram levados ali para ter suas feridas tratadas ou para ser medicados. Pior ainda era a voz do médico-chefe, o doutor Perera, a gritar com os outros médicos e assistentes, xingando-os por não manterem o prédio limpo. Seus gritos eram de tal modo contínuos que, pelo visto, a maioria das pessoas que trabalhavam no local já nem os escutava mais.

Era um homenzinho baixo e magro, e provavelmente tinha só uma aliada em todo o hospital, uma jovem patologista que, não conhecendo sua reputação, uma vez viera pedir-lhe ajuda e, ao surpreendê-lo com o pedido, ficaram amigos. Seus outros colegas se distanciavam dele com uma avalanche de cartazes e memorandos anônimos. (Um dos cartazes dizia que ele era procurado em Glasgow por assassinato.) Perera defendia-se argumentando que a equipe médica era indisciplinada, preguiçosa, tola, suja e teimosa. Só quando falava em público se valia de argumentos intelectuais e sutis sobre política e suas ligações com a patologia forense. Era como se um irmão gêmeo seu, mais delicado, o estivesse substituindo no palco.

Anil ouvira-o falar na sua segunda noite em Colombo e ficara surpresa ao constatar que havia pessoas que defendiam posições como aquelas ocupando cargos de autoridade. Porém agora, no hospital, onde viera utilizar alguns equipamentos, conheceu o cachorro louco que era o outro lado de sua personalidade. Boquiaberta, via os outros médicos, funcionários, operários e pacientes, exaustos, afastando-se de Perera, criando uma zona vazia entre eles e aquele cérbero.

Um jovem aproximou-se dela.

"A senhora é Anil Tissera, não é?"

"Sou."

"A que ganhou a bolsa de estudos nos Estados Unidos."

Ela não disse nada. A celebridade estrangeira estava sendo perseguida.

"A senhora podia fazer uma pequena palestra, coisa de meia hora, sobre envenenamento e peçonha ofídica?"

Provavelmente eles entendiam tanto de peçonha ofídica

quanto ela; sem dúvida, a escolha do tema era intencional — a idéia era colocar no mesmo plano a que estudara no estrangeiro e os que se formaram ali mesmo.

"Está bem. Quando?"

"Hoje à noite?", sugeriu o rapaz.

Ela concordou. "Me procure no almoço para combinar o lugar." Estava dizendo isso quando passou pelo doutor Perera.

"*Você!*"

Ela virou-se para encarar o infame médico-chefe.

"Você é a nova, não é? Tissera?"

"Sou. Ouvi o senhor falando anteontem. Desculpe, eu..."

"O seu pai era... *essa coisa*... certo?"

"O quê...?"

"Seu pai era Nelson K. Tissera?"

"Sim."

"Trabalhei com ele no Spittel's Hospital."

"Ah..."

"Olhe para esses padayas. Veja só a sujeira nos corredores. Isto é um hospital, não é? São uns porcos, parece uma latrina. Você está ocupada agora?"

Ela estava, embora pudesse mudar de planos. Tinha vontade de conversar com o doutor Perera sobre seu pai, mas queria fazê-lo quando ele estivesse descafeinado, calmo e sozinho, e não no meio de um acesso de fúria. "Infelizmente, estou aqui a serviço do governo. Mas vou passar um tempo em Colombo. Espero ter ocasião de conversar com o senhor."

"Você usa roupas ocidentais."

"É meu costume."

"Você é a nadadora, não é?"

Ela se afastou, acenando exageradamente com a cabeça.

Sarath estava lendo de cabeça para baixo o cartão-postal que ela recebera, sentado do lado oposto da mesa de Anil. Uma curiosidade inconsciente de sua parte. Era um homem acostumado a ler textos cuneiformes, gravados em pedra, já quase apagados. Mesmo à luz mortiça do Serviço de Arqueologia, aquilo era um trabalho de tradução fácil para ele.

O que mais se ouvia ali era o ruído discreto das máquinas de escrever. Anil fora instalada na mesa ao lado da copiadora, em volta da qual sempre havia reclamações, pois nunca funcionava direito.

"Gopal", disse Sarath, um pouco mais alto do que de costume, e um de seus assistentes aproximou-se de sua mesa.

"Dois chás. Com leite condensado."

"Sim, senhor."

Anil deu uma risada.

"Hoje é quarta. Sua pílula contra a malária."

"Já tomei." O tom preocupado de Sarath surpreendeu-a.

O chá chegou já com o leite condensado. Anil levantou sua xícara e resolveu insistir.

"Ao conforto dos criados. Um governo vanglorioso. Cada opinião política sustentada por seu próprio exército."

"Você fala como se fosse uma jornalista visitante."

"Não posso fingir que não vejo os fatos."

Ele pôs a xícara na mesa. "Olhe, eu não estou de um lado nem do outro. Se é isso que você quer dizer. Como você observou, cada um tem o seu exército."

Ela pegou o cartão-postal e girou-o entre os polegares. "Desculpe, é que estou cansada. Passei a manhã lendo relatórios lá no escritório do Movimento de Direitos Civis. Nada de muito animador. Vamos jantar depois?"

"Não posso."

Ela esperou uma explicação, mas Sarath não disse mais nada. Seus olhos fixaram-se num mapa na parede, depois na foto da ave no cartão-postal. O tempo todo batucando com o lápis na mesa.

"De onde é esse pássaro?"

"Ah... lugar nenhum." Ela também sabia se fechar.

Uma hora depois corriam pela chuva; quando chegaram ao carro, já estavam encharcados. Ele levou-a a Ward Place, e deixou o carro em ponto morto sob o pórtico enquanto ela pegava suas coisas no banco de trás. "Até amanhã", disse Anil, e fechou a porta.

Lá dentro, esvaziou a bolsa na mesa para encontrar o postal. Reler a mensagem de sua amiga Leaf, dos Estados Unidos, fazia-lhe bem. Alguma comunicação do Ocidente. Entrou na cozinha, mais uma vez com o pensamento girando em círculos ao redor de Sarath. Estava trabalhando com ele havia vários dias e ainda não conseguia entendê-lo. Ocupava um cargo importante no Departamento de Arqueologia, uma instituição estatal, de modo que devia ter alguma ligação com o governo, não era? Seria Sarath o olho e o ouvido do governo enquanto a ajudava na investigação e no relatório de direitos humanos? Nesse caso, para quem ela estava trabalhando, afinal?

O trabalho de técnico forense durante uma crise política, como ela bem sabia, era sempre marcado por lances de xadrez em três dimensões, conchavos de bastidor e pronunciamentos discretos para o "bem da nação". No Congo, uma equipe de direitos humanos fora longe demais e os dados recolhidos desapareceram da noite para o dia, toda a papelada queimada. Como se uma cidade antiga fosse soterrada outra vez. A equipe de investigadores, em que Anil era apenas uma assistente, nada mais tinha a fazer senão pegar o avião e voltar para casa. A tanto se resumia a autoridade internacional de Genebra. Os logotipos orgulhosos estampados no papel timbrado e nas portas dos escritórios na Europa nada significavam no local da crise. No dia em que o governo mandava o investigador embora, o jeito era obedecer. Não se levava nada. Nem uma lâmina de microscópio, nem um pedaço de filme. No aeroporto, enquanto revistavam suas roupas, ela permaneceu sentada num banco, quase nua.

Um cartão-postal de Leaf. Um pássaro americano. Anil pegou na geladeira umas costeletas e cerveja. Haveria um livro para ler, um banho a tomar. Depois talvez fosse até Galle Face Green tomar um drinque num dos hotéis mais novos, ver os jogadores de um time de críquete inglês, bêbados, cantando no karaokê.

Seu parceiro de trabalho era mesmo neutro nessa guerra? Seria apenas um arqueólogo que gostava de seu trabalho? Na véspera, numa estrada perto de Colombo, ele lhe mostrara alguns templos e, então, ao passar por alguns alunos seus que trabalhavam num sítio histórico, não resistira e juntara-se a eles, e logo havia recolhido vários pedaços de mica, dizendo aos alunos onde era mais provável que encontrassem pedaços de ferro no chão, como se tivesse o dom de encontrar coisas. A maior parte das coisas por que Sarath se interessava tinha alguma relação com a terra. Anil desconfiava que, para ele, o mundo social a sua volta era irrelevante. O que desejava, Sarath lhe dissera, era algum dia escrever um livro sobre uma cidade no Sul da ilha que não existia mais. Dela não restava sequer um muro, mas ele queria contar a história do lugar. A narrativa brotaria daquele obscuro relacionamento com a terra, o conhecimento que adquirira a respeito da região com base em crônicas da época — suas rotas comerciais medievais, sua utilização como balneário na época das monções por um certo rei, sua vida cotidiana eternizada em poemas. Ele chegou a citar alguns versos de um desses poemas, que aprendera com seu professor, um homem chamado Palipana.

Esse era o lado mais comunicativo, quase entusiástico, de Sarath, uma noite após um jantar à base de caranguejo em Mount Lavinia. Junto ao mar, ele desenhava a forma da cidade com as mãos, traçando riscos na escuridão. Através das linhas imaginárias Anil via as ondas a enrodilhar-se e quebrar, como aquela animação súbita de Sarath, que ia em direção a ela.

O trem estava cheio de policiais. O homem entrou com uma gaiola que continha um mainá. Atravessou três vagões, olhando de relance para os outros passageiros. Não havia nenhum lugar, e ele sentou-se no chão. Estava de sarongue, sandálias e uma camiseta da Galle Road. Era um trem lento, que atravessava gargantas entre montanhas e passava por lugares de onde se descortinavam vistas inesperadas. Ele sabia que pouco mais de um quilômetro antes de chegarem a Kurunegala haveria um túnel, após uma curva, e o trem mergulharia naquele ambiente escuro e claustrofóbico. Algumas janelas permaneceriam abertas — para entrar ar fresco, embora o barulho fosse terrível. Quando emergissem na luz do dia, do outro lado do túnel, os passageiros estariam se preparando para saltar do trem.

Ele se pôs de pé assim que o vagão mergulhou na escuridão. Por alguns momentos a luz fraca das lâmpadas se acendeu, para logo em seguida se apagar. Ele ouvia o mainá falando. Três minutos de escuridão.

O homem aproximou-se rapidamente do local onde sabia

que estava sentado o funcionário do governo, numa poltrona de corredor. Na escuridão, puxou-o para a frente pelos cabelos, enrolou a corrente em seu pescoço e começou a estrangulá-lo. Contou os segundos em silêncio, no escuro. O peso do homem caiu contra seu corpo, mas ainda assim não confiou nele, e continuou a apertar a corrente.

Ainda lhe restava um minuto. Ergueu o homem e, mantendo-o ereto, guiou-o em direção à janela aberta. As luzes amarelas piscaram por um segundo. Poderia ter sido uma cena no sonho de alguém.

Levantou o funcionário e empurrou-o pela janela afora. O vento jogou a cabeça e os ombros para trás. Ele empurrou com mais força e soltou o corpo, que desapareceu no ruído do túnel.

No tempo em que estava trabalhando com a equipe forense na Guatemala, Anil foi até Miami para encontrar-se com Cullis. Chegou com a exaustão estampada no rosto e no corpo. Disenteria, hepatite, dengue — tudo isso estava no ar. Ela e sua equipe se alimentavam nas aldeias onde exumavam os cadáveres; tinham de comer o que lhes davam porque essa era a única participação possível para as aldeias — cozinhar para eles. "A gente reza para que seja feijão", murmurou ela para Cullis, tirando as roupas de trabalho que ainda estava usando — havia corrido para pegar o último vôo do dia — e entrando na banheira, para tomar seu primeiro banho de hotel dos últimos meses. "A gente evita comer seviche. Se é obrigada a comer, depois mais que depressa vai num canto qualquer e vomita tudo, discretamente." Anil refestelou-se; aquele banho de espuma era um milagre. Dirigiu um sorriso cansado a Cullis, feliz por ter conseguido encontrá-lo. Ele conhecia aquele olhar exausto e concentrado, aquela voz arrastada a contar histórias.

"Na verdade, eu nunca tinha trabalhado numa escavação

antes. Normalmente só trabalho em laboratório. Mas estamos fazendo exumações no campo. O Manuel me deu uma escova e um pauzinho e me disse para ir furando a terra e limpando. Encontramos cinco ossadas no primeiro dia."

Ele estava na beira da banheira, observando-a, de olhos fechados, afastada do mundo. Anil havia cortado os cabelos bem curtos. Estava muito mais magra. Dava para perceber que estava ainda mais apaixonada por seu trabalho do que antes. Cansada, mas ao mesmo tempo revigorada.

Ela se debruçou para destampar o ralo, deitou-se outra vez para sentir a água desaparecer a sua volta. Em seguida ficou em pé, passiva, enquanto ele apertava a toalha contra seus ombros morenos.

"Já sei os nomes de vários ossos em espanhol", disse, orgulhosa. "Sei um pouco de espanhol. *Omóplato* é isto aqui. *Maxilar* — aqui. *Occipital* — o osso na base do crânio." Estava engrolando as palavras, como se estivesse fazendo uma contagem regressiva depois de tomar anestesia. "A equipe que trabalha nesses lugares é uma tremenda salada russa. Patologistas americanos famosos que não conseguem pegar o saleiro sem roçar no seio de uma mulher. E o Manuel. Ele faz parte da comunidade, de modo que é menos protegido que os outros, que nós. Uma vez ele me disse: 'Quando estou cavando e fico cansado e tenho vontade de parar, penso que o cadáver dentro da cova em que estou trabalhando podia ser eu. Eu não ia querer que a pessoa parasse de abrir a minha cova...'. Sempre penso nisso quando tenho vontade de parar. Estou com sono, Cullis. Mal consigo falar. Leia alguma coisa para mim."

"Escrevi um texto sobre as cobras da Noruega."

"Não."

"Então um poema."

"Isso. Ótimo."

Mas Anil já estava dormindo, com um sorriso nos lábios.

Cúbito. Omóplato. Occipital. Cullis anotou os termos espanhóis em seu caderno, sentado à mesa do outro lado do quarto. Ela estava mergulhada na alvura da roupa de cama. Sua mão mexia-se o tempo todo, como se estivesse afastando terra para o lado.

Anil acordou por volta das sete da manhã, o quarto escuro e quente, e levantou-se nua da cama grande onde Cullis ainda sonhava. Já sentia saudade dos laboratórios. Da emoção que a dominava quando acendiam a luz e viam-se as mesas de alumínio.

O quarto do hotel em Miami tinha um ar de butique, com aqueles travesseiros bordados, aquele carpete. Anil entrou no banheiro e lavou o rosto, jogou água fria nos cabelos, perfeitamente acordada. Entrou no chuveiro e abriu a torneira, mas um minuto depois saiu com uma idéia. Sem nem sequer se enxugar, abriu sua mala e tirou dela a câmara de vídeo grande e ultrapassada que trouxera para Miami para mandar instalar um microfone novo. Era uma câmara de tevê de segunda mão usada pela equipe forense, uma sobrevivente do início dos anos 80. Anil a usava nas escavações e já estava acostumada com seu peso e suas deficiências. Inseriu um cassete na câmara e apoiou-a no ombro molhado. Ligou.

Começou com o quarto, depois voltou ao banheiro e rapidamente captou sua própria imagem no espelho. Um *close* da textura das toalhas, outro da água do chuveiro, que ainda estava aberto. Subiu na cama e focalizou a cabeça adormecida de Cullis, seu braço esquerdo estendido no lugar onde ela dormira a seu lado. O travesseiro dela. De volta a Cullis, sua boca, suas lindas costelas; depois desceu da cama, voltou para o nível do chão, a câmara firme, descendo até os tornozelos de Cullis.

Andou de costas para captar as roupas dos dois no chão, depois a mesa, onde o caderno dele estava aberto. Um *close* do que ele havia escrito.

Anil retirou a fita da câmara e escondeu-a no meio das roupas, na mala de Cullis. Guardou a câmara na sua mala e deitou-se outra vez, ao lado dele.

Estavam deitados na cama, ao sol. "Não consigo imaginar a sua infância", disse ele. "Você para mim é uma pessoa totalmente desconhecida. *Colombo*. É um lugar lânguido?"

"Lânguido dentro de casa. Frenético lá fora."

"Você não volta."

"Não."

"Um amigo meu esteve em Cingapura. É tanto ar-condicionado! Ele disse que foi como passar uma semana dentro da Selfridges."

"Desconfio que as pessoas lá de Colombo gostariam muito que Colombo fosse a Selfridges."

A vida em comum deles era melhor nesses momentos breves e tranqüilos, nessas preguiçosas conversas depois do sexo. Para ele, Anil era límpida, engraçada, bonita; para ela, Cullis era casado, sempre interessante, permanentemente na defensiva. Dois, dos três, não passavam.

Haviam se conhecido numa outra ocasião, em Montreal. Anil estava lá participando de uma convenção, e Cullis a encontrou por acaso num saguão de hotel.

"Vou cair fora", disse ela. "Não agüento mais!"

"Venha jantar comigo."

"Já tenho programa. Combinei de sair com uns amigos.

Venha conosco. Estamos há dias ouvindo apresentações de trabalhos. Eu lhe prometo o pior jantar de Montreal se você vier comigo."

O carro seguia pelos subúrbios da cidade.

"Você fala francês?", perguntou ele.

"Não. Só inglês. Também escrevo um pouco de cingalês."

"É de lá que você é?"

Um shopping sem nome de beira de estrada surgiu, e ela estacionou sob o letreiro luminoso de um boliche, que piscava. "Eu vivo aqui", disse ela. "No Ocidente."

Cullis foi apresentado a sete outros antropólogos, que o examinaram com cuidado, prestando atenção na sua postura, para ver se valia a pena chamá-lo para jogar no time deles. Havia gente dos quatro cantos do mundo. Vindos da Europa e da América Central, haviam fugido de mais uma projeção de *slides* e estavam preparados, como Anil, para uma partida de boliche. Uma máquina servia vinho tinto barato em copinhos de papel, como os que se vêem nos bebedouros dos consultórios de dentistas, e todos bebiam em grandes quantidades, ao mesmo tempo que comiam batatas fritas com vinagre e hamus enlatado. Um paleontólogo cuidava da marcação dos escores no computador, e em dez minutos aquelas celebridades da antropologia forense, talvez as únicas pessoas que não falavam francês no local, pareciam um bando de gnomos exaltados com sapatos de boliche. Roubavam na contagem de pontos. Deixavam as bolas caírem do alto. Cullis pensou que não gostaria jamais que seu cadáver fosse tocado por pessoas tão incompetentes, que cometiam tantas faltas. Cada vez mais, à medida que o jogo se prolongava, ele e Anil se abraçavam para parabenizar-se. Ele sentia-se leve com aqueles sapatos pintalgados; jogava a bola sem fazer pontaria e derrubava os pinos com um barulho que lembrava um balde cheio de pregos virando. Anil aproximou-se e beijou-o, hesitante porém precisa, na nuca. Saíram dali abraçados.

"Deve ser efeito do hamus. Aquilo era hamus de verdade?"

"Era." Ela riu.

"Um afrodisíaco notório..."

"Não vou dormir com você se você disser que não gosta do Artista que Antes se Chamava... Me beije aqui. Você tem um segundo nome difícil que eu vou ter que aprender?"

"Biggles."

"Biggles? Que nem o do *Biggles vai ao Oriente* e *Biggles faz xixi na cama*?"

"Esse mesmo. Meu pai adorava esses livros quando era menino."

"Nunca tive vontade de casar com um Biggles. Sempre quis casar com um funileiro. Adoro essa palavra..."

"Funileiro não casa. Quer dizer, os funileiros de verdade."

"Você é casado, não é?"

*

No laboratório do navio, no porto, uma noite, trabalhando sozinha, Anil cortou-se profundamente no polegar com um bisturi. Passou Dettol na ferida e fez um curativo; em seguida resolveu passar no hospital a caminho de casa, temendo uma infecção — o porão estava sempre cheio de ratos, que talvez andassem por cima dos instrumentos quando ela e Sarath não estavam lá. Estava cansada, e pegou um bajaj noturno que a largou no pronto-socorro.

Havia cerca de quinze pessoas sentadas ou deitadas nos bancos compridos. De vez em quando um médico aparecia, fazia sinal para o próximo paciente e saía com ele. Anil ficou mais de uma hora na sala de espera e acabou indo embora, porque não parava de chegar mais gente ferida, e em comparação com os recém-chegados sua ferida parecia insignificante. Mas não foi por isso que ela desistiu. Entrou um homem com um casaco preto, com sangue nas roupas, e sentou-se entre os outros. Permaneceu em silêncio, esperando que alguém viesse ajudá-lo, sem se dar ao trabalho de pegar uma senha como todos faziam. Quando se formaram três lugares vazios a seu lado ele deitou-se, tirou o casaco e usou-o como travesseiro, mas não conseguiu dormir; ficou com os olhos abertos voltados para Anil, do outro lado da sala de espera.

O rosto do homem estava sujo do sangue que havia no casaco. Ele se levantou, tirou um livro do bolso e começou a ler muito depressa, virando as páginas, correndo os olhos pelo texto. Tomou uma pílula e deitou-se outra vez, e dessa vez dormiu, desligando-se de tudo que o cercava. Uma enfermeira aproximou-se dele e tocou-o no ombro; como não se mexeu, continuou a tocá-lo. Anil guardou na memória esses detalhes com precisão. Então o homem levantou-se, pôs o livro no bolso, pôs a mão num dos outros pacientes e saiu com ele. O homem era médico. A enfermeira pegou o casaco e o levou. Foi então que Anil saiu de lá. Se não conseguia distinguir os médicos dos pacientes, o que estava fazendo ali?

O Atlas Nacional do Sri Lanka contém setenta e três versões da ilha — cada uma revela apenas um aspecto, uma obsessão: índices pluviométricos, regime de ventos, lagos de superfície, extensões de água mais raras ocultas nas profundezas da terra.

As representações históricas mostram produtos e reinos antigos do país; as contemporâneas indicam níveis de riqueza, pobreza e alfabetização.

O mapa geológico revela a presença de turfa no pântano de Muthurajawela, ao sul de Negombo; coral ao longo da costa, de Ambalangoda a ponta Dondra; ostras perlíferas no golfo de Manar. Sob a superfície da terra há concentrações ainda mais antigas de mica, zircônio, torianita, pegmatito, arcóseo, topázio, calcário, mármore de dolomita. Grafite perto de Paragoda, mármore verde em Katupita e Ginigalpelessa. Xisto negro em Andigama. Caulim em Boralesgamuwa. Plumbagina — em veios e flocos —, grafite com o maior teor de pureza (noventa e sete por cento de carbono), que seria explorado no Sri Lanka por cento e sessenta anos, especialmente durante as Guerras Mundiais, seis mil poços *de minas em todo o país, as principais sendo as de Bogala, Kahatagaha e Kolongaha.*

Outra página é exclusivamente dedicada às aves. As vinte espécies das quatrocentas que são nativas do Sri Lanka, como a pega azul, o saxicolíneo azul, as seis famílias de bulbuis, o zooterídeo azul com seu pio que morre aos poucos, o marreco, o colhereiro, os "falsos vampiros", as narcejas, os glareolídeos, gaviões nas nuvens. No mapa dos répteis estão assinalados os hábitats da víbora pala-polanga, que durante o dia, quando enxerga mal, ataca às cegas, saltando na direção onde pensa estar um ser humano, exibindo as presas, como um cachorro, pulando vez após vez em direção a um silêncio assustado.

Circundado pelo mar, o país vive sob dois regimes básicos de monções — a monção continental durante o inverno do hemisfério norte e a monção marítima durante o inverno do hemisfério sul. Assim, os alísios de nordeste vêm de dezembro a março, e os de sudeste de maio a setembro. Nos outros meses, ventos suaves sopram do mar para a terra durante o dia e da terra para o mar à noite.

Há páginas dedicadas a isobáricas e altitudes. Não há nomes de cidades. Apenas a cidade desconhecida e jamais visitada de Maha Illupalama aparece às vezes, por ter sido nela que o Serviço de Meteorologia, uma vez, nos anos 30, época que agora parece tão remota quanto a Idade Média, compilou e registrou ventos e índices pluviométricos e pressões barométricas. Não há nomes de rios. Não há nenhuma representação da vida humana.

Kumara Witejunga, 17 anos. 6/11/89. Cerca de 23h30, em sua residência.

Prabath Kuamara, 16 anos. 17/11/89. Cerca de 3h20, na casa de um amigo.

Kumara Arachchi, 16 anos. 17/11/89. Cerca de meia-noite, em sua casa.

Manelka da Silva, 17 anos. 1º/12/89. Quando jogava críquete na área de lazer do Embilipitiya Central College.

Jatunga Gunesena, 23 anos. 11/12/89. Às 10h30, perto de sua residência, quando conversava com um amigo.

Prasantha Handuwela, 17 anos. 17/12/89. Cerca de 10h15, perto da loja de pneus, Embilipityia.

Prasanna Jayawarna, 17 anos. 18/12/89. Às 15h30, perto do reservatório de Chandrika.

Podi Wickramage, 49 anos. 19/12/89. Às 7h30, quando caminhava pela estrada em direção ao centro de Embilipitiya.

Narlin Gooneratne, 17 anos. 26/12/89. Cerca de 17h, numa ca-

sa de chá a quinze metros do campo de treinamento do exército de Serena.

Weeratunga Samaraweera, 30 anos. 7/1/90. Às 17h, indo tomar banho em Hulandawa Panamura.

A cor de uma camisa. O estampado de um sarongue. A hora do desaparecimento.

Na sede do Movimento dos Direitos Civis no Nadesan Centre encontravam-se os fragmentos das informações reunidas referentes à última vez em que foram vistos um filho, um irmão menor, um pai. Nas cartas angustiadas dos familiares vinham os detalhes referentes a hora, local, roupa, atividade... "Indo tomar banho. Conversando com um amigo..."

À sombra da guerra e da política, os efeitos surrealistas da causalidade. Numa vala comum encontrada em Naipattimunai em 1985, umas roupas ensangüentadas foram identificadas por um pai como sendo as que estavam sendo usadas por seu filho quando este foi detido e desapareceu. Quando uma carteira de identidade foi encontrada no bolso de uma camisa, a polícia mandou que a exumação fosse imediatamente interrompida, e no dia seguinte o presidente da Comissão dos Cidadãos — que levara a polícia até a vala — foi preso. As identidades das outras pessoas encontradas nessa sepultura na Província Oriental — como morreram, quem eram — jamais foram descobertas. O diretor de um orfanato que relatou casos de extermínio foi preso. Um advogado envolvido com questões de direitos humanos foi morto e seu corpo removido por militares.

Anil recebera relatórios preparados por diversos grupos de direitos humanos antes de partir dos Estados Unidos. As primeiras investigações não haviam resultado em nenhuma prisão, e os protestos das organizações jamais chegaram sequer aos escalões médios da polícia ou do governo. Os pedidos de ajuda dos pais que procuravam por filhos adolescentes não foram atendidos. Não obstante, tudo foi reunido como prova, tudo a que ainda se podia ter acesso no meio da tempestade de notícias foi copiado e enviado para desconhecidos em Genebra.

Anil folheava relatórios e abria pastas sobre desaparecimentos e chacinas. Aquilo era o tipo de coisa que ela tinha menos vontade de ler diariamente. E todos os dias lia aquilo.

O país estava em estado de emergência desde 1983, com atentados raciais e assassinatos políticos. O terrorismo dos guerrilheiros separatistas, que lutavam por uma pátria no Norte da ilha. A insurreição dos rebeldes do Sul, contra o governo. O contraterrorismo das forças especiais atacando os dois grupos. Os corpos incinerados. Os corpos lançados nos rios ou no mar. Escondidos e enterrados novamente.

Era uma Guerra dos Cem Anos travada com armas modernas, com o apoio de partidários protegidos no estrangeiro, uma guerra patrocinada por traficantes de armas e drogas. Era evidente que os inimigos políticos estavam secretamente aliados em negociatas financeiras referentes ao comércio de armas. "*A razão da guerra era a guerra.*"

Sarath dirigia o carro. Iam rumo ao leste, em direção a Bandarawela, onde os três esqueletos foram achados. Ele e Anil haviam partido de Colombo algumas horas antes, e agora estavam a uma altitude elevada.

"Sabe, eu acreditaria mais na sua argumentação se você morasse aqui", disse ele. "Não se pode simplesmente chegar, fazer uma descoberta e ir embora."

"Você quer que eu me censure."

"Quero que você entenda o contexto arqueológico de um fato. Senão você vai terminar como esses jornalistas que mandam reportagens sobre moscas e feridas expostas enquanto estão hospedados no Galle Face Hotel. Uma atitude falsa de empatia e acusação."

"Você é realmente cismado com os jornalistas, hein?"

"É essa a nossa imagem no Ocidente. Aqui é diferente, é perigoso. Às vezes a lei está do lado do poder, não da verdade."

"Pois eu tenho a impressão de que estou em compasso de espera desde que cheguei. Portas que deviam se abrir estão fechadas. Estamos aqui oficialmente, para investigar desaparecimentos. Mas eu vou às repartições e não me deixam entrar. Pelo visto, estamos aqui só para fins de propaganda." Então Anil disse: "Aquele pedacinho de osso que encontrei, logo no primeiro dia no porão do navio, você sabia que não era antigo, não sabia?".

Sarath permaneceu calado.

Ela prosseguiu: "Quando eu estava na América Central, um homem nos disse: 'Quando os soldados queimaram a nossa aldeia eles disseram que era a lei, aí eu concluí que a lei era o direito do exército de nos matar'".

"Cuidado com o que você revela."

"E a quem eu vou fazer a revelação."

"Também."

"Eu fui *convidada* a vir aqui."

"As investigações internacionais não querem dizer grande coisa."

"Foi difícil conseguir a permissão para nós trabalharmos nas cavernas?"

"Foi difícil."

Anil estivera gravando os comentários dele a respeito da arqueologia daquela parte da ilha. Agora a conversa derivava para outros assuntos, e a certa altura ela começou a perguntar-lhe a respeito do "Presidente Prateado" — o apelido que o povão dava ao presidente Katugala, que tinha fartos cabelos grisalhos. Como era ele exatamente? Sarath não disse nada. Então pegou o gravador que estava no colo de Anil. "Está desligado?" Verificou que o aparelho de fato não estava rodando, e só então respondeu à pergunta. Ela usara o gravador pela última vez uma hora antes, no mínimo; nem sequer se lembrava mais de sua presença. Mas Sarath não havia esquecido.

Saíram da estrada e pararam numa estalagem, pediram o almoço e instalaram-se numa mesa de onde se descortinava um vale profundo.

"Veja aquele pássaro, Sarath."

"Um bulbul."

Ela imaginou-se na posição do pássaro no instante em que ele batia asas e voava; de repente sentiu vertigem, dando-se conta da altitude em que estavam — a paisagem a seus pés era como um fiorde verde. Ao longe, a planície se estendia, esbranquiçada, parecendo o mar.

"Você entende de pássaros, não é?"

"É. Minha mulher conhecia muito."

Anil não disse nada, esperando que ele dissesse mais alguma coisa ou mudasse de assunto. Porém Sarath permaneceu em silêncio.

"Onde está sua mulher?", perguntou ela por fim.

"Eu a perdi alguns anos atrás, ela... ela se suicidou."

"Meu Deus. Desculpe, Sarath. Eu sou tão..."

O rosto dele estava sem expressão. "Ela havia me largado uns meses antes."

"Desculpe eu ter perguntado. Eu sempre pergunto, sou curiosa demais. As pessoas ficam enlouquecidas comigo."

Mais tarde, no carro, para quebrar o silêncio prolongado. "Você conheceu o meu pai? Que idade você tem?"

"Quarenta e nove anos", disse Sarath.

"Eu tenho trinta e três. Você chegou a conhecê-lo?"

"Ouvi falar nele. Era bem mais velho que eu."

"Todo mundo me diz que ele era mulherengo."

"Também ouvi dizer. É o que dizem de todo homem cativante."

"Acho que era verdade, sim. Pena que eu não era mais velha — para aprender alguma coisa com ele. Pena, mesmo."

Sarath disse: "Um monge... Ele e o irmão foram os melhores professores da minha vida — porque me ensinaram quando eu já era adulto. A gente precisa de pais depois que fica velho, também. Eu me encontrava com ele uma ou duas vezes por ano, quando ele vinha a Colombo, e não sei como conseguia fazer com que me tornasse mais simples, me entendesse melhor. O Nārada ria muito. Ria das fraquezas da gente. Era um asceta. Ficava num quartinho num templo sempre que passava por Colombo. Eu ia visitá-lo, tomar um café, me sentava na cadeira que me trazia lá de fora, enquanto ele ficava sentado na cama. Conversando sobre arqueologia. Nārada tinha escrito uns panfletos em cingalês, mas o irmão dele, o Palipana, é que era famoso nessa área, se bem que nunca vi nenhum sinal de ciúme entre os dois. Nārada e Palipana. Dois irmãos brilhantes. Eram meus professores.

"O Nārada passava a maior parte do tempo perto de Hambantota. Eu e minha mulher íamos lá visitá-lo. Atravessávamos a pé as dunas quentes e chegávamos à comuna para rapazes desempregados que ele havia fundado à beira-mar.

"Todos ficamos muito abalados quando foi assassinado. Levou um tiro deitado na cama, dormindo. Já perdi amigos da minha idade, mas sinto mais falta daquele velho que deles. Acho que eu imaginava que fosse me ensinar a envelhecer. Uma vez por ano, no aniversário da morte de Nārada, eu e minha mulher preparávamos a comida de que ele mais gostava, pegávamos o carro e íamos à aldeia onde morava. Nessas ocasiões nos sentíamos mais próximos do que nunca. E a gente tinha a impressão de que ele era eterno — 'persistente' talvez fosse um termo mais apropriado —, de que estava lá com os rapazes da comuna, que adoravam o mallung e os doces de leite condensado prediletos dele."

"Meus pais morreram num acidente de carro depois que eu fui embora do Sri Lanka. Não tive oportunidade de voltar a vê-los."

"Eu sei. Ouvi dizer que seu pai era um bom médico."

"Eu também ia ser médica, mas acabei bandeando para a medicina legal. Acho que naquela época eu não queria ser igual a ele. E depois que morreram não quis mais voltar aqui."

Ela estava dormindo quando ele a tocou no braço.

"Estou vendo um rio lá embaixo. Vamos nadar um pouco?"

"Aqui?"

"Ali, descendo aquela encosta."

"Ah, sim. Ótima idéia. Vamos." Pegaram toalhas nas malas e começaram a descida.

"Há anos que não faço isso."

"A água vai estar gelada. Nós estamos nas montanhas, a seiscentos metros de altura."

Ele seguia à frente, mais ágil do que Anil imaginava. Bem, ele é arqueólogo, pensou. Sarath chegou ao rio e desapareceu atrás de uma pedra para trocar de roupa. Ela gritou: "Estou tirando o vestido!", para garantir que ele não voltaria. "Vou ficar só com a roupa de baixo." Anil percebeu que estava escuro naquela encosta coberta de floresta, depois viu que poderiam nadar até um trecho do rio onde batia sol.

Quando chegou à água, ele já estava nadando, olhando para as árvores da encosta. Então Anil deu dois passos à frente sobre as pedras ásperas e mergulhou. "Ah, uma profissional", ela ouviu-o comentar.

O efeito da água gelada sobre sua pele continuou durante a última etapa da viagem — ela sentia os pêlos do antebraço arrepiados, os fios mínimos eriçados. Haviam subido a encosta na volta, andando sob o calor e o sol, e antes de entrar no carro ela ficou batendo de leve no cabelo, para secá-lo. Enrolou as roupas de baixo molhadas na toalha e seguiu viagem só com o vestido.

"Nessa altitude a gente fica com dor de cabeça", disse Sarath. "Tem um hotel bom em Bandarawela, mas em vez disso vamos ficar numa estalagem e trabalhar lá mesmo. O que você acha da idéia? Porque assim a gente pode ficar com nosso equipamento e nossos achados."

"Aquele monge que você falou. Foi morto por quem?"

Sarath continuou a falar como se não a tivesse ouvido. "E além disso a gente fica bem perto do sítio arqueológico... Houve um boato de que o assassinato do Nārada foi planejado pelo noviço dele, que não foi nada de político como se pensava no início. Naquele tempo não se sabia quem estava matando quem."

Disse Anil: "Mas agora você sabe, não é?".

"Agora todos nós estamos com as roupas ensangüentadas."

Percorreram a estalagem com o dono, e Sarath escolheu três quartos.

"O terceiro está cheio de mofo, mas a gente tira a cama e pinta as paredes hoje à noite. Aqui a gente instala o escritório e laboratório. Tudo bem?" Ela concordou, e ele voltou-se para o gerente, dando-lhe instruções.

Em 1911, restos humanos pré-históricos foram descobertos na região de Bandarawela, e centenas de cavernas e grutas começaram a ser exploradas. Encontraram-se fragmentos de crânios e dentes tão antigos quanto os da Índia.

Foi ali, numa reserva arqueológica protegida pelo governo, que mais uma vez acharam esqueletos, junto à entrada de uma das cavernas de Bandarawela.

Nos primeiros dias que passaram no local, Sarath e Anil anotaram a posição de diversos vestígios antigos, que depois removeram — gastrópodes de água doce e arborícolas, fragmentos de ossos de aves e mamíferos, até mesmo esqueletos de peixes de épocas remotas dos mares. A região parecia imune ao tempo. Encontraram epicarpos carbonizados de fruta-pão, uma espécie que ainda se encontrava na região vinte mil anos depois.

Acharam três esqueletos quase completos. Mas alguns dias depois, enquanto escavavam os desvãos mais remotos de uma caverna, Anil descobriu um quarto esqueleto cujos ossos ainda estavam unidos por ligamentos secos, parcialmente queimados. Esse não era pré-histórico.

"*Escute*", disse ela (estavam na estalagem, examinando o cadáver), "há vestígios de elementos que podem ser encontrados nos ossos — mercúrio, chumbo, arsênico, até mesmo ouro — que não pertencem a eles, que vêm da terra onde estão enterrados. Ou então passam dos ossos para a terra adjacente. Esses elementos estão sempre entrando e saindo dos ossos, estejam ou não dentro de caixões. Pois bem, este esqueleto está cheio de chumbo. Mas não há chumbo na caverna onde o encontramos, como demonstram as amostras de terra. Entendeu? Ele deve ter sido enterrado em outro lugar antes. Alguém tomou precauções no sentido de que o esqueleto não fosse encontrado. Isso não é um assassinato comum, um enterro comum. Ele foi enterrado, depois levado para um local onde havia ossadas mais antigas."

"Enterrar um corpo e depois mudá-lo para outro lugar não é necessariamente um crime."

"Mas é provável que seja, não é?"

"Não, se encontrarmos um motivo."

"Está bem. Olhe aqui. Passe esta caneta pelo osso. Assim você vê como ele está retorcido. Não está reto, como devia estar. Há também rachaduras transversais, mas vamos deixar isso de lado por ora, é mais uma prova."

"De quê?"

"Os ossos ficam retorcidos quando são queimados ainda 'verdes', ou seja, cobertos de carne. Um corpo antigo cuja carne já apodreceu há muito tempo e que foi queimado depois — é assim que são a maioria dos esqueletos de Bandarawela. Este aqui tinha acabado de morrer, Sarath, quando tentaram queimá-lo. Ou, pior ainda, tentaram queimá-lo vivo."

Ela teve de esperar um bom tempo até que ele dissesse alguma coisa. No quarto recém-pintado havia quatro mesas de refeitório, cada uma com um esqueleto. Haviam pendurado etiquetas nos corpos inspiradas na letra de uma canção infantil: FUNILEIRO, ALFAIATE, SOLDADO, MARINHEIRO. O cadáver a que ela se referia era o Marinheiro. Os dois se encaravam de lados opostos da mesa.

"Você pode imaginar quantos corpos deve haver, enterrados por toda a ilha?", Sarath perguntou por fim. Não estava negando nada que ela havia dito.

"Esta pessoa foi vítima de um assassinato, Sarath."

"Um assassinato... Você quer dizer assassinato... ou assassinato político?"

"Foi encontrada num sítio arqueológico sagrado. Um lugar constantemente sob proteção do governo ou da polícia."

"Certo."

"E é um esqueleto recente", disse ela, com firmeza. "Foi enterrado aqui há no máximo seis anos. O que é que ele está fazendo aqui?"

"Há milhares de corpos do século XX, Anil. Você é capaz de imaginar quantos assassinatos..."

"Mas este aqui a gente pode provar, você não entende? É uma oportunidade. O corpo foi encontrado num lugar a que só um funcionário do governo poderia ter acesso."

Sarath batia com a caneta no braço de madeira da cadeira enquanto ela falava.

"Podemos fazer testes de palinologia para identificar o tipo de pólen que aparece nos ossos, nas partes não queimadas. Só os braços e algumas costelas foram queimados. Você tem o *Grãos de pólen*, de Wodehouse?"

"No meu escritório", disse ele, em voz baixa. "Vamos precisar analisar amostras da terra."

"Você consegue arranjar um geólogo forense?"

"Não", disse ele. "Só nós dois."

Estavam havia mais de meia hora cochichando na escuridão, desde que Anil se afastara do esqueleto da quarta mesa e apertara o ombro de Sarath, dizendo: "Tenho que lhe mostrar uma coisa". "O quê?" "*Isto aqui. Escute...*"

Cobriram o Marinheiro e prenderam o plástico com fita adesiva. "Vamos trancar o quarto", disse ele. "Prometi levar você até aquele templo. Daqui a uma hora é o melhor momento de ir lá. É a hora do tambor do entardecer."

Anil não gostou daquela mudança brusca para um assunto estético. "Você acha que não tem perigo?"

"O que é que você quer fazer? Levar o esqueleto para todo lado? Não se preocupe. Aqui não há perigo."

"É..."

"Vamos."

Ela achou melhor se abrir. De uma vez por todas. "É que eu não sei bem de que lado você está — se posso mesmo confiar em você."

Ele fez menção de falar, parou, depois disse, lentamente: "O que eu poderia fazer?".

"Dar um sumiço nesse esqueleto."

Sarath quebrou a imobilidade em que estava e andou até o interruptor de parede para acender a luz. "Por quê, Anil?"

"Você tem um parente no governo, não tem?"

"Tenho, sim. Quase nunca me encontro com ele. Talvez ele possa nos ajudar."

"Talvez. Por que você acendeu a luz?"

"Preciso encontrar minha caneta. Por quê?... Você achou que era um sinal para alguém?"

"Não sei qual é a sua. Sei... sei que você acha que o objetivo da verdade é mais complicado, que às vezes dizer a verdade é mais perigoso aqui."

"Todo mundo tem medo, Anil. É uma doença nacional."

"Há tantos corpos enterrados, agora, foi o que você disse... assassinados, anonimamente. Quer dizer, as pessoas nem sabem se eles têm duzentos anos ou duas semanas, todos foram queimados. Tem pessoas que deixam os fantasmas delas morrer, e tem outras que não. Sarath, nós podemos fazer alguma coisa..."

"Você está a seis horas de viagem de Colombo e está cochichando — pense nisso."

"Não quero ir ao templo agora."

"Tudo bem. Você não tem que ir. Pois eu vou. Até amanhã."

"Até."

"Vou apagar as luzes", disse ele.

"Muitas vezes somos criminosos perante a Terra, não apenas por termos cometido crimes, mas por sabermos que crimes foram cometidos." Palavras sobre um homem enterrado para todo o sempre numa prisão. *El hombre de la máscara de hierro*. Anil sentia necessidade de buscar conforto junto a velhos amigos, frases de livros, vozes em que podia confiar. "*Esta é a sala dos mortos*", *disse Enjolras*. Quem era Enjolras? Um personagem de *Os miseráveis*. Um livro que ela amava tanto, um livro tão rico em natureza humana que lhe dava vontade de levá-lo consigo após a morte. Anil estava trabalhando com um homem que era eficiente em sua privacidade, que jamais se abriria com ninguém. Paranóico é aquele que sabe tudo, dizia a piada. Talvez fosse essa a única verdade ali. Na estalagem perto de Bandarawela, com quatro esqueletos. "Você está a seis horas de viagem de Colombo e está cochichando — pense nisso."

Durante os anos que vivera na Europa e na América do Norte, Anil regalava-se com a condição de estrangeira, sentia-se igualmente à vontade na linha Bakerloo e nas auto-estradas da região de Santa Fe. No estrangeiro, sentia-se completa. (Ainda estavam gravados em seu cérebro os códigos de área de Denver e Portland.) E ela se acostumara a encontrar estradas bem balizadas para chegar às fontes da maioria dos mistérios. Sempre era possível esclarecer as informações e agir com base nelas. Mas ali, naquela ilha, Anil se dava conta de que, do ponto de vista do idioma, era como se tivesse apenas um braço, em meio a leis vagas e um medo quase onipresente. Havia menos em que se apoiar, com aquele único braço. A verdade era um joguete dos mexericos e das vinganças. Os boatos infiltravam-se em cada carro, em cada barbearia. Anil imaginava que Sarath, em seu cotidiano de arqueólogo naquele mundo, dependia de serviços solicitados e favores concedidos por ministros, que implicavam horas de espera paciente em ante-salas. A informação era divulgada com despistamentos e subtextos — como se a verdade não tivesse interesse se fosse dada de modo direto, sem um passo de valsa para trás.

Anil soltou o plástico que envolvia o Marinheiro. Em seu trabalho, transformava corpos em representantes de raças, eras, lugares, embora, de todas as descobertas, a que mais a comovia fosse a dos rastros em Laetoli, encontrados alguns anos antes — marcas deixadas havia quase quatro milhões de anos por um porco, uma hiena, um rinoceronte e uma ave, um estranho conjunto identificado por um investigador do século XX. Quatro criaturas sem qualquer relação entre si que haviam passado apressadas por uma camada de cinza vulcânica ainda fresca. Fugindo do quê? Era ainda maior a importância histórica de um outro conjunto de rastros encontrados ali perto, rastros de um hominídeo que, ao que se calculava (com base nas impressões do calcanhar), teria cerca de um metro e meio de altura. Mas era naqueles quatro animais fugindo de Laetoli quatro milhões de anos antes que ela gostava de pensar.

Os momentos da história registrados com mais precisão eram adjacentes a ações extremas na natureza ou da civilização. Ela sabia disso. Pompéia. Laetoli. Hiroshima. Vesúvio (cuja fumaça asfixiou o pobre Plínio quando ele foi observar seu "comportamento tumultuoso"). As movimentações tectônicas e a violência humana brutal haviam produzido amostras aleatórias de vidas sem o menor significado histórico. Um cão em Pompéia. A sombra de um jardineiro em Hiroshima. Mas no meio desses eventos, Anil percebia, a violência humana não poderia jamais ter uma lógica não fosse o distanciamento no tempo. Por ora, os fatos ficariam expostos e arquivados em Genebra, mas ninguém saberia lhes atribuir um significado. Antes ela achava que o significado possibilitava uma fuga da dor e do medo. Porém constatara que os que eram marcados e estigmatizados pela violência perdiam o poder da linguagem e da lógica. Era uma maneira de abandonar as emoções, a última proteção do eu. Apegavam-se apenas ao sarongue colorido e estampado com que um parente desaparecido dormira pela última vez, que em tempos normais terminaria como um pano de chão, mas que agora se tornara sagrado.

Numa nação assustada, o sofrimento público era abafado pelo clima de incerteza. Se um pai protestava contra a morte do filho, temia-se que outro membro da família fosse morto. Se desapareciam pessoas ligadas a você, talvez os assassinos o deixassem em paz se você não criasse problemas. Era essa psicose a cicatriz que desfigurava a nação. A morte, a perda, ficava "inacabada", de modo que não se podia atravessá-la e emergir do outro lado. Eram anos de visitas noturnas, seqüestros ou assassinatos à luz do dia. A única esperança era que as partes em conflito terminassem por se destruir mutuamente. Tudo que restava da lei era a possibilidade de um dia vingar-se dos que detinham o poder.

E quem seria aquele esqueleto? No quarto de estalagem,

cercada por aqueles quatro, Anil escondia-se entre mortos sem significado histórico. *Buscar um cadáver: que tarefa curiosa! Cortar a corda do patíbulo, recolher o cadáver de um enforcado anônimo e depois levar nas costas o corpo do animal... uma coisa morta, uma coisa enterrada, que já começava a apodrecer?* Quem seria ele? Aquele representante de todas as vozes perdidas. Se fosse possível lhe dar um nome, todos os outros teriam nome também.

Anil passou a tranca na porta e saiu à procura do dono da estalagem. Pediu um jantar leve, depois um shandy, e foi até a varanda da frente. Não havia outros hóspedes, e o estalajadeiro a seguiu.

"O senhor Sarath — ele vem aqui sempre?", perguntou ela.

"Às vezes, quando vem a Bandarawela. A senhora mora em Colombo?"

"Passo a maior parte do tempo na América do Norte. Já vivi aqui."

"Tenho um filho na Europa. Ele quer ser ator."

"Ah. Que bom."

Anil atravessou o soalho encerado da varanda e saiu para o jardim. Era a maneira mais delicada de escapar do estalajadeiro. Naquela noite, não estava com vontade de trocar amabilidades vagas. Mas quando chegou à escuridão vermelha do flamboyant, virou-se.

"O senhor Sarath já esteve aqui com a esposa?"

"Sim, senhora."

"Como era ela?"

"Ela é muito simpática, minha senhora."

Um aceno para confirmar, depois uma leve inclinação da cabeça, como o rabicho de um J, para indicar uma possível hesitação.

"É?"

"Isso. Por quê, senhora?"

"Embora já tenha morrido?"

"Não, senhora. Hoje mesmo perguntei ao senhor Sarath por ela, e ele disse que está bem. Não morreu, não. O senhor Sarath disse que mandava lembranças."

"Devo ter entendido errado."

"Certamente, minha senhora."

"Ela costuma acompanhá-lo quando ele viaja?"

"Às vezes. Ela faz programas no rádio. Às vezes vem também o primo dele. Ele é ministro do governo."

"O senhor sabe o nome dele?"

"Não, senhora. Acho que só veio uma vez. Pode ser camarão ao curry?"

"Pode. Obrigada."

Para que a conversa não continuasse, durante a refeição Anil fingiu que consultava suas anotações. Pensava no casamento de Sarath. Era difícil imaginá-lo casado. Já se acostumara a vê-lo no papel de viúvo, sempre acompanhado por uma presença silenciosa. Bem, pensou ela, à noite a gente precisa de companhia. Uma pessoa é capaz de passar por cem portas para realizar o desejo de um morto, sem se dar conta de que está se afastando dos outros, enterrando-se em vida.

Depois do jantar, voltou para o quarto onde estavam os esqueletos. Não queria deitar-se ainda. Não queria pensar no ministro que viera a Bandarawela com Sarath. A luz era fraca demais para permitir a leitura; assim, encontrou um lampião a óleo e o acendeu. Antes havia encontrado a biblioteca da estalagem, que se resumia a uma única prateleira. Agatha Christie. P. G. Wodehouse. Enid Blyton. John Masters. Os suspeitos de sempre em qualquer biblioteca asiática. Já havia lido a maioria daqueles livros na infância ou na adolescência. Resolveu então folhear um livro que ela própria trouxera, *Solos do mundo*, de Bridges. Anil conhecia Bridges como a palma da mão, porém agora estava aplicando o texto a sua situação presente, e à medida que prosseguia na leitura dava-se conta de que estava abandonando os outros, os esqueletos, na escuridão.

Ela estava sentada na cadeira, a cabeça caída na direção das coxas, ferrada no sono, quando Sarath a acordou.

Sarath tocou-a no ombro, depois tirou os fones de sua cabeça e os ajustou em seus próprios ouvidos, apertou o botão e começou a ouvir uma suíte para violoncelo que harmonizava tudo, enquanto andava pelo quarto.

Ela engoliu ar, como se estivesse subindo à tona.

"Você não trancou a porta."

"Não. Está tudo bem?"

"Está tudo aqui. Mandei preparar o café da manhã. Já é tarde."

"Estou acordada."

"Tem um chuveiro nos fundos."

"Não estou me sentindo bem. Acho que peguei alguma coisa."

"Se for o caso, a gente volta para Colombo."

Anil saiu com um sabonete Dr. Bronner's, que levava consigo para os quatro cantos do mundo. O sabonete do antropólogo! Ainda estava semi-adormecida no meio do banho. Os dedos de seus pés acomodaram-se contra um pedaço de granito áspero, enquanto a água fria escorria-lhe pelos cabelos.

Lavou o rosto, esfregando o sabonete de hortelã nas pálpebras, depois enxaguando. Olhou por cima das folhas de bananeira, que lhe chegavam à altura dos ombros, e viu a serra azulada ao longe, o mundo fora de foco, belo.

Mas ao meio-dia estava encerrada numa dor de cabeça terrível.

*

No banco de trás da van, sentia-se febril, e Sarath resolveu parar a meio caminho de Colombo. A doença era como um animal dentro dela, que a fazia oscilar entre arrepios súbitos e suores.

Então, pouco depois da meia-noite, ela se viu num quarto à beira-mar. Nunca lhe agradara a costa sul perto de Yala, nem quando era menina, nem agora. As árvores pareciam ter sido plantadas só para fazer sombra. Até a lua parecia luz de poste.

Durante o jantar, Anil havia delirado, quase chegando às lágrimas. Sarath, do outro lado da mesa, parecia estar a cem quilômetros de distância. Um dos dois gritava desnecessariamente. Ela tinha fome mas não conseguia mastigar, embora a comida fosse seu prato predileto, camarão ao curry. Só conseguia enfiar na boca colheradas de andu morno e macio e beber suco de limão. À tarde, fora despertada por um baque súbito. Levantou-se com dificuldade e viu macacos desaparecendo no fim do corredor. Acreditou no que via. Tomava pílulas de quatro em quatro horas para a dor de cabeça. Seria insolação, ou dengue, ou malária. Quando chegassem em Colombo ela faria exames. "Foi o sol", murmurava Sarath. "Vou comprar um chapéu maior para você. Vou comprar um chapéu maior para você." Ele estava sempre cochichando. Ela repetia o tempo todo: "O quê? O quê?". O esforço de perguntar lhe parecia excessivo. Havia macacos? Todas as tardes, quando as pessoas dormiam, os macacos roubavam toalhas e sungas dos varais. Rezava para que o hotel não desligasse o gerador. Não conseguia sequer pensar na hipótese de não haver ventilador, de não poder tomar um refrescante banho de chuveiro. A única coisa que funcionava era o telefone. Ela esperava receber uma ligação à noite.

Terminado o jantar, Anil levou para o quarto a garrafa de suco de limão com gelo e adormeceu na mesma hora. Acordou às onze e tomou mais remédio para a dor de cabeça, que voltaria logo, ela sabia. Roupas encharcadas de suor. Transpirar. Aspirar. Discutir. O ventilador estava praticamente parado, o ar nem chegava até seus braços. Onde estava o Marinheiro? Não havia pensado nele. Virou-se para o outro lado na escuridão e discou o número do quarto de Sarath. "Onde está ele?"

"Quem?"

"O Marinheiro."

"Ele está bem guardado. Na van. Lembra?"

"Não, eu... lá é seguro?"

"A idéia foi sua."

Ela desligou, certificou-se de que o fone estava mesmo no gancho e ficou deitada na escuridão. Queria ar. Quando abriu as cortinas, viu luz jorrando do poste. Havia gente na areia escura preparando barcos. Se acendesse a luz, seria vista por eles como um peixe num aquário.

Anil saiu do quarto. Precisava de um livro para manter-se acordada até a hora da ligação. Na alcova, ficou algum tempo olhando para a estante, depois pegou dois livros e voltou depressa para o quarto. *Em busca de Gandhi*, de Richard Attenborough, e uma biografia de Frank Sinatra. Fechou as cortinas, acendeu a luz e despiu as roupas úmidas. No chuveiro, sentiu a água fria bater nos cabelos e encostou-se num canto do boxe, deixando que a sensação de frescor a acalmasse. Precisava de alguém, talvez Leaf, que cantasse com ela. Uma daquelas canções em diálogo que elas viviam cantando juntas no Arizona...

Com esforço, saiu do banho e sentou-se ao pé da cama, molhada. Sentia calor, mas não podia abrir a janela. Para isso, teria de vestir-se. Começou a ler. Quando enjoava, passava para o outro livro, e o elenco de personagens em sua cabeça crescia mais e mais. A luz era precária. Lembrou-se de Sarath lhe dizendo que a coisa mais importante que ele sempre levava quando saía de Colombo era uma lâmpada de sessenta watts. Rolou para o outro lado da cama e alcançou o telefone. "Posso usar a sua lâmpada? A luz daqui é um horror."

"Eu levo aí."

Prenderam com fita adesiva folhas do Sunday Observer, *de modo que as páginas cobrissem todo o chão. Você está com o pincel atômico? Estou. Ela começou a despir-se, de costas para ele, depois deitou-se ao lado do esqueleto do Marinheiro. Estava só de calcinha, a calcinha vermelha de seda que sempre lhe despertava um sentimento de ironia. Não imaginava usá-la em público. Olhou para o teto, com as mãos sobre os seios. Era bom sentir o corpo em contato com o chão duro, o frescor do concreto liso através do jornal, a mesma firmeza que ela sentira na infância, dormindo numa esteira.*

Com o pincel atômico ele desenhava o contorno de seu corpo. Você vai ter de baixar os braços um minuto. Ela sentiu a caneta contornar suas mãos e a cintura, depois descer as pernas, dos dois lados, e ele uniu as linhas azuis na base dos calcanhares.

Ela levantou-se, virou-se e viu que ele havia desenhado contornos dos quatro esqueletos também.

Ouviu uma batida à porta e despertou. Permanecia imóvel na cama. A noite inteira dera por si imobilizada, incapaz de pensar. Mesmo quando lia, sentia-se enredada, sonolenta, nos braços de parágrafos dos quais não conseguia desprender-se. Havia algo na crítica de Ava Gardner a Sinatra que a detinha. Enrolada num lençol, foi abrir a porta. Sarath entregou-lhe a lâmpada e desapareceu. Ele estava de camisa e sarongue. Ela ia lhe perguntar... Empurrou a mesa para o meio do quarto, apagou a luz. Usou o lençol para desatarraxar a lâmpada quente. Tinha medo de que houvesse alguma eletricidade selvagem solta nos fios. Ouvia o ruído das ondas lá fora. Com dificuldade, levantou a cabeça e pôs no lugar a lâmpada de Sarath. De repente tudo ficou mais pesado e lento.

Deitou-se de costas na cama, com frio outra vez, tiritando, com um gemido na boca. Remexeu dentro da bolsa e encontrou duas garrafinhas de uísque que pegara no avião. Sarath havia tirado suas roupas e desenhado seu contorno. Ele tinha feito isso mesmo?

O telefone tocou. Ligação dos Estados Unidos. Voz de mulher.

"Alô? Alô? Leaf? Meu Deus, é você! Você recebeu meu recado."

"Você já pegou sotaque."

"Não, eu... esta ligação é legal?"

"A sua voz sobe e desce."

"É?"

"Você está bem, Anil?"

"Estou doente. É tarde da noite. Não, não. Está tudo bem. Eu estava esperando por você. É que estou doente, e com isso me sinto ainda mais distante de todo mundo. Leaf? Você está bem?"

"Estou."

"Me diga. Bem, mesmo?"

Silêncio. "Não estou lembrando. Estou esquecendo o seu rosto."

Anil mal conseguia respirar. Afastou-se do fone para enxugar o rosto na fronha. "Você está na linha? Leaf?" Ouviu os ruídos das grandes distâncias estalando na ligação. "A sua irmã está com você?"

"Minha irmã?", perguntou Leaf.

"Leaf, escute, você lembra — quem matou Cherry Valance?"

Estalidos e silêncio no fone que ela apertava contra o ouvido.

No quarto ao lado, Sarath permanecia de olhos abertos, incapaz de ignorar o choro de Anil.

*

Sarath estendeu o braço e segurou o pulso de Anil. Ela estava sentada do outro lado da mesa do café da manhã. O polegar dele no pulso dela. "Hoje à tarde chegaremos a Colombo. Podemos estudar o esqueleto no porão do navio."

"E ficar sempre com o esqueleto, aconteça o que acontecer", disse ela.

"Vamos ficar com todos os quatro. Um grupo. Um disfarce. A gente diz que todos são antigos. Sua febre baixou."

Anil soltou sua mão. "Vou retirar uma lasca do calcanhar do Marinheiro — para ter uma espécie de documento identificador."

"Se a gente tomar mais mostras de pólen e terra, dá para descobrir onde ele foi enterrado pela primeira vez. Depois fazemos a análise no navio."

"Tem uma mulher que está estudando pupas aqui", disse Anil. "Li um artigo. Tenho certeza que ela é de Colombo. Uma tese de mestrado excelente."

Sarath dirigiu-lhe um olhar duvidoso. "Não conheço. Quando for ao hospital, procure por ela entre os professores mais novos."

Ficaram se encarando em silêncio.

"Eu disse à minha amiga Leaf antes de vir para cá: 'Talvez eu vá me encontrar com o homem que vai me prejudicar'. Posso confiar em você?"

"Você tem que confiar em mim."

Chegaram ao cais de Mutwal, em Colombo, ao cair da tarde. Anil ajudou Sarath a carregar os quatro esqueletos até o laboratório a bordo do *Oronsay*.

"Tire uma folga amanhã", disse ele. "Tenho que encontrar uns equipamentos, de modo que vou precisar de um dia mesmo."

Depois que ele foi embora, Anil permaneceu no navio, com vontade de trabalhar um pouco. Desceu a escada e entrou no laboratório, pegou o ferro que deixavam ao lado da porta e começou a bater nas paredes. Ratos. Pouco depois fez-se silêncio no porão escuro. Anil acendeu um fósforo e saiu andando com ele a sua frente. Baixou a chave do gerador e ouviu um zumbido trêmulo; aos poucos a luz elétrica emergiu na sala.

Anil sentou-se e ficou olhando para o esqueleto. A febre estava começando a ceder, e ela se sentia mais leve. Começou a examiná-lo outra vez sob a luz de enxofre, resumindo os fatos referentes a sua morte já recolhidos, as verdades permanentes, as mesmas em Colombo ou em Tróia. Um antebraço quebrado. Corpo parcialmente queimado. Fratura nas vértebras do pescoço. Possibilidade de pequeno ferimento de bala no crânio. Entrada e saída.

Era possível reconstruir os últimos atos do Marinheiro com

base nas feridas em seus ossos. Ele cobre o rosto com os braços para proteger-se do golpe. Leva um tiro de fuzil, a bala atravessa o braço, depois o pescoço. Quando está caído no chão, vêm e o matam.

Golpe de misericórdia. A bala menor e mais barata. A trajetória de uma calibre 22, por onde uma esferográfica pode passar. Em seguida, tentam incendiar seu corpo e começam a cavar-lhe uma sepultura à luz desse fogo.

Anil entrou no Kynsey Road Hospital e passou pela placa dependurada na porta do médico-chefe.

Cessem as conversas.
Cale-se o riso.
Eis o lugar em que a Morte
Compraz-se em ajudar os vivos.

O texto era impresso em latim, cingalês e inglês. No laboratório, onde trabalhava de vez em quando para poder usar equipamentos melhores, podia relaxar, sozinha na sala ampla. Como gostava de laboratórios! Os bancos eram sempre ligeiramente inclinados, de modo que a pessoa ficava um pouco debruçada. Aquela inclinação para a frente que estimulava a concentração. Ao longo das paredes havia frascos com líquidos de cor semelhante à da cerveja. Ela contornava a mesa observando um corpo com o canto do olho, depois se sentava no banco e esquecia do tempo. Não havia fome, nem sede, nem desejo de companhia de amigo ou amante. Apenas a consciência de que alguém ao longe martelava o chão, golpeava o concreto antigo com uma marreta, como se quisesse chegar à verdade.

De pé, encostou-se na mesa, encaixando-a nos quadris. Correu os dedos pela superfície de madeira escura para ver se havia algum grão de areia, lasca, migalha ou grude. Sozinha. Seus braços escuros como a mesa, sem nenhuma jóia além da pulseira que tilintava quando baixava o braço devagar. Nenhum outro som, enquanto o pensamento de Anil atravessava o silêncio a sua frente.

Aqueles prédios eram seu verdadeiro lar. Nas cinco ou seis casas em que morara em sua vida adulta, seguia a regra, o hábito, de viver abaixo de suas posses. Nunca havia comprado uma casa, e os apartamentos que alugava eram sobriamente mobiliados. Se bem que, no apartamento em que estava agora, em Colombo, havia no chão uma pequena poça onde flutuavam flores. Para ela, era um luxo. Algo que confundiria um ladrão no escuro. À noite, voltando do trabalho, Anil descalçava as sandálias e punha os pés na água rasa, vendo os dedos entre as pétalas brancas, os braços cruzados enquanto despia o dia, removendo camadas de eventos e incidentes para se livrar deles. Ficava parada por algum tempo, depois caminhava, com os pés molhados, até a cama.

Sabia que era uma pessoa decidida, e era assim que os outros a viam. Seu nome nem sempre fora Anil. Tinham-lhe dado dois nomes absolutamente impróprios, e desde bem pequena começou a desejar "Anil", o segundo nome de seu irmão, que ele jamais usava. Tentara comprar-lhe o nome aos doze anos de idade, prontificando-se a apoiá-lo em todas as discussões da família. O irmão não se dispunha a fechar negócio, embora soubesse que ela desejava o nome mais do que qualquer outra coisa.

Aquela campanha causara raiva e frustração em seu lar.

Ela não atendia quando a chamavam por um de seus dois nomes verdadeiros, mesmo na escola. Por fim seus pais cederam, mas então tiveram de convencer o irmão mal-humorado a abrir mão de seu segundo nome. Ele, que tinha dezesseis anos, argumentava que talvez viesse a precisar dele algum dia. O nome duplo dava-lhe mais autoridade, e o segundo nome de certo modo indicava um lado alternativo de sua personalidade. E havia também a questão do avô. Nem ela nem o irmão chegaram a conhecer o avô que tivera aquele nome. Os pais entregaram os pontos, e por fim os irmãos entraram num acordo. Ela deu ao irmão cem rupias que havia economizado, mais um jogo de canetas em que ele estava de olho havia algum tempo, uma lata com cinqüenta cigarros Gold Leaf que ela havia encontrado, e ainda cedeu a uma exigência sexual que ele lhe impôs nas últimas horas do impasse.

Depois disso, ela não permitiu que nenhum outro primeiro nome aparecesse em seus passaportes, boletins escolares e formulários preenchidos. Anos depois, quando pensava na infância, o que mais lhe vinha à mente era a fome daquele nome, bem como a alegria de consegui-lo. Tudo naquele nome lhe agradava, sua secura econômica, seu ar feminino, embora fosse considerado nome de homem. Vinte anos depois, sua atitude com relação a ele não mudara. Perseguira o nome desejado como se fosse um amante específico que despertara seu interesse, sem deixar que nenhuma tentação a desviasse do caminho.

Anil relembrava o ar oitocentista da cidade que havia deixado para trás. Os vendedores de camarão exibindo suas mercadorias aos carros que passavam na Duplication Road, as casas em Colombo Seven pintadas de um branco de lisura meticulosa. Era ali que viviam o dinheiro antigo e o poder político. "*Heaven... Colombo Seven*", seu pai tinha o hábito de cantarolar, com a melodia de "Cheek to cheek", enquanto Anil enfiava as abotoaduras nas mangas de suas camisas ao ajudá-lo a se vestir para jantar fora. Havia sempre entre os dois esse pacto de sussurros. E Anil sabia que, por mais que voltasse tarde das festas, ou de outros compromissos sociais, ou de operações de emergência, ao nascer do dia ele a levaria de carro para a aula de natação, passando pelas ruas vazias da cidade, em direção ao Otters Club. Na volta paravam numa barraca para tomar uma tigela de leite e panquecas de arroz, cada uma delas embrulhada na página lustrosa de uma revista inglesa.

Mesmo no tempo das monções, às seis da manhã ela pulava do carro, correndo através da chuva, mergulhava na água pontilhada de pingos e nadava sem parar por uma hora. Apenas dez meninas e a professora, a chuva tamborilando nos tetos metálicos dos carros, na água dura e nas toucas de borracha esticadas das nadadoras, que emergiam numa extremidade da piscina, davam meia-volta e recomeçavam as braçadas, enquanto um punhado de pais lia o *Daily News*. Anil tinha a impressão de que, na sua infância, às sete e meia da manhã ela já havia despendido toda sua energia. Manteve esse hábito no Ocidente, estudando duas ou três horas pela manhã antes de ir às aulas na faculdade de medicina. De certo modo, suas investigações obsessivas rumo à descoberta, em anos posteriores, lembravam aquele mundo subterrâneo, em que nadava no ritmo de uma atividade intensa, como se perscrutasse o tempo.

Assim, apesar de Sarath ter-lhe sugerido na véspera que dormisse até mais tarde, às seis da manhã Anil já havia tomado o café e estava a caminho do Kynsey Road Hospital. Os eternos vendedores de camarão estavam a postos, na beira da estrada, oferecendo o resultado da pesca da noite. No ar pairava um cheiro de cânhamo, das cordas que ardiam diante das barracas de cigarros. Anil sempre se sentira atraída por esse cheiro na infância; parava para inalá-lo. De repente, sem saber por quê, lembrou-se das alunas do Ladies' College numa varanda, olhando para baixo, vendo os meninos do St. Thomas, todos eles uns cafajestes, cantarolando uma sucessão infindável de estrofes de "Navio Vênus" até a inspetora vir expulsá-los:

Foi lá a bordo da Vênus —
Uma nau das mais solenes
A figura de proa, uma puta das boas,
Montada num baita dum pênis.

As meninas, que normalmente sentiam-se, na escola, protegidas como mulheres dentro dos limites do amor cortês, receberam esse tratamento de choque aos doze ou treze anos de idade, expostas a uma estranha coreografia, mas não tinham nenhuma vontade de parar de escutar aquilo. Foi só aos vinte anos de idade, na Inglaterra, que Anil ouviu a canção outra vez. E naquele contexto — uma festa após uma partida de rúgbi — pareceu uma coisa bem mais natural, coerente com a zoada dos rapazes a sua volta. Mas os garotos do St. Thomas tiveram a esperteza de cantar com partituras na mão, com trinados e contracantos e tralalás, desse modo enganando a inspetora, que na verdade só prestava atenção à melodia. Foram só as meninas da quarta e quinta séries que ouviram a letra inteira.

O comandante da esquadra
Era uma besta quadrada.
De tão burro, o veado achava complicado
Cagar dentro da privada.

Anil gostava dessa estrofe, que lhe vinha à mente quando menos esperava. Agradavam-lhe as canções raivosas e condenatórias. Assim, às seis da manhã, caminhando para o hospital, tentou relembrar as outras estrofes do "Navio Vênus", cantando a primeira em voz alta. Das outras não tinha tanta certeza, e cantarolava-as sem palavras, imitando uma tuba com os lábios. "Uma das boas", murmurava. "Uma das cruciais."

A estagiária de Colombo que fizera tese sobre pupas estava trabalhando numa das salas do laboratório de autópsias. Anil levou algum tempo para conseguir lembrar-se do nome, mas por fim encontrou Chitra Abeysekera datilografando um formulário de requisição; o papel amolecera, de tão úmido que estava o ambiente. Trajando um sári, trabalhava de pé, com o que parecia um escritório portátil a seu lado — duas caixas de papelão grandes e um estojo de metal. Continham anotações de pesquisa, espécimes de laboratório, placas de Petri e tubos de ensaio. Dentro do estojo de metal havia insetos em crescimento.

A mulher levantou a vista para ela.

"Estou atrapalhando...?" Anil olhou para as quatro linhas que a mulher acabava de escrever. "Não quer fazer um intervalo enquanto eu bato para você?"

"Você é a pessoa de Genebra, não é?" O rosto exprimia espanto.

"Sou."

Chitra olhou para as mãos, e as duas riram. Sua pele estava coberta de picadas e cortes. Se ela entrasse numa colmeia, sairiam cobertas de abelhas.

"Me diga o que devo escrever."

Anil tomou o lugar de Chitra, e enquanto a outra ditava ia rapidamente modificando a redação do texto, acrescentando adjetivos, melhorando o pedido de financiamento. A descrição seca do projeto que Chitra estava escrevendo antes não iria muito longe. Anil deu um toque de dramaticidade e transformou a lista de capacitações de Chitra num currículo mais sugestivo. Quando terminaram, Anil perguntou-lhe se queria comer alguma coisa.

"Que não seja no refeitório do hospital", propôs Chitra. "O cozinheiro trabalha à noite no laboratório de autópsia. Sabe o que eu queria mesmo? Comida chinesa e ar condicionado. Vamos ao Flower Drum."

Havia três executivos comendo no restaurante, mas fora eles o restaurante estava vazio.

"Obrigada por me ajudar a preencher o formulário", disse Chitra.

"O projeto é bom. Vai ser importante. Dá para você fazer aquilo tudo aqui? Vocês têm equipamentos?"

"Tenho que fazer aqui... as pupas... as larvas. Os experimentos têm de ser feitos a esta temperatura. E não gosto da Inglaterra. A uma certa altura vou à Índia."

"Se precisar de ajuda, entre em contato comigo. Meu Deus, eu já nem lembrava mais o que era uma temperatura agradável. Dá vontade de me mudar para cá. Quero conversar com você sobre a sua pesquisa."

"Depois, depois. Me diga por que é que você gosta do Ocidente."

"Por que eu gosto? Bem... acho que o melhor para mim é poder fazer as coisas como eu quero. Aqui ninguém é anônimo, não é? Sinto falta da minha privacidade."

Chitra parecia não sentir o menor interesse por essa qualidade do Ocidente.

"Preciso estar de volta à uma e meia", disse ela, e pediu um chow mein e uma Coca.

A caixa de papelão cheia de tubos de ensaio estava aberta e Chitra cutucava uma larva ao microscópio. "Esta aqui tem duas semanas de vida." Pegou-a com uma pinça e a pousou numa lâmina onde havia um pedaço de fígado humano, que — Anil imaginava — certamente fora obtido por meios ilícitos.

"É necessário", disse Chitra, percebendo o olhar de Anil, tentando agir com naturalidade. "Consegui que retirassem um pedacinho antes que a pessoa fosse enterrada, um pequeno favor. Quando os insetos comem isto, a velocidade de crescimento é muito diferente do que quando se alimentam de órgãos tirados de um animal." Pôs o resto do fígado dentro de uma geladeira portátil, pegou suas tabelas e espalhou-as na mesa central. "Me diga, então, em que é que posso ajudá-la..."

"Eu tenho um esqueleto, parcialmente queimado. Ainda é possível extrair dele alguma informação referente a pupas?"

Chitra levou a mão à boca e arrotou, como vinha fazendo o tempo todo desde o almoço. "Ajuda se estiver *in situ*."

"Aí é que está o problema. Tenho terra do lugar onde ele foi encontrado, mas a gente acha que ele foi removido. Não sabemos qual o lugar original. Só tenho terra do segundo."

"Posso dar uma olhada nos ossos. Tem insetos que são atraídos pelos ossos, não pela carne." Chitra sorriu para ela. "De modo que pode haver vestígios de pupas do primeiro lugar. E se determinarmos o tipo de inseto, é possível reduzir as possibilidades de lugares onde ele pode ter sido enterrado pela primeira vez. É estranho, é só nos primeiros meses que o osso atrai algumas criaturas."

"Estranho."

"Hmm", disse Chitra, como se estivesse comendo chocolate. "Algumas borboletas também procuram ossos, por causa da umidade..."

"Posso lhe mostrar um pedaço de osso?"

"Amanhã estou de viagem, vou passar uns dias no interior."

"Então que tal hoje à noite? Pode ser?"

"Hmm." Chitra parecia indiferente, com a cabeça em outro lugar, pensando em suas tabelas. Virou-se de Anil para sua provisão de insetos e escolheu um da idade e do tamanho exatos com seu fórceps.

Naquela noite, no porão do navio, Sarath verteu num prato raso um pouco de plástico dissolvido em acetona e pegou o pincel de pêlo de camelo que usaria nos ossos. Uma luz difusa, o zumbido do gerador a sua volta.

Foi até a mesa onde havia um esqueleto, pegou a luminária de clipe jacaré — a única fonte de luz forte e concentrada que havia ali — e levou-a acesa, esticando o fio comprido, até um armário na extremidade oposta da sala alongada. Abriu-o, encheu três quartos de um copo com áraque, guardou a garrafa e voltou para o esqueleto.

Os quatro esqueletos de Bandarawela, agora expostos ao ar, em pouco tempo começariam a se enfraquecer.

Sarath retirou da embalagem plástica uma agulha de carbureto de tungstênio e instalou-a num escopro, com o qual começou a limpar os ossos do primeiro esqueleto, arrancando dele fragmentos de terra. Depois pegou uma mangueira fina e começou a soprar ar comprimido sobre cada osso; o ar penetrava as marcas de traumatismo como se Sarath estivesse soprando a queimadura de uma criança. Ele mergulhou o pincel no prato e começou a passar nos ossos uma camada protetora de plástico, começando pela coluna vertebral e pelas costelas. Depois levou a luminária para a segunda mesa e começou a trabalhar com o segundo esqueleto. Em seguida, o terceiro. Chegando à mesa do Marinheiro, Sarath virou de lado o osso do pé para encontrar o corte de um centímetro de profundidade que Anil fizera no calcâneo, para retirar um fragmento.

Sarath espreguiçou-se e afastou-se da luz, mergulhando na escuridão; tateou até encontrar a garrafa de áraque e a levou para a mesa do Marinheiro, no cone de luz. Eram duas da manhã, mais ou menos. Quando terminou de pincelar os quatro esqueletos, fez anotações a respeito de cada um, fotografando três deles de frente e de lado.

Bebia enquanto trabalhava. Agora havia um cheiro forte de plástico no ambiente. Não havia nenhuma abertura pela qual entrasse ar fresco. Destrancou as portas ruidosamente e subiu com a garrafa para o convés. Colombo, após o toque de recolher, ficava às escuras. Seria uma bela hora para atravessar a cidade, a pé ou de bicicleta. O silêncio tenso das barreiras policiais, as magníficas árvores velhas da Solomon Dias Mawatha. Mas ali no porto havia atividade, a luz de um rebocador na água, os feixes de luz dos tratores que transportavam engradados no cais. Três ou quatro horas da manhã. Sarath resolveu fechar tudo e dormir no navio.

No porão o cheiro de plástico ainda era forte. Ele pegou um atado de cigarros bidi numa gaveta e acendeu um, depois inalou sua mescla abundante e letal de trinta e dois sabores. Pegou a luminária e aproximou-se do Marinheiro. Ainda faltava aquele. Vamos logo com isso, disse Sarath a si mesmo, e fotografou-o uma vez de frente e outra de lado. Depois agitou as fotos polaróide no ar enquanto as imagens se formavam. Quando terminou a revelação, pôs as fotos num envelope pardo, selou-o e endereçou-o, e o guardou no bolso do casaco.

Os três outros esqueletos não tinham crânio. Mas o Marinheiro tinha. Sarath largou a guimba na pia de metal e pôs-se a trabalhar. Com um bisturi cortou os ligamentos que prendiam o crânio às vértebras cervicais e separou-o do resto da ossada. Levou o crânio para sua mesa. O fogo não chegara a atingi-lo, de modo que as placas frontais, lacrimais e orbitais estavam lisas, as suturas firmes. Sarath embrulhou-o em plástico e colocou-o numa sacola de compras grande, que ostentava o nome "Kundanmal's". Voltou à mesa e fotografou o Marinheiro sem o crânio, duas vezes, de lado e de frente.

O pensamento que mais o ocupava agora era o de que ele e Anil precisavam de ajuda.

A CLAREIRA DOS ASCETAS

Por alguns anos, o epigrafista Palipana foi o elemento central de um grupo nacionalista que terminou conseguindo arrancar dos europeus a autoridade sobre a arqueologia no Sri Lanka. Ele fizera sua reputação traduzindo textos do páli, registrando e traduzindo os grafitos das pedras de Sigiriya.

Palipana, o cabeça de um movimento cingalês pragmático, escrevia textos equilibrados, baseados em pesquisas exaustivas, e conhecia a fundo o contexto das culturas da Antigüidade. Enquanto o Ocidente via a história asiática como um horizonte brumoso lá onde a Europa se prolongava no Oriente, Palipana via seu país com profundidade e em cores vivas, e encarava a Europa como um mero apêndice na extremidade da península da Ásia.

Nos anos 70 teve início uma série de conferências internacionais. Chegavam acadêmicos em Déli, Colombo e Hong Kong para passar seis dias; contavam seus casos prediletos, viam como iam as coisas na ex-colônia e voltavam para Londres ou Boston. Por fim davam-se conta de que, se a cultura européia era antiga, a asiática era mais velha ainda. Palipana, que a essa altura já era o mais respeitado estudioso do Sri Lanka, resolveu ir a um desses congressos, e nunca mais foi a outro. Era um homem espartano, que não suportava formalidades e brindes cerimoniosos.

Os três anos que Sarath passou como aluno de Palipana foram os mais difíceis de sua vida de estudante. Todos os dados arqueológicos propostos pelos alunos tinham de ser confirmados. Cada símbolo cuneiforme, cada entalhe precisava ser desenhado e redesenhado nas páginas das publicações acadêmicas, na areia, nos quadros-negros, até que o aluno começasse a sonhar com ele. Nos primeiros dois anos de convívio, Sarath achava Palipana mesquinho, tanto no reconhecimento do mérito alheio quanto no seu estilo de vida (que depois passou a ver como espartano). Parecia incapaz de fazer um comentário elogioso e jamais pagava uma bebida ou um jantar para outra pessoa. De início Sarath fez igual juízo de seu irmão, Nārada, que não tinha carro e vivia pedindo carona, mas este era generoso com seu tempo e sua amizade, com seu riso. Já Palipana dava sempre a impressão de estar se guardando para a história. Era vaidoso e excessivo apenas quando se tratava da publicação de suas obras, exigindo diagramas em duas cores e papel bom que resistisse ao clima e à fauna. E era só quando o livro ficava pronto que seu olhar fixo de terrier se desviava do projeto anterior para que, de mãos vazias, ele partisse a fim de investigar uma outra era ou outra região do país.

A história estava sempre presente a sua volta. As ruínas de banhos e jardins aquáticos reais, as cidades soterradas, o fervor nacionalista que utilizava para seus próprios fins, tudo dava a ele e a seus colaboradores, inclusive Sarath, uma infinidade de temas para registrar e interpretar. Tinha-se a impressão de que ele era capaz de extrair uma tese de toda floresta sagrada.

Palipana só ingressara no campo da arqueologia quando já

era um homem de meia-idade. E ascendera na sua carreira não por conta de contatos familiares, mas simplesmente porque conhecia os idiomas e as técnicas de pesquisa melhor do que os que estavam acima dele. Não era uma pessoa simpática; havia perdido seu charme em algum momento da juventude. No decorrer dos anos, viria a encontrar entre seus alunos apenas quatro protegidos dedicados. Sarath era um deles. Porém, ao chegar aos sessenta anos de idade, Palipana já havia brigado com todos os quatro. Nenhum lhe perdoara o modo como ele os humilhara. Porém seus alunos continuavam a acreditar em duas coisas — não, *três*: que Palipana era o melhor arqueólogo teórico do país, que ele quase sempre tinha razão, e que mesmo com toda a sua fama e todo o seu sucesso continuava levando uma vida mais austera do que qualquer um deles. Talvez fosse por ter um irmão que era monge. Ao que parecia, o guarda-roupa de Palipana resumia-se a dois trajes idênticos. Quanto mais velho ficava, menos vínculos mantinha com o mundo secular, fora suas exigências vaidosas quando se tratava de publicar suas obras. Havia alguns anos que Sarath não o via.

Nesse ínterim, Palipana havia caído em desgraça no mundo acadêmico. Tudo começou com a publicação de uma série de interpretações de grafitos que deixou atônitos os arqueólogos e historiadores. Ele havia descoberto e traduzido um subtexto lingüístico que explicava as vicissitudes da política e das intrigas palacianas da ilha no século VI. A obra foi elogiada nos periódicos estrangeiros e nacionais, até que um dos protegidos de Palipana manifestou a opinião de que não havia prova da existência de tais textos. Eles seriam fictícios. Um grupo de historiadores não conseguiu localizar as inscrições a que Palipana se referira. Ninguém conseguia encontrar as frases atribuídas a guerreiros moribundos que ele citara e traduzira, nem qualquer dos fragmentos de manifestos sociais redigidos por reis, nem sequer os versos eróticos em páli supostamente escritos por amantes e confidentes de membros da corte — embora tais personagens fossem mencionados no *Cūlavaṃ-sa*, nenhum texto lhes era atribuído.

De início, os versos detalhados que Palipana publicara pareciam encerrar em caráter definitivo as discussões entre os historiadores; eram garantidos por sua reputação de historiador rigorosíssimo, que sempre se apoiava em pesquisas meticulosas. Agora alguns começaram a imaginar que ele havia coreografado toda a sua carreira com o objetivo de tentar pregar aquela peça no mundo. Se bem que era talvez mais do que uma peça, e menos que uma mentira para ele; talvez Palipana não achasse que dera um passo em falso, e sim um passo rumo a uma outra realidade, a última etapa de uma dança prolongada e verdadeira.

Porém aquele ato estranho foi reprovado por todos — por seus seguidores na academia e até mesmo por seus protegidos, como Sarath, constantemente acusados por seu mentor, no tempo da universidade, de falta de rigor e imprecisão. O gesto — "o gesto de Palipana" — foi visto como uma traição dos princípios em que ele fundara sua reputação. Quando um mestre praticava uma falsificação, era sempre muito mais que uma brincadeira: era uma manifestação de desprezo. Só se fosse vista pelo ângulo mais inocente ela poderia ser encarada como uma crise autobiográfica, ou talvez química.

Os grafitos da grande fortaleza de pedra de Sigiriya ficavam numa saliência de rocha a uma altitude de quatrocentos metros. Mais antigos que as famosas pinturas de mulheres ou deusas no Muro Espelhado, teriam sido entalhados na pedra no século VI.

Aquelas inscrições amarelentas sempre haviam atraído e intrigado os historiadores — eram afirmações enigmáticas e descontextualizadas —, e o próprio Palipana havia passado quinze anos de sua vida estudando-as e preocupando-se com elas. Como historiador e cientista, ele abordava cada problema com muitas mãos. Era mais fácil encontrá-lo trabalhando ao lado de um pedreiro ou ouvindo uma mulher dhobi que lavava roupas numa recém-descoberta poça entre as rochas do que na companhia de um professor da Universidade de Peradeniya. Ele abordava as inscrições não a partir de um texto histórico, e sim com a consciência pragmática de habilidades adquiridas no local. Seus olhos percebiam o modo como uma determinada falha na superfície da rocha influenciara a pose tranqüila de um ombro pintado.

Tendo estudado idiomas e textos até os quarenta anos de idade, passou os trinta anos seguintes trabalhando no campo, levando na cabeça a versão histórica do que encontraria. Assim, quando se aproximava de um sítio arqueológico, Palipana já sabia o que havia lá — fosse uma configuração específica de pilares numa clareira ou um ícone conhecido traçado no alto da parede de uma caverna. Era uma forma de autoconhecimento estranha para um homem que sempre fora tão humilde em suas suposições.

Palipana estendia os dedos sobre cada inscrição que descobria. Copiou cada letra do Livro de Pedra de Polonnaruwa, um pedregulho talhado de modo a ficar com a forma de um retângulo de um metro e vinte de altura por nove de comprimento, o primeiro livro do país; encostava o braço nu e o rosto naquele plinto que acumulava o calor do dia. A maior parte do ano estava escuro e quente, e era apenas na época das monções que as letras se enchiam d'água, criando portos pequenos, perfeitamente recortados, como em Cartago. Um livro gigantesco no meio do capim do Sagrado Quadrângulo de Polonnaruwa, com letras gravadas, cercado por uma frisa de patos. Patos eternos, sussurrava ele, sorrindo no calor do meio-dia, tendo unido os fragmentos que recolhera de um texto antigo. Um segredo. Sua maior felicidade era fazer descobertas assim, como da vez em que encontrou um único Ganesha dançando, talvez o primeiro Ganesha entalhado na ilha, entre figuras humanas, numa frisa em Mihintale.

Ele estabelecia paralelos e ligações entre as técnicas dos pedreiros que encontrava em Matara e o trabalho que realizara no tempo em que traduzia textos e atuava no campo. E começou a ver como verdades coisas a respeito das quais só se podia conjeturar. Aquilo não lhe parecia de modo algum ser uma forma de falsificação.

A arqueologia obedece a regras como as do Código Napoleônico. A questão não era que algum dia alguém provaria que suas teorias estavam erradas, e sim que ele não podia provar que estava certo. Fosse como fosse, as configurações que Palipana via surgirem haviam começado a combinar-se, a entrelaçar-se. Elas permitiam que se caminhasse sobre as águas, que se desse um salto do alto de uma árvore para outra. A água enchia um alfabeto escavado e unia esta margem àquela. E assim foi emergindo uma verdade que não admitia prova.

Por mais que ele tivesse se despido dos bens mundanos e dos hábitos sociais, foi-lhe tirado ainda mais como reação a suas teorias impossíveis de provar. Os estudiosos perderam o respeito por sua carreira. Porém Palipana recusou-se a abrir mão do que afirmava ter descoberto, e não fez a menor tentativa de defender-se. O que fez foi recolher-se fisicamente. Alguns anos antes, numa viagem com seu irmão, encontrara as ruínas de um mosteiro no meio da floresta, a trinta quilômetros de Anuradhapura. Então resolveu mudar-se para lá, com seus poucos pertences. Dizia-se que ele sobrevivia no que restava de um "pavilhão de folhas", sem quase nenhuma estrutura permanente a seu redor. Isso estava em conformidade com os preceitos de uma seita de monges do século VI que de tão rigorosos rejeitavam toda decoração religiosa. Enfeitavam uma única pedra com entalhes e depois usavam-na para urinar sobre ela. Era essa a atitude dos monges com relação às imagens esculpidas.

Estava com mais de setenta anos, preocupado com a visão. Ainda escrevia em letra cursiva, com pressa de extrair a verdade de si próprio. Era magro como uma vassoura, usava as mesmas calças de algodão compradas na Galle Road, as mesmas duas camisas cor de ameixa, óculos. Continuava com o mesmo riso seco e sábio que parecia, para os que conheciam os dois, o único vínculo biológico entre ele e o irmão.

Vivia na clareira no meio da floresta, com seus livros e blocos de papel. Mas para ele, agora, toda a história estava inundada de sol, todas as concavidades estavam cheias de chuva. Se bem que percebia, enquanto trabalhava, que o próprio papel que continha essas histórias estava envelhecendo rapidamente. As folhas eram picadas pelos insetos, desbotadas pelo sol, espalhadas pelo vento. E seu corpo estava velho e magro. Também Palipana agora era governado apenas pelos elementos.

*

Sarath e Anil seguiam de carro rumo ao norte, além de Kandy, penetrando na zona seca, em busca de Palipana. Não havia como avisar o professor que estavam indo procurá-lo, e Sarath não fazia idéia de como ele os receberia — se os dispensaria com desprezo ou os aceitaria, ainda que secamente. Quando chegaram a Anuradhapura, o calor do dia estava no auge. Seguiram em frente e uma hora depois viram-se diante da entrada da floresta. Saltaram do carro e caminharam por vinte minutos, numa trilha sinuosa por entre pedras grandes que inesperadamente dava numa clareira. Havia estruturas abandonadas de pedra e madeira espalhadas por ali — os vestígios secos de um jardim aquático, pedras retangulares. Havia uma jovem peneirando arroz, e Sarath dirigiu-se a ela.

A menina ferveu água numa fogueira de gravetos, preparou chá e os três sentaram-se num banco para tomá-lo. Ela ainda não dissera uma palavra. Anil imaginava que Palipana estivesse dormindo na escuridão de uma cabana, e mais tarde um velho saiu de uma das construções, de sarongue e camisa. Caminhou até um poço, tirou água com um balde e lavou o rosto e os braços. Quando voltou, disse: "Ouvi a sua voz, Sarath". Anil e Sarath levantaram-se, mas Palipana não esboçou nenhum gesto de aproximação. Permaneceu parado onde estava. Sarath abaixou-se e tocou os pés do velho, depois conduziu-o até o banco.

"Esta é Anil Tissera... Estamos trabalhando juntos, analisando uns esqueletos que encontramos perto de Bandarawela."

"Sim."

"Muito prazer em conhecê-lo."

"Voz belíssima."

E Anil de repente deu-se conta de que o velho estava cego.

Ele estendeu a mão e segurou-a pelo antebraço, tocando-lhe a pele, sentindo os músculos por baixo; Anil percebeu que ele estava interpretando sua forma e tamanho com base nesse fragmento de seu corpo.

"Como são os esqueletos? De que época?" Soltou o braço de Anil.

Anil olhou depressa para Sarath, que com um gesto indicou a floresta que os cercava. A quem o velho poderia contar alguma coisa?

A cabeça de Palipana se inclinava constantemente, como se estivesse tentando captar o que se passava no ar a seu redor.

"Ah — um segredo contra o governo. Ou talvez um segredo governamental. Estamos na Clareira dos Ascetas. Aqui é seguro. E ninguém sabe guardar um segredo melhor que eu. Além disso, para mim não importa de quem é o segredo. Você sabe disso, não é, Sarath? Se não soubesse, não teria vindo até aqui para pedir minha ajuda. Não é verdade?"

"Estamos precisando pensar a fundo sobre um problema, talvez encontrar uma pessoa. Um especialista."

"Como vocês vêem, já não enxergo mais nada, mas me mostrem o que trouxeram. O que é?"

Sarath foi até sua sacola junto à fogueira, retirou o embrulho de plástico, voltou para junto de Palipana e pôs o crânio em seu colo.

Anil olhava para o velho a sua frente, tranqüilo e imóvel. Eram cerca de cinco da tarde, e sem a luz forte do sol de meio-dia os afloramentos rochosos do lugar suavizavam-se. Anil começou a dar-se conta dos ruídos mais sutis daquele lugar.

"Bell e outros arqueólogos concluíram que neste lugar havia um palácio de verão, uma estrutura laica, quando o descobriram no século XIX. Mas o *Cūlavaṃsa* fala na existência de irmandades na floresta, formadas por monges que se opunham ao luxo e aos rituais."

Palipana apontou para a esquerda sem mexer a cabeça. Das cinco estruturas existentes na clareira ele escolhera a mais simples para morar, feita junto a um afloramento rochoso, com telhado de folhas de construção recente.

"Eles na verdade não eram pobres, mas levavam uma vida frugal — você conhece a distinção entre o mundo material grosseiro e o mundo material 'sutil', não é? Pois bem, eles abraçaram o segundo. Sarath certamente lhe falou das pedras de urinar enfeitadas. Ele sempre adorou este detalhe."

Palipana contraiu os lábios. Havia um toque de humor seco em sua expressão; ela imaginou que aquilo era o mais próximo de um sorriso de que ele era capaz.

"Aqui estamos protegidos, mas é claro que aprendemos com a história. No reino de Udaya III, alguns monges fugiram da corte para escapar de sua ira. E encontraram a Clareira dos Ascetas. O rei e o vice-rei foram atrás e os decapitaram. O *Cūlavaṃsa* também relata a reação da população. O povo se rebelou, 'como o oceano agitado por uma procela'. Porque o rei violara um santuário. Houve protestos enormes por todo o reino, tudo isso por causa de um punhado de monges. Por causa de algumas cabeças..."

Palipana calou-se. Anil observava seus dedos, belos e finos, sentindo os contornos do crânio que Sarath lhe entregara, as unhas compridas percorrendo a crista supra-orbitária, penetrando as órbitas, depois as mãos abarcando toda a forma, como se ele estivesse aquecendo-as no crânio, como se fosse uma pedra tirada de uma fogueira extinta. Estava examinando o ângulo do maxilar, a linha rombuda dos dentes. Anil imaginava-o capaz de ouvir um único pássaro ao longe, na floresta. De ouvir as sandálias de Sarath arrastando-se no chão, o riscar de seu fósforo, o som do fogo devorando a folha de fumo do bidi que Sarath fumava a alguns metros dele. Estava certa de que ele conseguia ouvir tudo isso, a brisa suave, os outros fragmentos de som que lhe roçavam o rosto magro, ossudo, de um pardo vítreo que chamava a atenção para o crânio sob a pele. E enquanto isso os olhos cegos continuavam fixos, perfurando tudo que captavam. Seu rosto estava imaculadamente barbeado. Teria ele se barbeado, ou fora a moça que lhe fizera a barba?

"Me diga o que você acha — *você*." Virou o rosto na direção de Anil.

"Bem... não concordamos completamente. Mas nós dois sabemos que o esqueleto a que este crânio pertence é do nosso tempo. Foi encontrado junto com ossos do século XIX."

"Mas o pedículo na nuca foi quebrado recentemente", disse o velho.

"Ele..."

"Fui eu que fiz isso", disse Sarath. "Há dois dias."

"Sem a minha permissão", acrescentou Anil.

"Sarath sempre faz o que faz com um motivo, não é uma pessoa aleatória. Ele sempre viaja no meio do rio."

"Uma decisão visionária que ele tomou quando estava bêbado — é assim que encaramos a coisa no momento", disse ela, com toda a tranqüilidade de que era capaz.

Sarath olhava ora para ela, ora para ele, plenamente à vontade com aquela tirada.

"Fale mais. Você." Virou-se para ela de novo.

"Meu nome é Anil."

"Sim."

Ela viu que Sarath sacudia a cabeça e sorria. Ignorou a pergunta de Palipana e olhou para a escuridão da cabana em que ele morava.

A sua volta não havia vegetação luxuriante. Os ascetas sempre escolhiam afloramentos de rocha viva e raspavam a camada superior de terra. Só o que havia era o telhado de folhas e gravetos. O pavilhão de folhas. Ascetas velhos e ranzinzas.

Por outro lado, ali era muito tranqüilo. Cigarras barulhentas e invisíveis. Sarath lhe dissera que na última vez que fora a um mosteiro na floresta não tivera vontade de ir embora. Ele adivinhara que seu professor havia escolhido para exilar-se um dos pavilhões de folhas em torno de Anuradhapura, terra tradicional de monges. E Palipana comentara uma vez que gostaria de ser enterrado naquela região.

Anil levantou-se, passou pelo velho, foi até o poço e olhou no fundo dele. "Aonde ela vai?", ouviu Palipana perguntar, sem nenhuma irritação na voz. A menina saiu da casa com suco de maracujá e goiabas cortadas. Anil bebeu um copo rapidamente. Depois voltou a Palipana.

"Provavelmente ele foi enterrado duas vezes. O importante é que a segunda vez foi numa área de acesso restrito — onde só entram policiais e oficiais do exército, mais alguns funcionários do governo de alto escalão. Alguém do nível de Sarath, por exemplo. Ninguém mais tem acesso a esses lugares. De modo que não parece um crime cometido por um cidadão comum. Sei que assassinatos por motivos pessoais às vezes acontecem durante uma guerra, mas acho pouco provável que o assassino se desse ao luxo de enterrar a vítima duas vezes. Encontramos o esqueleto de que este crânio fazia parte numa caverna em Bandarawela. Precisamos descobrir se foi um assassinato cometido pelo governo."

"Sim."

"Os vestígios encontrados nos ossos do Marinheiro não..."

"Quem é o Marinheiro?"

"É o nome que demos ao esqueleto. Os vestígios de terra que encontramos nos ossos dele não batem com a terra do local onde foi achado. Não concordamos totalmente quanto à idade exata dos ossos, mas temos certeza de que foi enterrado em algum outro lugar primeiro. Ou seja: foi morto e enterrado. Depois foi exumado, levado a um outro lugar e enterrado de novo. Não apenas a terra é diferente, como também desconfiamos que o pólen que aderiu a ele antes de ser enterrado é de uma região muito diversa."

"O *Grãos de pólen* de Wodehouse..."

"Consultamos, sim. Sarath estudou o pólen e concluiu que há duas origens possíveis, uma perto de Kegalle e outra na região de Ratnapura."

"Ah, uma área de rebeldes."

"Pois é. Onde muitos camponeses desapareceram durante a crise."

Palipana levantou-se e estendeu a mão que segurava o crânio, para que um deles o pegasse. "Agora está mais fresco, podemos jantar. Vocês podem passar a noite aqui?"

"Podemos", disse Anil.

"Eu ajudo Lakma a cozinhar, nós dois cozinhamos juntos — enquanto vocês dois descansam, talvez."

"Eu queria tomar um banho de água de poço", disse ela. "Estamos viajando desde as cinco da manhã. Pode ser?"

Palipana fez que sim.

Sarath entrou no pavilhão de folhas, onde estava escuro, e deitou-se numa esteira. Parecia exausto por ter dirigido tantas horas. Anil foi até o carro e pegou dois sarongues em sua mala; depois voltou à clareira. Despiu-se junto ao poço, tirou o relógio de pulso, embrulhou-se no pano de diya reddha e soltou o balde nas profundezas. Ouviu um barulho oco muito ao longe. O balde afundou e encheu-se. Anil puxou a corda com força para que ele subisse depressa, e segurou a corda perto da alça. Verteu a água gelada sobre seu corpo, e a sensação de frio invadiu-a de repente, revigorando-a. Mais uma vez largou o balde no poço, puxou-o e derramou água sobre os cabelos e ombros, por dentro do sarongue fino, deixando-a escorrer pelo ventre e pelas pernas. Anil compreendeu por que havia poços que se tornavam sagrados. Eles eram ao mesmo tempo uma necessidade frugal e um luxo. Ela daria todos os brincos que tinha para poder ficar uma hora junto a um poço. Repetiu aquele mantra de gestos vez após vez. Quando terminou, despiu a roupa molhada e ficou nua ao vento, nos últimos raios do sol; depois vestiu o sarongue seco. Debruçou-se e apertou os cabelos para secá-los.

Algum tempo depois, acordou e reclinou-se no banco. Ouvira barulho de água. Virou-se e viu Palipana junto ao poço, enquanto a garota derramava água sobre seu corpo nu. Ele estava de frente para Anil, os braços largados. Era magro, como um animal perdido, como uma *idéia*. Lakma vertia mais e mais água, e os dois gesticulavam e riam.

Às cinco e quinze da manhã os que haviam despertado na escuridão já haviam caminhado um quilômetro e meio, deixando as ruas para trás e chegando ao campo. Haviam apagado o único lampião que levavam e agora caminhavam confiantes na escuridão, pisando a lama e a grama úmida com pés descalços. Ananda Udugama estava acostumado com aqueles caminhos escuros. Sabia que logo chegariam aos galpões espalhados, aos montes de terra recém-escavada, à bomba-d'água e ao buraco de um metro de diâmetro que era a boca da mina.

À luz esverdeada da manhã, os homens pareciam flutuar acima da paisagem descampada. Ouviam e quase viam os pássaros que batiam asas em disparada, com a vida no bico. Começaram a despir as camisetas. Todos trabalhavam na mina de pedras preciosas. Em breve estariam debaixo da terra, ajoelhados, escavando as paredes, tentando encontrar alguma coisa dura, rocha, raiz ou gema. Caminhariam descalços nas galerias subterrâneas, na lama e na água, cravando os dedos na argila mole, nas paredes úmidas. Cada turno era de seis horas. Uns entravam nos tú-

neis quando ainda estava escuro e saíam à luz do dia; outros emergiam já à noitinha.

Agora homens e mulheres estavam junto à bomba. Os homens dobraram os sarongues, amarrando-os à cintura, pendurando as camisetas nas vigas do galpão. Ananda encheu a boca de gasolina e cuspiu-a no carburador. Quando puxou a corda, o motor ligou de súbito, latejando sobre a terra. Começou a jorrar água de uma mangueira. Ouviram outro motor sendo ligado a quase um quilômetro dali. Dez minutos depois o dia começava a iluminar a paisagem, mas a essa altura Ananda e três outros já haviam descido uma escada e entrado na mina.

Antes de os homens descerem, sete velas acesas foram baixadas dentro de uma cesta pelo buraco de um metro de diâmetro, descendo doze metros na escuridão. As velas iluminavam e também alertavam para a qualidade do ar. No fundo do poço, onde as velas pousavam, havia três túneis que desapareciam numa escuridão mais profunda. Era neles que os homens iam penetrar.

Agora sozinhas na superfície, as mulheres começavam a preparar as cestas; quinze minutos depois ouviam os apitos e começavam a puxar cestas cheias de lodo do fundo do poço. Quando os campos ficavam completamente iluminados, toda a região plana de Ratnapura já estava desperta: as bombas retiravam água das minas, e com essa água as mulheres dissolviam a lama para ver se nela havia alguma coisa de valor.

Dentro da mina, os homens trabalhavam semi-acocorados, encharcados de suor e da água do túnel. Se alguém cortava o braço ou a coxa com a lâmina de escavar, o sangue parecia negro à luz das velas. Quando a umidade excessiva apagava as chamas, os homens deitavam-se na água enquanto o mineiro mais próximo da entrada arrastava-se pela escuridão e mandava as velas de volta para o mundo seco e iluminado da boca da mina, para que fossem acesas e mandadas de volta ao poço.

Ao meio-dia terminava o turno de Ananda. Ele e os outros subiam a escada até três metros abaixo da superfície, onde faziam uma pausa para acostumar a vista à luz, depois continuavam até chegar ao nível do chão. Ajudados pelas mulheres, seguiam até o monte onde tomavam banho de mangueira, começando com o cabelo e os ombros, a água atingindo-lhes os corpos quase nus.

Vestiam-se e começavam a caminhada para casa. Às três da tarde, na aldeia onde morava com sua irmã e seu cunhado, Ananda já estava bêbado. Rolava para fora do catre onde fora colocado, ia andando até o quintal, semi-acocorado como sempre, e mijava ali mesmo, incapaz de ficar em pé ou mesmo de levantar a vista para ver se alguém estava olhando.

No pavilhão de folhas dominado pela sombra, onde as cores eram atenuadas, o único objeto que Anil via brilhar era o relógio de pulso de Sarath. Havia duas esteiras enroladas e uma mesa pequena em que Palipana ainda escrevia, apesar da cegueira, numa letra grande e arredondada que era uma mistura de linguagem com ornamentação — a fronteira entre as duas coisas era indefinida. Ali ele passava a maior parte das manhãs, enquanto os pensamentos rodavam em círculos até serem capturados na sala escura.

A jovem estendeu uma toalha no chão e todos se sentaram ao redor dela, debruçando-se para pegar a comida, usando os dedos como talheres. Sarath lembrava do tempo em que Palipana viajava por todo o país com seus alunos, comendo em silêncio, escutando-os, até que de repente expunha suas opiniões num monólogo de vinte minutos. Fora assim que Sarath fizera suas primeiras refeições, em silêncio, sem jamais expor qualquer teoria. Estava aprendendo as regras e os métodos da argumentação tal como um menino assistindo a um esporte aprende o timing e os movimentos com o corpo imóvel. Sempre que os alunos pressupunham alguma coisa, o professor voltava-se contra eles. Os alunos confiavam nele por sua severidade, por sua incorruptibilidade.

Você, dizia Palipana, apontando. Nunca chamava ninguém pelo nome, como se isso fosse irrelevante à discussão ou busca em questão. Dizendo apenas: "*Quando foi que esta rocha foi entalhada? Qual a letra que falta? Qual o nome do artífice que desenhou este braço?*".

Viajavam tomando as estradas secundárias, parando em estalagens de terceira, arrastando pedras entalhadas até o sol, à noite traçando mapas de pátios e ruínas de palácios com base nos restos de pilares e arcos vistos durante o dia.

"Eu retirei a cabeça por um motivo."

A mão de Palipana ia repetidamente à travessa.

"Prove uns brinjals, é a minha especialidade..."

Sarath sabia que as interrupções de Palipana em momentos assim significavam que ele estava ansioso. Era um sarcasmo suave. A realidade da vida contra um conceito.

"Fotografei o esqueleto com e sem a cabeça para fins de registro. Enquanto isso, vamos continuar a analisar o esqueleto — os vestígios de terra, a palinologia. Os brinjals estão ótimos... Eu e o senhor trabalhamos com rochas antigas, fósseis, reconstruímos jardins com lagos, tentamos descobrir por que um exército deslocou-se para a zona seca. Conseguimos identificar um arquiteto com base no seu hábito de construir palácios de inverno e de verão. Mas Anil vive na época contemporânea. Ela usa métodos contemporâneos. Sabe fazer a seção transversal de um osso com uma serra fina e determinar a idade exata que tinha a pessoa quando morreu."

"Como é que se faz isso?"

Sarath calou-se para que Anil respondesse. Ela gesticulava

com a mão que não estava usando para comer, para enfatizar. "Leva-se a seção de osso ao microscópio. Tem que ter um décimo de milímetro — para podermos ver os canais por onde circula o sangue. À medida que a pessoa envelhece, os canais vão se quebrando, se fragmentando, se tornando mais numerosos. Basta ter a máquina para estimar qualquer idade dessa maneira."

"Estimar", murmurou ele.

"Margem de erro de cinco por cento. Eu diria que a pessoa cujo crânio o senhor examinou tinha vinte e oito anos de idade."

"Qual o grau de certeza..."

"Maior que o que se pode saber apalpando o crânio, as saliências supra-orbitárias e medindo o ângulo do maxilar."

"Que maravilha." Ele voltou o rosto para ela. "Que maravilha você é."

Anil corou de vergonha.

"Imagino que você é capaz de adivinhar a idade de um velho coroca como eu, a partir de um pedaço de osso."

"O senhor está com setenta e seis anos."

"Como?" Palipana ficou surpreso. "Minha pele? Minhas unhas?"

"Consultei a enciclopédia cingalesa antes de sairmos de Colombo."

"Ah. Sei, sei. Sorte sua conseguir uma edição antiga. Fui eliminado da nova."

"Então vamos ter que fazer uma estátua do senhor", disse Sarath, exagerando um pouco.

Fez-se um silêncio constrangido.

"Passei a vida cercado de imagens esculpidas. Não acredito nelas."

"Nos templos também há heróis seculares."

"Quer dizer que você removeu a cabeça..."

"Ainda não sabemos em que ano ele foi assassinado. Dez anos atrás? Cinco? Mais recentemente? Não temos os equipamentos necessários para descobrir isso. E, dadas as circunstâncias em que ele foi encontrado, não podemos pedir ajuda."

Palipana estava calado, de cabeça baixa, os braços cruzados. Sarath prosseguiu: "O senhor já reconstruiu eras simplesmente olhando para as inscrições. O senhor usou artistas para recriar pinturas a partir de fragmentos de tinta. Pois bem. Temos um crânio. Precisamos de alguém que saiba reconstruir a aparência provável da pessoa. Uma das maneiras de descobrir *quando* ele foi morto aos vinte e oito anos de idade é conseguir que alguém o identifique."

Ninguém se mexia. Até Sarath estava olhando para baixo agora. Ele continuou: "Mas não temos nenhum especialista nisso, nem sabemos como é que isso se faz. Por isso eu trouxe o crânio aqui. Para o senhor nos dizer aonde ir, o que fazer. É uma coisa que tem que ser feita com discrição."

"Sim. Claro."

Palipana levantou-se e todos o imitaram. Saíram do pavilhão para a noite. Reagiam aos movimentos súbitos do velho como se estivessem dando rédeas a um cavalo. Os quatro andaram até o pokuna e ficaram parados junto à água escura. Anil pensava o tempo todo na cegueira de Palipana naquela paisagem de verde-escuro e cinza profundo. Os degraus de pedra e rocha nua encaixavam-se na inclinação da terra tal como os fragmentos de tijolo e madeira encaixavam-se na rocha. Os ossos de uma antiga aldeia. Anil tinha a impressão de que seu pulso estava adormecido, de que caminhava como o animal mais lento do mundo atravessando um capinzal. Estava captando as complexidades do que a cercava. A mente de Palipana certamente estaria repleta de coisas assim, na sua cegueira poderosa.

"Não vou ter vontade de sair deste lugar", pensou ela, lembrando-se de que Sarath lhe dissera a mesma coisa.

"Conhecem a tradição do Nētra Mangala?" O velho dirigia-se a eles num murmúrio, como se pensasse em voz alta. Levantou a mão direita e apontou para o próprio rosto. Parecia estar se dirigindo mais a Anil do que a Sarath ou à jovem.

"*Nētra* quer dizer 'olho'. É um ritual dos olhos. É preciso chamar um artista especial para pintar os olhos de uma imagem sagrada. É sempre a última coisa que se faz. É o que dá vida à imagem. Como se fosse um fusível. Os olhos são um fusível. O ritual é necessário para que a estátua ou pintura num vihara se torne sagrada. Knox escreveu sobre isso, e depois Coomaraswamy também. Você leu?"

"Li, mas não lembro."

"Coomaraswamy comenta que antes da pintura dos olhos a imagem é só um pedaço de metal ou pedra. Mas depois desse ato '*ela passa a ser um Deus*'. Claro que há maneiras especiais de pintar o olho. Às vezes é o rei que o faz, mas o melhor é quando um artífice profissional o faz, o artesão. Agora, é claro, não temos mais reis. E o Nētra Mangala é melhor sem reis."

Anil, Sarath, Palipana e a menina haviam chegado à estrutura de madeira de uma ambalama, e agora estavam sentados dentro dela. Havia um lampião a óleo no centro da ambalama. O velho havia apontado para a construção, dizendo que lá podiam conversar, talvez até dormir aquela noite. Todo o prédio era de madeira, sem paredes, e com pé-direito alto. Viajantes e peregrinos aproveitavam a sombra e o frescor que o lugar proporcionava durante o dia. À noite era apenas um esqueleto de madeira aberto para a escuridão, com uma luz pobre que criava uma idéia de ordem. Uma estrutura construída sobre a rocha. Uma casa de madeira e pedra.

Estava quase escuro, e dali dava para sentir o cheiro que vinha da água do pokuna, ouvir os ruídos vagos de criaturas invisíveis. Todas as noites Palipana e a moça caminhavam de sua clareira na floresta para ir dormir na ambalama. Ele podia fazer suas necessidades da beira da plataforma sem ter de acordar a jovem para que o levasse a algum outro lugar. Ficava deitado, ouvindo os ruídos que vinham do oceano de árvores a sua volta. À distância havia guerras de terror, homens armados apaixonados pelo som de suas detonações, onde a guerra passara a ser o principal objetivo da guerra.

A menina estava a sua esquerda, Sarath a sua direita, a mulher a sua frente. Palipana sabia que a mulher agora estava em pé, olhando-o ou então para o espaço atrás dele, em direção à água. Também ouvira o ruído de alguma criatura cair na água, naquela noite silenciosa. Um urubu emergiu das árvores. Entre ele e a mulher — sobre a rocha, junto à luz ocre — estava o crânio que haviam trazido.

"Havia um homem que pintava olhos. Foi o melhor que já conheci. Mas ele parou."

"De pintar olhos?"

O velho ouviu a curiosidade renovada da voz dela.

"Há toda uma cerimônia para preparar o artesão durante a noite antes da realização da tarefa. É que ele é trazido só para pintar os olhos da imagem do Buda. Os olhos devem ser pintados às cinco da manhã. A hora em que o Buda atingiu a iluminação. As cerimônias, portanto, começam na noite da véspera, quando textos são recitados e os templos são enfeitados.

"Sem os olhos, não é só a cegueira: não há nada. Não há existência. O artesão gera a visão, a verdade, a presença. Depois ele é homenageado com presentes. Terras ou bois. Ele entra no templo. Com traje de príncipe, com jóias, espada à cintura, rendas na cabeça. Caminha acompanhado por um segundo homem, que leva os pincéis, tinta preta e um espelho de metal.

"Ele sobe uma escada à frente da estátua. O acompanhante sobe também. Isso acontece há séculos, veja bem, há relatos que descrevem a cerimônia no século IX. O pintor mergulha o pincel na tinta e dá as costas para a estátua, como se ela estivesse prestes a cingi-lo com aqueles braços enormes. A tinta está úmida no pincel. O auxiliar levanta o espelho, virado para o artesão, que levanta o braço e trabalha por cima do ombro, pintando os olhos sem olhar diretamente para o rosto. Ele se guia unicamente pelo reflexo — de modo que apenas o espelho recebe a imagem direta do olhar que está sendo criado. Nenhum olho humano pode enfrentar o olhar do Buda durante o processo de criação. A seu redor, os mantras prosseguem. *Que sejas possuidor dos frutos dos atos... Que seja prolongada a estadia na terra e a duração dos dias... Salve, olhos!*

"O trabalho pode levar uma hora ou menos de um minuto, dependendo do estado essencial do artista. Ele nunca encara os olhos diretamente. Só pode ver seu reflexo no espelho."

Anil estava em pé no parapeito de madeira onde mais tarde dormiria, pensando em Cullis. Onde quer que ele estivesse. Sem dúvida envolvido em sua intensa vida matrimonial. Evitava pensar nele assim. Cullis não lhe dera muito espaço naquele mundo, e a visão que Anil tinha dele sempre fora parcialmente velada.

"Por que você não acaba com isso, Cullis? Vamos parar. Continuar para quê? Depois de dois anos, ainda me sinto como um caso passageiro."

Estava deitada ao lado dele, na cama. Sem tocá-lo. Apenas

sentindo necessidade de olhá-lo nos olhos, de conversar. Ele estendeu a mão e agarrou os cabelos de Anil com a mão esquerda.

"Aconteça o que acontecer, não me abandone", disse ele.

"Por que não?" Ela tentou afastar a cabeça, mas ele não a soltava.

"*Me largue!*"

Ele continuou a prendê-la.

Ela sabia onde encontrar o que queria. Esticou o braço para trás e agarrou a pequena faca que pouco antes havia usado para cortar um abacate, num arco perfeito, e cravou-a no braço que a segurava. Ele soltou o ar que tinha nos pulmões. "*Ahhh.*" Toda a ênfase nos agás. Anil quase via as letras saindo dele na escuridão, e o cabo da arma espetada no músculo do braço.

Ela olhou para seus olhos, seus olhos cinzentos (à luz do dia eram sempre mais azuis), e viu desaparecer de repente a suavidade que havia assumido no semblante após os quarenta anos. O rosto tenso, as emoções escancaradas. Ele estava pesando tudo, aquela traição física. A mão direita de Anil ainda estava em torno da faca, sem chegar a segurá-la, apenas roçando-a de leve.

Entreolharam-se, sem que nenhum dos dois cedesse. Ela não recuava de sua própria fúria. Quando afastou a cabeça de novo, desta vez ele soltou-lhe os cabelos negros molhados. Ela escapuliu da cama e pegou o telefone. Levando-o para o banheiro iluminado, pediu um táxi. Virou-se para ele. "Não esqueça: isto foi o que eu lhe fiz em Borrego Springs. Você pode escrever um artigo sobre o acontecimento."

Vestiu-se no banheiro, maquiou-se e voltou para o quarto. Acendeu todas as luzes para que nada, nenhuma peça de vestuário, lhe escapasse enquanto fazia a mala. Depois apagou as luzes, sentou-se e ficou esperando. Ele continuava deitado numa das duas camas colocadas uma ao lado da outra, imóvel. Ela ouviu o táxi chegar e buzinar.

Caminhando em direção ao táxi, sentia os cabelos ainda úmidos. O carro afastou-se do Una Palma Motel. Aquele romance fora uma longa intimidade que existira quase sempre em segredo, o adeus foi rápido e fatal, embora no táxi, rumo à rodoviária, ela levasse a mão ao peito e sentisse o coração batendo forte, como se confessando a verdade.

Ela estava com um braço levantado, segurando-se à viga acima de sua cabeça. Sentia-se como um chicote capaz de saltar e capturar alguma coisa com seu dedo comprido. Palipana virou-se para a mulher que viera com Sarath. "*Salve, olhos!*", disse ele outra vez. Sarath olhava para o braço pálido de Anil à luz do lampião enquanto ouvia Palipana. "Quando termina, o pintor de olhos é vendado e guiado para fora do templo. O rei doa bens e terras a todas as pessoas responsáveis pelo feito. Tudo isso fica registrado. Ele definiu os limites de aldeias novas — terras altas e baixas, selvas e lagoas. Determinou que o artesão recebesse trinta *amunu* de terra para o plantio do arroz, trinta moedas de ferro, dez búfalos do rebanho e as dez fêmeas com suas crias." Ao conversar, Palipana sempre incluía frases de textos históricos que conhecia de memória.

"Fêmeas com suas crias", disse Anil em voz baixa, com seus botões. "Terra para o plantio do arroz... As pessoas eram recompensadas pelas coisas certas." Porém ele a ouviu.

"É, mas os reis também criavam problemas naquele tempo", disse. "Já naquela época não havia nada em que se pudesse acreditar com certeza. Eles continuavam não sabendo o que era a verdade. Nunca soubemos o que é a verdade. Nem mesmo com o seu estudo dos ossos."

"Usamos os ossos para procurá-la. 'A verdade vos libertará.' Eu acredito nisso."

"No nosso mundo, a maior parte do tempo a verdade é apenas opinião."

Ouviu-se um trovão ao longe, como se terra e árvores estivessem sendo rasgadas e arrancadas. A ambalama de madeira parecia uma jangada, ou uma cama de baldaquino pairando na clareira escura. Talvez não estivessem presos na rocha e sim à deriva, num rio. Anil estava deitada na beira da estrutura, numa das plataformas para dormir. Havia acordado, e ouvia Palipana virando-se de vez em quando, pois tinha dificuldade em encontrar o lugar exato e uma posição para dormir.

Ela recolheu-se a sua privacidade, voltou-se para Cullis. Sentia haver uma linha física que os ligava onde quer que ele estivesse no planeta, além de oceanos e tempestades, um frágil fio de telefone que era preciso desprender de galhos ou de rochas no fundo do mar. Teria ele conservado a sua imagem saindo com passos duros daquele quarto de motel em Borrego? Antes os dois estavam sonhando com uma noite inesquecível. Anil resolvera, ao sair do motel, que depois telefonaria para certificar-se de que ele não havia sucumbido ao sono, porém sua fúria continuava viva, e não deu o telefonema.

Sarath riscou um fósforo na rocha adjacente à ambalama. Então não estavam num rio. Houve uma luz efêmera, e depois Anil sentiu o cheiro de seu bidi. Um inseto fazia um ruído que lembrava um relógio a que se dava corda, um dos habitantes daquela floresta de ascetas. "Sempre se matou por paixão", ela ouviu Palipana dizer.

Na escuridão, continuou falando: "Mesmo um monge, como meu irmão, um dia encontra a paixão ou o assassinato. Pois não se pode sobreviver como monge se não existir a sociedade. O monge renuncia à sociedade, mas para tal é preciso primeiro fazer parte dela, aprender com ela para tomar sua decisão. Este é o paradoxo da reclusão. Meu irmão optou pela vida do templo. Fugiu do mundo, e o mundo veio em seu encalço. Tinha setenta anos quando foi morto por alguém, talvez alguém do tempo em que estava se libertando — pois essa é a etapa difícil, quando se está saindo do mundo. Eu sou o último dos meus irmãos. Pois minha irmã também já morreu. Esta menina é filha dela".

Alguns anos antes, a pequena Lakma assistira ao assassinato de seus pais. Uma semana após o crime, a menina, então com doze anos, foi levada para uma instituição do governo administrada por freiras, ao norte de Colombo, para crianças cujos pais haviam sido mortos na guerra civil. O choque do assassinato, porém, tocara tudo dentro dela, e suas habilidades verbais e motoras haviam regredido para a infância. Ao mesmo tempo, ela manifestava um ressentimento de adulto. Não queria que nada mais a invadisse.

Ficou escondida lá por mais de um mês, calada, sem esboçar qualquer reação, fisicamente obrigada a sair de seu quarto e exercitar-se ao sol. Os pesadelos de Lakma não cessavam, e ela não conseguia enfrentar os possíveis perigos que a cercavam. Era uma criança que sabia a falsidade da suposta segurança religiosa a seu redor, naqueles dormitórios limpos e camas bem-arrumadas. Quando veio visitá-la, Palipana, seu único parente vivo, deu-se conta de que naquele lugar ela estaria fora do alcance de toda forma de ajuda. Qualquer ruído inesperado parecia-lhe sinal de perigo. Escarafunchava cada prato que lhe serviam, à procura de insetos ou cacos de vidro; não dormia na cama, e sim escondida debaixo dela. Isso foi no momento da crise na carreira profissional de Palipana, quando seus olhos estavam nos estágios finais do glaucoma. Ele agasalhou a menina e levou-a de trem até Anuradhapura; durante toda a viagem ela permaneceu em estado de pânico. Depois, de carroça, foram juntos até o mosteiro na floresta, o pavilhão de folhas e a ambalama, na Clareira dos Ascetas. Desse modo afastaram-se do mundo, sem que ninguém se apercebesse — um velho e uma garota de doze anos que tinha medo de tudo que era humano, até mesmo daquela pessoa que a levara para a região seca.

Mais do que qualquer coisa, Palipana queria libertá-la do isolamento que lhe fora imposto. Tudo que havia aprendido com os pais fora abandonado num desvão inacessível de seu ser interior. Palipana, o grande epigrafista do país, começou a educá-la em dois níveis — ensinava-lhe as artes mnemônicas do alfabeto e da composição e conversava com ela nos limites mais remotos de seus conhecimentos e crenças. Tudo isso ocorria quando sua visão tornava-se cada vez mais fraca e ele passava a movimentar-se com lentidão, fazendo gestos exagerados. (Foi só depois, quando passou a confiar mais na escuridão e na menina, que seus movimentos tornaram-se mínimos.)

Palipana imaginava que sempre confiara nela, apesar da fúria e da rejeição do mundo que manifestava. Na presença da jovem, ele introduzia em sua fala menções a guerras e slokas medievais e textos em páli e linguagem, comentários sobre a história, observando que também a história se apagava aos poucos, tanto quanto a guerra, e só podia persistir na memória — pois até mesmo os slokas escritos em papiros e folhas de ola encadernadas seriam devorados pelas traças, dissolvidos pela chuva —, era só a pedra que podia conter a perda de uma pessoa e a beleza de outra para todo o sempre.

Viajava com ele — uma caminhada de dois dias até um cabido em Mihintale, subindo os 132 degraus, agarrando-se àquele cego com todo seu medo quando ele insistiu que fossem de ônibus a Polonnaruwa para ver-se diante do Livro de Pedra, pôr as mãos sobre os patos — os patos eternos — pela última vez. Viajavam em carros de boi, e ele cheirava o ar ou ouvia o zumbido da seiva nos troncos das nissas e sabia onde estava, sabia que ali perto encontrava-se um templo semi-enterrado, e saltava da carroça, leve e esguio, e a menina o seguia. "Somos formados, e eu fui formado, pela história", dizia ele. "Mas os três lugares que mais amo escaparam dela. Arankale. Kaludiya Pokuna. Ritigala."

Assim, seguiram rumo ao sul até Ritigala, pegando caronas em lentos carros de boi, onde ela se sentia mais protegida, e levaram horas subindo o monte sagrado, atravessando a floresta quente, ouvindo o ruído das cigarras. Chegaram à trilha que subia a encosta num S gigantesco. Quebraram um pequeno galho ao penetrar na floresta e o dedicaram como uma oferenda, e de lá não tiraram mais nada.

Cada vez que encontrava um pilar histórico num campo, Palipana aproximava-se dele e o abraçava, como se fosse uma pessoa que ele conhecera no passado. Passara a maior parte da vida encontrando a história em pedras e entalhes. Em anos recentes havia encontrado as histórias ocultas, intencionalmente perdidas, que modificavam a visão e o conhecimento de tempos antigos. Era o modo como se escondia ou escrevia a verdade quando era necessário mentir.

Havia decifrado as linhas rasas gravadas na pedra em meio ao clarão dos relâmpagos, e as anotara durante uma tempestade com trovões. Uma lâmpada de enxofre portátil ou uma fogueira de gravetos junto à gruta. O diálogo entre linhas antigas e ocultas, o intercâmbio entre o oficial e o oficioso em solitárias expedições ao campo, quando passava semanas sem falar com ninguém, de modo que essas passaram a ser suas únicas conversas — um epigrafista estudando o estilo específico de um entalho do século IV, em seguida encontrando uma história ilegal, expurgada por reis e ministros e sacerdotes, nos textos interlineares. Esses versos continham a prova mais secreta.

Lakma o observava e escutava, sem jamais dizer palavra, uma amanuense calada a recolher as histórias que ele sussurrava. Palipana combinava fragmentos de histórias de modo a compor uma paisagem. Não importava que ela não distinguisse entre as versões dele e a verdade. Por fim, sentia-se segura com aquele homem, o irmão mais velho de sua mãe. Dormiam em esteiras no pavilhão de folhas à tarde, e na ambalama à noite. À medida que Palipana ia se tornando cego, ele lhe dava cada vez mais de sua vida. Nos seus últimos dias de visão, o velho ficou simplesmente olhando para ela.

Com sua cegueira, a menina adquiriu a autoridade que ele fora incapaz de lhe dar. Lakma reorganizava os caminhos do dia. O que ela fazia próxima a ele agora era parte do mundo invisível. A seminudez que ela adotara de certo modo representava seu estado mental. Usava o sarongue como se fosse homem. Palipana não via isso, como não via a mão esquerda da jovem pousada no púbis, brincando com os pêlos recém-brotados, ou acariciando-os enquanto ele lhe falava. A única coisa que a guiava agora era a preocupação com a segurança e o conforto do velho. Corria para alcançá-lo se o via caminhando em direção a uma raiz. Todas as manhãs umedecia-lhe o rosto com água fervida numa fogueira, e em seguida barbeava-o. Levantavam cedo e deitavam-se cedo, alinhados com o sol e a lua. Ela vivia com ele desse modo havia dois anos quando apareceram Sarath e Anil. Com a chegada dos dois, Lakma passou a ocupar um plano secundário, embora a casa que estavam invadindo fosse mais dela que de Palipana. Era a rotina de Lakma que fora perturbada. Quando Anil via o velho esboçar um gesto ou uma palavra de polidez ou bondade, eram sempre dirigidos à jovem, de modo a ser ouvido a apenas um passo de distância; assim, Anil e Sarath eram excluídos de quase todas as conversas entre os dois. No final da tarde, Lakma sentava-se entre as pernas do velho, e ele mergulhava os dedos finos em seus cabelos longos, penteando-os e procurando piolhos, enquanto a jovem massageava-lhe os pés. Quando ele caminhava, ela o guiava, afastando-o de qualquer obstáculo em seu caminho com um leve puxão na manga.

*

A jovem entraria na floresta, noturna, imóvel como as árvores, quando Palipana morresse.

Vestiria a nudez dele com folhas do coqueiro thambili, que faziam parte da decoração da morte, costuraria seus últimos cadernos em seus bolsos. Já havia lhe preparado uma pira à margem do pokuna, cujo som ele adorava — e agora suas chamas estremeciam na água do lago. Lakma já havia entalhado uma das frases de Palipana na rocha, uma das primeiras coisas que ele lhe dissera, uma frase a que a jovem se agarrara como se fosse uma jangada durante os anos em que vivia em pânico. Gravara a frase bem no horizonte da água, de tal modo que, dependendo da maré e da força de atração da lua, as palavras na pedra ora ficavam submersas, ora destacavam-se acima de sua imagem refletida, ora apareciam em ambos os elementos. Agora, mergulhada na água até a cintura, gravava as letras cingalesas na pedra escura segundo o método artesanal que o velho lhe ensinara. Uma vez ele lhe mostrara inscrições como aquela, encontrando-as mesmo apesar da cegueira, circundadas por patos, patos eternos. Assim, ela entalhou patos dos dois lados da frase de Palipana. No tanque do Kaludiya Pokuna, a frase de um metro ainda aparece e desaparece. Já se transformou numa lenda antiga. Mas a moça que, com água até a cintura, gravou-a em pedra na última semana de vida de Palipana e o levou até a água e levou a mão dele até a inscrição, na altura da superfície da água, não era antiga. Ele assentiu com a cabeça, relembrando as palavras. E agora o velho ficava junto à água, e todas as manhãs a jovem se despia, descia a parede de rocha submersa e martelava e cinzelava, de modo que em seus últimos dias de vida o velho foi acompanhado pelos ruídos fortes e generosos da moça a trabalhar, como se falasse com ele. Apenas a frase. Nem o nome do autor, nem os anos em que vivera, apenas uma frase suave que ela apreendera uma vez, sua marca levada agora pela água ao redor do lago.

Ele havia entregado a Lakma seus óculos, velhos e gastos, e no final, depois de costurar os cadernos dentro dos bolsos, ela levaria consigo apenas aqueles óculos, como um talismã, quando penetrasse na floresta.

*

Mas naquela noite, com os dois estranhos na ambalama, a jovem percebia a inquietação de Anil, uma coisa tão nítida quanto o bidi de Sarath a brilhar mais forte de vez em quando na escuridão. Palipana empertigou-se e Lakma sabia que ele começaria a falar, como se não tivesse havido um intervalo de meia hora.

"O homem de quem falei, o artista, houve uma tragédia na vida dele. Agora trabalha na mina de pedras preciosas, desce nela quatro ou cinco dias por semana. Bebe áraque, ouvi dizer. É perigoso descer a mina com ele. Talvez ainda esteja lá. Era ele o artesão que pintava olhos — tal como seu pai e seu avô. Um talento herdado, se bem que ele me pareça o melhor dos três. Creio que é quem vocês terão que encontrar. Será necessário pagá-lo."

Anil perguntou: "Pagá-lo por quê?".

"Pela reconstrução da cabeça", murmurou Sarath na escuridão.

Partiram para Colombo no dia seguinte, embora nenhum dos dois desejasse abandonar o encantamento daquele velho e daquela clareira na floresta. Esperaram o frescor do cair da tarde e partiram quando Palipana e a moça caminhavam rumo à ambalama para dormir. Uma hora depois de passarem de Matale, o carro virou uma esquina e Sarath viu os faróis de um caminhão apontando para eles. Freou de repente, o carro estremeceu e derrapou no macadame. Então viu que o caminhão não se movia; estava estacionado na estrada à frente deles, os faróis ligados.

Soltou o freio e lentamente foram avançando. Anil, que estivera dormindo e acordara, pôs a cabeça para fora da janela. Havia um homem deitado na pista diante do caminhão. Deitado de costas, os braços abertos. O caminhão imenso lançava luz a sua frente, mas o homem, deitado sob os feixes luminosos, estava no escuro. Tinha o peito nu, e os pés descalços estavam virados diretamente para cima, e os braços esparramavam-se. O medo deles dois era atenuado pelo que havia de cômico na cena. Seguiram em frente devagar, e a sua volta tudo estava silencioso. Nem mesmo um cão latindo. Nem cigarras. O motor do caminhão estava desligado.

"É o motorista?" Ela sussurrava, não querendo quebrar o silêncio.

"É assim que eles dormem às vezes, tiram um rápido cochilo. Simplesmente param na contramão, deixam os faróis acesos e ficam estendidos na pista por meia hora. Ou então ele está bêbado."

Seguiram viagem, Anil agora totalmente desperta, encostada na porta para poder olhar para Sarath enquanto ele falava, tão baixo que era difícil ouvi-lo com o vento que entrava pelas janelas. Como arqueólogo, ele sempre viajava à noite, mais ainda desde que sua mulher morrera, explicou. Eram duas viagens por semana — até Puttalam ou a costa sul. Ele acompanhava equipes de estudantes que caminhavam ao longo de diques de criações de camarões, em busca de sítios de aldeias antigas, ou então ia supervisionar a restauração de uma ponte de pedra em Anuradhapura.

Estavam alguns quilômetros ao sul de Ambepussa, e chegariam aos arredores de Colombo em uma hora. "Quando eu era jovem, meu pai fazia apostas conosco — quantos bêbados encontraríamos dormindo ao lado de caminhões, quantos cachorros. Se víssemos um cachorro junto com um homem adormecido, ganhávamos um ponto extra. Ou então eram três ou quatro cachorros à sombra de um caminhão iluminado pela lua. Ele apostava conosco para não dormir no volante. Adorava apostar."

Depois de uma longa pausa, Sarath prosseguiu. "A vida inteira ele jogou. Quando pequenos, não percebíamos isso. Ele tinha uma vida organizada, era um advogado respeitado. Nossa família era estável. Mas ele adorava o jogo, e nossas finanças tinham altos e baixos."

"Quando a gente é criança, o que a gente mais quer é estabilidade."

"É."

"Quando você conheceu sua futura mulher, você tinha certeza, mesmo... que vocês dois...?"

"Eu sabia que estava apaixonado. Mas nunca tive certeza de que nós dois íamos dar certo."

"Sarath, pare o carro, por favor." Ela ouviu o ruído leve do pé dele saindo do acelerador. O carro começou a perder velocidade, mas não parou. Ela estava calada, olhando para a escuridão a sua frente. Ele saiu para o acostamento, e ficaram parados dentro do carro escuro, o motor em ponto morto.

"Você viu que não havia nenhum cachorro junto àquele caminhão."

"É. Pensei nisso na hora exata em que falei. Havia alguma coisa errada."

"Talvez fosse uma dessas aldeias onde não há cachorros... Temos que voltar." Anil desviou a vista da estrada e olhou para ele, e o carro descreveu um semicírculo; seguiram de volta para o norte.

Chegaram ao caminhão em vinte minutos. O homem deitado no chão estava vivo, mas não podia se mexer. Estava quase desmaiado. Haviam lhe cravado um prego na mão esquerda e outro na direita, crucificando-o no macadame. Era o motorista do caminhão, e quando viu Sarath e Anil aproximarem-se surgiu em seu rosto uma expressão de pavor. Como se voltassem para matá-lo ou torturá-lo ainda mais.

Anil segurou-lhe o rosto enquanto Sarath arrancava os pregos da pista, soltando suas mãos.

"Deixe os pregos no lugar por ora", disse ela. "Melhor não retirá-los."

Sarath explicou ao homem que ela era médica. Pegaram um cobertor no porta-malas, embrulharam-no e o instalaram no banco de trás. A única coisa que havia para beber era um resto de tônico, que ele engoliu com sofreguidão.

Estavam novamente indo para o sul. Cada vez que Anil se virava para trás para ver como estava o homem, seus olhos estavam arregalados, olhando fixamente para eles. Anil disse a Sarath que precisavam de água e sal. Viu uma luz fraca à frente e pousou a mão no braço de Sarath para que ele parasse. O carro foi perdendo velocidade silenciosamente, e ele desligou o motor.

"Que aldeia é essa?"

"Galapitigama. A aldeia de mulheres belas", disse ele, como se fosse um refrão. Anil encarou-o. "É a fama. Segundo MacAlpine."

Ela saltou e caminhou até a porta de uma casa onde havia luz. Sentiu cheiro de fumo. Sarath estava a seu lado.

"Precisamos de sal. Água quente. Se não tiver quente, fria serve. Uma tigela pequena — vamos ter que ficar com a tigela."

Quando a porta se abriu, viram uma sala cheia de atividade, à altura de seus joelhos. Havia sete homens em torno, enrolando cigarros, pesando maços em balanças, amarrando-os com barbante fino. Trabalho noturno ilegal. Vestiam apenas sarongues de algodão na sala quente e fechada, sem janelas. Três lampiões no chão, onde os bidis eram empilhados. Tudo ali era tingido de um marrom alaranjado, a cor das chamas inquietas dos lampiões. Todos os homens usavam sarongues com um padrão xadrez em azul e verde.

O homem de peito nu que abriu a porta olhou direto para o carro lá fora, temeroso de que eles fossem autoridades. Sarath explicou que precisavam de uma tigela de água quente e sal, e depois lembrou-se de pedir bidis, se eles estivessem dispostos a vendê-los. O homem riu.

Um dos outros homens saiu pela porta das fundos enquanto Anil e Sarath aguardavam na soleira; depois ele voltou com sal numa das mãos e uma pequena tigela na outra. Anil segurou-lhe o punho e virou-o de modo a derramar o sal na água.

Dessa vez ela sentou-se no banco de trás, ao lado do caminhoneiro. Sarath disse alguma coisa para ele, falando por cima do ombro, e o homem estendeu a mão esquerda para Anil, um gesto vacilante. Sob a luz fraca do interior do carro, ela encharcou um lenço na solução salina e espremeu-o sobre a palma da mão do homem, ainda com o prego cravado. Repetiu a operação na mão direita, depois mais uma vez na esquerda.

Sarath deu a partida no carro.

Havia floresta dos dois lados da estrada deserta. O zumbido do motor enchia o silêncio, um fio sonoro naquele mundo silencioso, só ela e Sarath e o homem ferido. De vez em quando uma aldeia, de vez em quando um bloqueio na estrada sem nenhum policial, e eram obrigados a desacelerar o carro e passar pelo buraco de uma agulha. Num trecho iluminado da estrada Anil viu que a água que punha nas mãos do homem estava agora suja de sangue. Mas não parou, porque o movimento mantinha o homem tranqüilo e acordado, impedindo-o de entrar em estado de choque. Os gestos mútuos — ela puxava-lhe a mão, ele a estendia — estavam tendo um efeito hipnótico sobre ambos.

"Como você se chama?"

"Gunesena."

"Mora perto daqui?"

O homem inclinou a cabeça um pouco, um gesto cuidadoso, sim e não, e Anil sorriu. Uma hora depois estavam chegando aos arredores de Colombo, e pouco mais tarde entravam no pronto-socorro.

UM IRMÃO

Nas salas de operação dos hospitais centrais da Província Centro-Norte quatro livros estavam sempre em evidência: *Análise de 2187 feridas penetrantes consecutivas no cérebro ocorridas no Vietnã*, de Hammon; *Feridas de bala*, de Swan e Swan; *Cirurgia arterial na Guerra da Coréia*, de C. W. Hughes; e os *Anais cirúrgicos*. No meio de uma operação os médicos mandavam os serventes virar as páginas para que pudessem olhar de relance o texto enquanto trabalhavam. Após duas semanas trabalhando quinze horas por dia, não precisavam mais da ajuda dos livros, e enfrentavam com desenvoltura as feridas e suturas. Mas os textos permaneciam, para o uso de médicos em treinamento no futuro.

Na sala de espera dos médicos num hospital da Província Centro-Norte alguém havia largado um exemplar de *As afinidades eletivas* em meio a outras brochuras mais acessíveis. Lá permaneceu durante toda a guerra, sem que ninguém o lesse, salvo um ou outro que pegava o volume enquanto esperava, lia o resumo na quarta capa e depois o punha de volta na mesa junto com os outros, respeitoso. Esses outros — uma turma mais popular que incluía Erle Stanley Gardner, Rosemary Rogers, James Hilton e Walter Tevis — eram consumidos em duas ou três horas, engolidos como sanduíches num balcão de lanchonete. Qualquer coisa para distrair durante uma guerra.

Os prédios do hospital haviam sido construídos na virada do século. O hospital fora administrado sem muito empenho até que a guerra começou a piorar. No pátio gramado, sinais de um tempo mais inocente perduravam durante as ondas da violência. Soldados semimortos que ansiavam por sol e ar fresco descansavam ali, tomando pílulas de morfina ao lado da placa que dizia: PROIBIDO MASCAR BÉTEL.

As vítimas de "violência intencional" haviam começado a surgir em março de 1984. Quase todos do sexo masculino, na faixa dos vinte anos, feridos por minas, granadas, morteiros. Os médicos de plantão largavam na mesa *O gambito da dama* ou *A noiva do plantador de chá* e começavam a estancar as hemorragias. Retiravam metal e pedra de pulmões, suturavam tórax lacerados. Num dos textos médicos lidos pelo jovem doutor Gamini havia uma frase que ele particularmente adorava: "*Ao diagnosticar um ferimento vascular, faz-se necessário um alto teor de desconfiança*".

Durante os dois primeiros anos da guerra, mais de trezentas vítimas de explosões chegaram ao hospital. Então as armas melhoraram e a guerra na Província Centro-Norte piorou. Os guerrilheiros conseguiam acesso a armamentos estrangeiros que eram trazidos ao país pelos traficantes, e possuíam também bombas caseiras.

Os médicos salvavam primeiro as vidas, depois os membros. A maioria dos ferimentos era causada por granadas. Uma mina contrapessoal do tamanho de um tinteiro destruía a maior parte do pé da vítima. Cada hospital central do interior era cercado por aldeias novas que ali brotavam. Havia necessidade de programas de reabilitação e de membros artificiais, conhecidos como "membros de Jaipur". Na Europa, um pé artificial custava 2500 libras; ali fazia-se um membro de Jaipur por trinta libras — mais barato porque as vítimas asiáticas andavam descalças.

Durante as primeiras semanas de uma ofensiva, o hospital gastava todo seu estoque de analgésicos. Nessas ocasiões, os médicos perdiam suas identidades em meio à gritaria. O jeito era apegar-se a algum tipo de ordem, qualquer um — o cheiro do anti-séptico Savlon utilizado para lavar o chão e as paredes, a "sala de injeção das crianças" com seus murais infantis. Os objetivos tradicionais dos hospitais continuavam a existir junto com a guerra. Quando Gamini terminava uma operação no meio da noite, ele ia para os prédios do leste, onde ficavam as crianças doentes. As mães também ficavam lá. Sentada num banco, a mãe apoiava o tronco e a cabeça na cama do filho e dormia segurando-lhe a mãozinha. Era raro ver um pai. Gamini olhava para as crianças, que não sentiam a presença dos braços das mães. A cinqüenta metros dali, na seção de emergência, ele ouvira homens feitos chamando pelas mães aos berros, morrendo. "*Me espere!*" "*Eu sei que você está aí!*" Foi então que ele deixou de acreditar que o homem dominava a terra. Passou a afastar-se de todas as pessoas que defendiam alguma guerra. Ou o direito de dominar o próprio país, ou o orgulho da posse, até mesmo os direitos pessoais. Todos esses motivos acabavam sempre nos braços de um poder irresponsável. Ninguém era melhor nem pior que seu inimigo. Gamini só acreditava nas mães que dormiam encostadas nos filhos, a grande sexualidade do espírito que havia nelas, a sexualidade do carinho, para que as crianças se sentissem confiantes e protegidas durante a noite.

Havia dez camas ao redor da sala, e no centro ficava a mesa da enfermeira. Gamini adorava a ordem dessas enfermarias fechadas. Quando tinha algumas horas livres, evitava o dormitório dos médicos e vinha ali deitar-se numa das camas vazias, para que, mesmo se não conseguisse dormir, se sentisse cercado por algo que não poderia encontrar em nenhum outro lugar no país. Queria um braço de mãe que o segurasse com firmeza na cama, que pousasse sobre seu tórax, que pusesse uma toalha fresca e úmida em seu rosto. Ele virava-se para ver uma criança vitimada pela icterícia banhada na luz azul-clara, como se num diorama. Uma luz azul que era mais cálida que límpida, com uma freqüência específica. "*Me passe uma genciana. Me dê uma lanterna.*" Gamini queria ser banhado naquela luz. A enfermeira consultava o relógio, levantava-se de sua mesa e ia acordá-lo. Mas ele não estava dormindo. Tomava um chá com ela e depois saía da enfermaria pediátrica, que tinha seus problemas também. Estendia o braço e tocava no pequeno Buda que havia no nicho da parede ao passar por ele.

Atravessando o gramado, Gamini via-se de volta às enfermarias de guerra, onde parecia não haver muita diferença entre os pacientes que aguardavam a cirurgia e os em estado pós-operatório. A única certeza era que amanhã viriam mais corpos — apunhalados, destroçados por minas. Trauma ortopédico, pulmões perfurados, lesões da medula espinhal...

Alguns anos antes, circulara uma história a respeito de um médico de Colombo — Linus Corea —, um neurocirurgião que tinha uma clínica particular. Descendia de três gerações de médicos; seu sobrenome era tão tradicional quanto os bancos mais sólidos do país. Linus Corea estava com seus quarenta e tantos anos quando a guerra estourou. Como a maioria dos médicos, achava a guerra uma loucura; ao contrário da maioria, porém, continuou atuando em sua clínica particular — tinha entre seus pacientes o primeiro-ministro e também o líder da oposição. Fazia massagem capilar no salão Gabriel's às oito da manhã, clinicava das nove às duas, depois ia jogar golfe, acompanhado de um segurança. Jantava fora, chegava em casa antes do toque de recolher e dormia num quarto com ar-condicionado. Estava casado havia dez anos e tinha dois filhos. Todos gostavam dele; tratava a todos educadamente, porque era essa a melhor maneira de evitar problemas, de ser invisível para aqueles que não o interessavam. Esta pequena cortesia criava uma bolha dentro da qual ele vivia. Seus gestos, sua polidez, disfarçavam um desinteresse essencial pelas pessoas que encontrava na rua — ou, ao menos, uma falta de tempo para lhes dedicar. Gostava de fotografia. À noite, ampliava as fotos que tirava.

Em 1987, quando o doutor Linus Corea estava jogando uma partida de golfe, seu segurança foi morto a bala e ele foi seqüestrado. Os criminosos saíram da floresta lentamente, sem se preocupar em ser vistos por ele. Isto significava que, para eles, ser reconhecidos não tinha a menor importância; foi o que mais o apavorou. Estava sozinho com o guarda-costas. Ficou parado junto ao corpo estendido e foi cercado pelos homens, que haviam acertado a vítima exatamente na cabeça de uma distância de quarenta metros. Precisão absoluta.

Falaram com ele com tranqüilidade numa língua inventada, o que aumentou ainda mais sua ansiedade. Golpearam-no uma única vez, quebrando-lhe uma costela, como um aviso para que se comportasse; depois levaram-no para o carro. Durante meses ninguém soube de seu paradeiro. A polícia, o primeiro-ministro, o presidente do Partido Comunista, todos foram convocados, todos ficaram indignados. Não havia qualquer comunicado dos seqüestradores exigindo um resgate. Foi o mistério de Colombo em 1987; ofertas de recompensa foram publicadas nos jornais, mas nenhuma delas deu em nada.

Oito meses após o desaparecimento de Linus Corea, sua

mulher estava sozinha em casa com os dois filhos quando um homem veio à porta e entregou-lhe uma carta do marido. O homem entrou na sala. Era um bilhete breve. O teor era o seguinte: "*Se quiser me ver outra vez, venha com as crianças. Se não quiser vir, eu compreendo*".

A mulher fez menção de pegar o telefone, e o homem apontou-lhe uma arma. Ela ficou imóvel. À sua esquerda havia um poça rasa onde flores flutuavam. Todos os objetos valiosos estavam no andar de cima. A mulher permanecia imóvel, ouvindo o movimento das crianças em seus quartos. Aquele casamento não fora muito feliz. Havia conforto, não felicidade. Ralo em matéria de afeto. Mas a carta, apesar da secura típica, continha algo que ela jamais esperara dele. Dava-lhe o direito de escolha. Isso era expresso de modo lacônico, mas estava lá, sem imposições. Mais tarde ocorreu-lhe que, não fosse esse detalhe, ela não teria ido. Murmurou para o homem. Ele respondeu-lhe numa língua inventada incompreensível. Algumas das matérias publicadas nos jornais na época do desaparecimento de seu marido falavam em seqüestros realizados por OVNIs, e estranhamente esta lembrança lhe veio à mente nesse instante, ali na sala de entrada de sua casa.

"Nós vamos com você", disse ela, em voz alta, e o homem aproximou-se para entregar-lhe uma segunda carta.

Essa era tão seca quanto a anterior: "*Favor trazer os seguintes livros*". Adiante, uma lista com oito títulos, com explicações sobre onde encontrá-los em seu escritório. Ela disse aos filhos para separarem algumas roupas e sapatos, mas não levou nada para si própria. Saiu apenas com os livros, e na rua o homem apontou para um carro já com o motor ligado.

Linus Corea andou até a barraca na escuridão e deitou-se no catre. Eram nove da noite, e se eles viessem deveriam estar chegando dentro de cinco horas. Ele dissera aos homens qual a melhor hora para encontrá-la em casa sozinha. Precisava dormir. Trabalhara na barraca de triagem por quase seis horas, de modo que mesmo após um breve cochilo depois do almoço continuava exausto.

Estava no acampamento dos rebeldes desde que fora seqüestrado em Colombo. Tinham-no capturado pouco após as duas horas, e às sete chegaram às montanhas do Sul. Ninguém lhe falara no carro; valiam-se apenas da linguagem sem sentido, uma brincadeira deles. Corea não entendia qual a razão daquilo. Chegando ao campo, explicaram-lhe em cingalês o que queriam dele: que trabalhasse como médico para eles. Mais nada. Não foi uma conversa tensa, e não houve ameaças. Disseram-lhe que poderia ver a família dentro de alguns meses. Que podia dormir agora, mas que de manhã teria de trabalhar. Algumas horas depois acordaram-no dizendo que era uma situação de emergência; conduziram-no até a barraca de triagem com um lampião, que penduraram num gancho acima de um homem semimorto, e disseram-lhe que operasse aquele crânio à luz do lampião. O homem já estava mais morto que vivo, mas insistiram para que operasse. Ele próprio sentia-se mal com a costela quebrada; sempre que se debruçava sentia uma dor lancinante. Meia hora depois o homem morreu, e levaram o lampião para outra cama, onde um homem baleado aguardava em silêncio. Foi necessário amputar a perna acima do joelho, mas o paciente sobreviveu. Linus Corea foi dormir de novo às duas e meia. Às seis da manhã foi acordado para retomar o trabalho.

Após alguns dias, ele pediu-lhes que arranjassem batas, luvas de borracha e morfina. Entregou-lhes uma lista de coisas necessárias, e naquela noite os rebeldes atacaram um hospital perto de Gurutuwala, apropriaram-se dos artigos pedidos e seqüestraram uma enfermeira para ele. Também ela, curiosamente, não se queixou de seu destino, tal como ele não reclamara. No íntimo, estava irritado e cansado de um mundo em que era preciso fazer tais coisas, mas o recurso da cortesia, que fora uma falsidade em sua vida anterior, continuava a funcionar nesta. Agradecia as pessoas a torto e a direito, e só pedia algo se fosse estritamente necessário. Acostumou-se a exigir pouco, chegava a orgulhar-se disso. Quando queria alguma coisa — seringas, esparadrapo, um livro — fazia uma lista e entregava-a aos rebeldes. Uma semana, seis semanas depois, quem sabe, recebia o que pedira. O primeiro ataque ao hospital foi o único que planejaram só para atendê-lo.

Como não sabia por quanto tempo seria mantido ali, começou a ensinar à enfermeira tudo que podia lhe ensinar a respeito de cirurgia. Rosalyn tinha cerca de quarenta anos e era muito inteligente, por trás de seu ar complacente. Ele a fazia operar a seu lado quando o número de feridos era excessivo.

Passado o primeiro mês, Linus Corea foi obrigado a admitir que não tinha mais saudades dos filhos nem da mulher; tampouco sentia muita falta de Colombo. Não que estivesse feliz ali; mas de tão ocupado não tinha tempo de pensar em outras coisas.

Não lhe restavam energias para se irritar ou sentir-se insultado. Das seis até o meio-dia. Duas horas para almoçar e cochilar. Depois, mais seis horas de trabalho. Quando havia uma crise, trabalhava mais ainda. A enfermeira estava sempre a seu lado. Usava uma das batas que ele pedira e orgulhava-se muito dela, lavando-a todas as tardes para que estivesse limpa na manhã seguinte.

Era apenas mais um dia como os outros, mas para ele era seu aniversário. E pensou nisso quando caminhava em direção à barraca. Cinqüenta e um anos. Seu primeiro aniversário nas montanhas. Ao meio-dia o jipe passou e levou-o, junto com a enfermeira. O carro rodou por algum tempo, então ele foi vendado. Pouco depois o retiraram do veículo. Ele entregou os pontos. Muito vento na cara. Com os pés sentia que estava numa plataforma. Um penhasco? Empurraram-no e ele se viu em pleno ar, caindo, mas antes que sentisse medo chocou-se contra a água. Gelada, água de montanha. Ele estava bem. Tirou a venda e ouviu gritos entusiasmados. A enfermeira, também vestida, mergulhou da pedra para juntar-se a ele. Os homens mergulharam em seguida. De algum modo, haviam descoberto que era seu aniversário. Daí em diante, sempre que havia tempo sua rotina cotidiana incluía um mergulho. Sempre pensava nisso antes de adormecer. A idéia acentuava sua animação a respeito do dia seguinte. O mergulho.

Estava dormindo quando sua família chegou. A enfermeira tentou acordá-lo, mas ele estava morto para o mundo. Ela sugeriu que a esposa viesse para a sua barraca com os dois meninos para que o doutor pudesse dormir mais um pouco, já que teria de levantar-se dentro de algumas horas para trabalhar. Em quê?, perguntou a esposa. Ele é médico, respondeu a enfermeira.

Melhor assim. Fora uma viagem desconfortável; ela e as crianças estavam cansadas. Não era hora para saudações e conversas. Acordaram no dia seguinte às dez, e seu marido já estava trabalhando havia quatro horas. Ele entrara na barraca com seu caneco de chá, olhara para eles e voltara ao trabalho com a enfermeira. Esta confessou-se surpresa de ver como era jovem sua esposa, e o médico riu. Em Colombo, teria ficado vermelho ou sentido raiva. Tinha consciência de que aquela enfermeira podia lhe dizer qualquer coisa.

Assim, quando sua mulher e seus filhos acordaram, não havia ninguém a sua espera. A enfermeira não estava mais lá, os soldados que eles encontravam iam cada um para seu lado. A mãe insistiu para que todos ficassem juntos, e começaram a rodar pelo acampamento como turistas perdidos até encontrarem a enfermeira lavando curativos à frente de uma barraca suja.

Rosalyn foi até ele e disse-lhe algo que ele não compreendeu, e foi obrigada a repetir que sua mulher e seus filhos estavam do lado de fora da barraca. O doutor levantou a vista, perguntou se Rosalyn podia substituí-lo, ela fez que sim. Ele afastou-se do trabalho que o absorvia, saiu da barraca, passou por pessoas deitadas no chão, indo em direção a sua família. A enfermeira via que estava quase pulando de prazer. Quando se aproximou, sua mulher viu o sangue em sua bata e hesitou. "Não faz mal", disse o marido, e abraçou-a, levantando-a do chão. A mulher pegou sua barba, da qual ele se esquecera. Não havia espelhos, e ele jamais a vira.

"Você já esteve com a Rosalyn?"

"Já. Ela nos ajudou ontem à noite. Claro que você não conseguiu acordar."

"Hmm." Linus Corea riu. "Eles me dão trabalho." Fez uma pausa, depois disse: "É a minha vida".

*

Sempre que explodia uma bomba em algum lugar público, Gamini colocava-se na entrada do hospital, o funil da triagem, e classificava as vítimas que chegavam, rapidamente avaliando o estado de cada pessoa — mandava-as ou para a UTI ou para a sala de operação. Dessa vez havia mulheres também, porque a bomba fora deixada numa rua. Todos os sobreviventes no círculo exterior da explosão chegaram em menos de uma hora. Os médicos não usavam nomes. Prendia-se uma placa de identificação no pulso direito, ou no pé direito se não havia braço. Vermelho, neurologia; verde, ortopedia; amarelo, cirurgia. Nada de profissão nem raça. Ele gostava disso. Os nomes eram anotados depois, se os sobreviventes conseguiam falar, para o caso de morrerem. Dez centímetros cúbicos de sangue eram retirados de cada paciente e afixados ao colchão onde ele estava, juntamente com agulhas descartáveis que seriam reutilizadas se necessário.

A triagem separava os moribundos dos que precisavam de cirurgia imediata e dos que podiam esperar; os moribundos recebiam pílulas de morfina para que não se perdesse tempo com eles. Distinguir os outros era mais difícil. As bombas de rua, que normalmente continham pregos ou rolimãs, podiam abrir um abdômen a uma distância de cinqüenta metros. As ondas de choque passavam por uma pessoa e seu poder de sucção era capaz de causar ruptura do estômago. "Aconteceu alguma coisa com o meu estômago", dizia uma mulher, temendo ter sido rasgada pelo metal da bomba, quando na verdade seu estômago fora revirado pela força do ar.

As bombas de rua tinham o efeito de dilacerar emocionalmente a todos. Meses depois, sobreviventes vinham à enfermaria dizendo ter medo de que ainda pudessem morrer. Quanto aos da periferia, os estilhaços e fragmentos que atravessavam seus corpos, por milagre não atingindo nenhum órgão vital, eram inofensivos porque o calor da explosão os esterilizava. O problema era o choque emocional. Outros ficavam parcial ou totalmente surdos, dependendo da posição em que suas cabeças estavam na rua no momento da explosão. A maioria não tinha dinheiro para pagar uma operação de reconstrução do tímpano.

Nesses tempos de crise, os membros mais novos da equipe trabalhavam como cirurgiões ortopédicos. As estradas que levavam aos centros médicos maiores muitas vezes estavam fechadas por causa de minas, e os helicópteros não podiam voar na escuridão. Assim, os internos viam-se cercados de traumatismos e queimaduras de todos os tipos. Havia apenas quatro neurocirurgiões no país: dois em Colombo, um em Kandy e um que tinha uma clínica particular — mas este fora seqüestrado alguns anos antes.

Enquanto isso, bem ao sul dali, havia outras interrupções. Rebeldes invadiram o Ward Place Hospital em Colombo, matando um médico e dois de seus assistentes. Entraram procurando um paciente. "Onde está fulano?", perguntaram. "Não sei." Instaurou-se o caos. Encontraram o paciente, sacaram facas compridas e reduziram-no a pedaços. Depois ameaçaram as enfermeiras e exigiram que elas não viessem mais ao trabalho. No dia seguinte as enfermeiras voltaram, não de uniforme, mas de blusão e chinelos. Havia atiradores no telhado do hospital. Havia informantes por toda parte. Mas o Ward Place Hospital permaneceu em funcionamento.

Esse tipo de ação política era raro nos hospitais centrais. Gamini e seus assistentes, Kasan e Monica, conseguiam tirar cochilos rápidos na sala dos médicos de vez em quando. Era muito comum não poderem ir para casa por causa do toque de recolher. Para Gamini não fazia diferença; ele não conseguia dormir, mesmo. Ainda não surtiam efeito as pílulas que começara a tomar recentemente; continuava cheio de adrenalina embora o cérebro estivesse exausto; assim, saía à noite para dar uma volta lá fora, sob as árvores. Havia algumas pessoas fumando, parentes dos feridos. Ele não tinha vontade de falar com ninguém; seu sangue fervia. Entrava de novo, pegava um livro e ficava olhando para a página como se fosse uma cena de outro planeta. Por fim voltava à enfermaria pediátrica para procurar uma cama; lá era um estranho e sentia-se mais protegido. Algumas mães olhavam para ele desconfiadas, querendo proteger seus filhos daquele desconhecido, como galinhas temerosas por seus pintos, até que o reconheciam como o mesmo médico que estivera ali dois anos antes, que não conseguia jamais dormir, que escolhia um colchão sem lençol e ficava deitado, imóvel, até sua cabeça cair para a esquerda, voltada para a luz azul. Quando adormecia, a enfermeira da mesa no centro desamarrava seus sapatos e os tirava. Ele roncava tão alto que às vezes acordava as crianças.

Estava com trinta e quatro anos na época. As coisas ainda iam piorar. Aos trinta e seis anos, trabalhava no Accident Services Hospital de Colombo. O "hospital dos tiros", era como se dizia. Porém lembrava-se da enfermaria pediátrica na Província Centro-Norte, da luz azul focalizada sobre a criança com icterícia, que de algum modo o confortava também, com sua freqüência específica de 470 a 490 nanômetros, que a noite inteira decompunha o pigmento amarelo. Lembrava-se dos livros, os quatro textos de medicina essenciais e as histórias que jamais terminava de ler, embora ficasse horas com os livros na mão, sentado na cadeira de palhinha, tentando descansar, tentando estabelecer alguma espécie de ordem humana, porém tudo que lhe vinha naquela sala era a escuridão; os olhos fixavam-se na página enquanto o cérebro concentrava-se na verdade daqueles tempos.

Era uma da manhã quando Sarath e Anil chegaram ao centro de Colombo, tendo atravessado as ruas vazias e cinzentas da cidade. Chegando ao pronto-socorro, ela perguntou: "Não tem problema a gente andar com ele assim?".

"Tudo bem. Ele vai ser atendido pelo meu irmão. Se tivermos sorte, ele deve estar aqui no pronto-socorro."

"Você tem um irmão que trabalha aqui?"

Sarath estacionou e ficou imóvel por um momento. "Meu Deus, estou exausto."

"Quer ficar aqui e dormir? Eu o levo lá dentro."

"Não. Melhor eu falar com o meu irmão. Se ele estiver aí."

Gunesena estava dormindo. Acordaram-no e o levaram para dentro do prédio, caminhando um de cada lado dele. Sarath falou com uma pessoa na recepção e os três sentaram-se para esperar, Gunesena com as mãos no colo, como se fosse um lutador de boxe. Em torno da mesa de recepção havia uma atmosfera diurna de trabalho, embora todos se movimentassem devagar e em silêncio. Um homem de camisa listrada aproximou-se deles e conversou com Sarath.

"Esta é Anil."

O homem de camisa listrada acenou-lhe com a cabeça.

"Meu irmão, Gamini."

"Certo", disse ela, seca.

"É o meu irmão mais moço — ele é o nosso médico."

Não houve nenhum contato entre ele e Sarath, nem sequer um aperto de mão.

"Venha..." Gamini ajudou Gunesena a levantar-se e foram todos para uma sala pequena. Gamini destampou um frasco e começou a passar um algodão nas palmas das mãos do homem. Anil percebeu que ele não estava de luvas, nem mesmo de jaleco. Era como se estivesse jogando baralho quando o chamaram. Gamini injetou anestésico nas mãos do homem.

"Eu não sabia que ele tinha irmão", disse ela, quebrando o silêncio.

"Ah, a gente quase não se vê. Eu também não falo nele, sabe? Cada um para o seu lado."

"Mas ele sabia que você estava aqui, e que estava de plantão."

"Pelo visto, sabia."

Os dois estavam intencionalmente excluindo Sarath da conversa.

"Há quanto tempo você está trabalhando com ele?", perguntou Gamini.

Disse ela: "Três semanas".

"As suas mãos... estão firmes", disse Sarath. "Você já se recuperou?"

"Já." Gamini virou-se para Anil. "Eu sou o segredo da família."

***

Gamini arrancou os pregos das mãos anestesiadas de Gunesena. Então lavou-as com Betalima, uma solução limpadora vermelha que vinha numa embalagem de plástico. Fez os curativos enquanto conversava com o paciente em voz baixa. Agia com muita delicadeza, o que por algum motivo surpreendeu Anil. Abriu uma gaveta, pegou uma outra agulha descartável e aplicou no homem uma injeção antitetânica. "Você deve ao hospital duas agulhas", murmurou ele a Sarath. "Tem uma farmácia na esquina. Compre enquanto eu despacho o paciente." Conduziu Sarath e Anil até a porta, deixando o paciente lá dentro.

"Não tem nenhum leito para ele hoje. Só se fosse coisa mais séria. Porque hoje em dia até ser crucificado não é considerado uma agressão das piores... Se você não pode levá-lo para casa eu arranjo alguém para cuidar dele enquanto ele dorme na recepção — quer dizer, eu autorizo."

"Ele pode vir conosco", disse Sarath. "Se ele quiser, eu lhe arranjo trabalho de motorista."

"Não deixe de comprar as agulhas. Eu estou largando o plantão daqui a pouco. Você quer comer alguma coisa? Na Galle Face?" Estava de novo se dirigindo a Anil.

"São duas horas da manhã!", exclamou Sarath.

Anil respondeu. "Claro. Vamos."

Ele acenou-lhe com a cabeça.

Gamini abriu a porta do carona e sentou-se ao lado do irmão, de modo que Anil teria de ficar no banco de trás com Gunesena. Bem, assim ela veria os dois melhor.

As ruas estavam vazias; havia apenas uma patrulha militar silenciosa caminhando sob o arco de árvores na Solomon Dias

Mawatha. Foram detidos numa barreira e tiveram de mostrar seus passes. Um quilômetro depois pararam diante de uma barraca; Gamini saltou e comprou comida para todos. Na estrada, o irmão mais moço parecia tão magro quanto sua sombra, e feroz.

Deixaram Gunesena dormindo no carro e caminharam por Galle Face Green, sentando-se perto do quebra-mar, junto ao oceano escuro. Enquanto Gamini desembrulhava a comida, Anil acendeu um cigarro. Ela não estava com fome, mas nos próximos sessenta minutos Gamini consumiria vários lamprais, uma quantidade extraordinária para uma pessoa que lhe parecia pequena e ossuda. Anil viu que ele pôs uma pílula na mão e engoliu-a junto com um gole de Crush.

"A gente recebe muitos casos como esse..."

"Com pregos nas mãos?" Anil deu-se conta de que havia um toque de horror em sua voz.

"Hoje em dia aparece de tudo. É quase um alívio achar um prego comum de construção como arma. Parafusos, cavilhas, eles põem qualquer coisa nas bombas para garantir que a vítima tenha gangrena."

Desembrulhou a folha de mais um lamprais e comeu com os dedos. "...Graças a Deus que hoje não é noite de lua cheia. Os dias de poya são os piores. Todo mundo acha que dá para enxergar. Aí saem e pisam em alguma coisa. Vocês dois são a equipe que está trabalhando com os novos esqueletos?"

"Como é que você está sabendo disso?" Anil ficou tensa de repente.

"Não é a hora de fazer exumações. Eles não querem ver nenhum resultado. Estão combatendo dois inimigos ao mesmo tempo — quer dizer, o governo. Ninguém quer ouvir críticas agora."

"Eu compreendo", disse Sarath.

"Mas e ela?" Gamini fez uma pausa. "Tenham cuidado.

Ninguém é perfeito. Ninguém tem razão. E tem muita gente sabendo da investigação que vocês estão fazendo. Sempre tem alguém prestando atenção."

Houve um silêncio breve. Então Sarath perguntou ao irmão o que mais ele andava fazendo.

"Só dormir e trabalhar", disse Gamini, com um bocejo. "Mais nada. Meu casamento desapareceu. Toda aquela cerimônia... e, dois meses depois, nada. Eu estava muito emotivo, na época. Acho que sou só mais um traumatizado. É o que acontece quando não existe um outro tipo de vida possível. O meu casamento, essa droga de pesquisa de vocês — isso tudo não significa porra nenhuma. E esses rebeldes teóricos vivendo no estrangeiro, cheio de idéias de justiça — não tenho nada contra os princípios deles, mas queria que eles estivessem aqui. Eles deviam vir me visitar na minha sala de operações."

Gamini debruçou-se para pegar um cigarro de Anil. Ela o acendeu, ele agradeceu com um aceno.

"Estou entendendo tudo sobre armas explosivas. Morteiros, minas Claymore, minas contrapessoais que contêm gelignita e trinitrotolueno. E eu sou o médico! Essas minas contrapessoais resultam em amputações abaixo do joelho. A vítima perde a consciência e a pressão cai. Você faz uma tomografia do cérebro e do bulbo e dá hemorragia e edema. A gente usa dexametasona e ventilação mecânica — ou seja, o jeito é abrir o crânio. Na maioria dos casos, são mutilações horrendas, e tudo que se pode fazer é conter as hemorragias... Chega gente o tempo todo. Você encontra lama, capim, metal, restos de uma perna e de uma bota, tudo isso enfiado na coxa e na genitália, quando a bomba em que a pessoa pisou explodiu. Quer dizer: se você vai andar numa área minada, melhor ir de tênis. Melhor do que bota de combate. E os caras que estão colocando essas minas são os que a imprensa ocidental diz que estão lutando pela liberdade... E você quer investigar o *governo*?"

"Há tâmeis inocentes sendo mortos no Sul também", disse Sarath. "Assassinatos horrendos. Você devia ler as reportagens."

"Eu leio." Gamini jogou a cabeça para trás. Encostou-a na coxa de Anil, mas aparentemente não se deu conta do fato. "Nós estamos todos fodidos, não é? Não sabemos mais o que fazer. O jeito é chafurdar. Agora, chega de querer botar moral. Está todo mundo na mesma lama."

"Tem umas reportagens...", disse ela. "São cartas de pais que perderam os filhos. Não é uma coisa que a gente possa deixar de lado, nem ler apressadamente."

Ela tocou-o no ombro. Gamini levantou a mão por um momento, depois sua cabeça caiu para o lado e Anil se deu conta de que ele havia adormecido. O crânio dele, os cabelos despenteados, o peso do cansaço dele em seu colo. *Sono, vem me libertar*. Uma letra de música que lhe veio à cabeça, ela não conseguia lembrar da melodia. *Sono, vem me libertar...* Ela se lembraria depois que Sarath estava olhando para o véu negro do mar.

A*mígdala.*

A primeira vez que Anil ouviu a palavra, pensou que fosse algo do Sri Lanka. Estudando no Guy's Hospital, Londres, havia cortado um tecido e encontrado um pequeno nó de fibras compostas de neurônios. Perto do bulbo raquidiano. O professor a seu lado pronunciou a palavra. *Amígdala.*

"O que quer dizer?"

"Nada. É uma localização. É o aspecto escuro do cérebro."

"Eu não..."

"Um lugar onde se guardam lembranças sombrias."

"Só o medo?"

"Não se tem certeza disso. Também raiva, ao que parece, mas a especialidade é mesmo o medo. Pura emoção. Não conseguimos explicar melhor."

"Por que não?"

"Veja... será uma coisa herdada? Será medo ancestral? Medos da infância? Medo do que pode acontecer na velhice?

Ou medo quando a gente comete um crime? Pode ser que seja apenas uma projeção de fantasias de medo no corpo."

"Como nos sonhos."

"Como nos sonhos", concordou ele. "Se bem que às vezes os sonhos não são resultado da fantasia, e sim de hábitos antigos de que não temos consciência."

"Quer dizer que é uma coisa criada por nós, pela nossa própria história pessoal? O nó desta pessoa é diferente do de outra, mesmo que sejam da mesma família. Porque cada um de nós tem um passado diferente."

Ele fez uma pausa antes de voltar a falar, surpreso com o grau de interesse que ela manifestava. "Acho que ainda não sabemos até que ponto os nós se assemelham, se há padrões essenciais. Sempre gostei daqueles romances do século XIX em que irmãos vivendo em cidades diferentes sentiam as mesmas dores, os mesmos medos... Mas estou mudando de assunto. Não sabemos, Anil."

"O nome parece cingalês."

"Levante a origem do termo. Não parece nada científico."

"Não. Um deus mau."

Anil lembra-se do nó em forma de amêndoa. Durante as autópsias, ela tem o hábito secreto de procurar a amígdala, esse feixe de nervos onde se abriga o medo — e que portanto governa tudo. Nosso comportamento, nossas decisões, o modo como procuramos casamentos sólidos e casas que nos proporcionem segurança.

Uma vez, no carro com Sarath, ele perguntou: "*Seu gravador está desligado?*". "Está." "Tem ao menos dois lugares de detenção não autorizados em Colombo. Um fica perto da Havelock Road em Kollupitiya. Alguns presos chegam a ficar lá um mês, mas não são torturados esse tempo todo. A maioria resiste menos de uma hora. A maioria das pessoas entrega os pontos só de pensar na possibilidade do que pode vir a acontecer."

"Seu gravador está desligado?", ele havia perguntado. "Está, sim." E só então ele falou.

"Eu queria achar uma única lei que se aplicasse a toda a vida. Encontrei o medo..."

O nome de Anil — o nome que ela comprou do irmão aos treze anos de idade — teve de passar por mais uma etapa antes de se estabilizar. Quando Anil estava com dezesseis anos, ela vivia tensa e furiosa no seio da família. Seus pais a levaram a um astrólogo em Wellawatta numa tentativa de atenuar esses aspectos de sua natureza. O homem anotou a hora e a data de seu nascimento, fez uma subtração aqui, uma divisão ali, examinou os astros vizinhos e, sem saber da transação comercial por trás dele, disse que o nome é que era o problema. A natureza tempestuosa de Anil seria domada se o nome fosse trocado. O homem nada sabia sobre a compra e venda que envolvera cigarros Gold Leaf e rupias. Falava com uma voz que sugeria serenidade e sabedoria, dentro daquele cubículo fechado por uma cortina atrás da qual outros clientes aguardavam a vez, tentando entreouvir fofocas e segredos de família. O que ouviram foi a menina dizendo "não" com insistência e em voz alta. O astrólogo-adivinho por fim atenuou sua solução, propondo um simples apêndice — o acréscimo de um *e*, para ficar *Anile*. Isso faria com que ela e seu nome se tornassem mais femininos; o *e* esvaziaria sua fúria. Mas ela recusou até mesmo essa solução.

Agora aquela agressividade lhe parecia ter sido apenas uma fase. Muitas vezes há um momento na vida da pessoa em que a anarquia se instaura em seu corpo: meninos cujos hormônios estão enlouquecidos, meninas usadas como petecas entre pai e mãe na política familiar. A menina e o pai, a menina e a mãe. Era um campo minado, a adolescência, e foi só quando a relação entre seus pais terminou de vez que ela acalmou, e assim nos quatro anos seguintes pôde navegar — melhor dizendo, nadar — em águas tranqüilas.

As guerras familiares continuavam a existir dentro dela, e não a haviam abandonado quando ela foi estudar medicina no estrangeiro. Nos laboratórios de medicina legal, ela fazia questão de tornar bem nítida a distinção entre características masculinas e femininas. Verificou que as mulheres se desestruturavam com muito mais facilidade que os homens por causa de desfeitas dos namorados ou cônjuges; por outro lado, sabiam lidar melhor com calamidades na vida profissional que eles. Eram feitas para procriar, proteger crianças, orientá-las em momentos de crise. Os homens tinham necessidade de fazer uma pausa e assumir uma postura de frieza para poder lidar com um corpo estraçalhado. No decorrer de toda a sua formação, na Europa e na América, ela vira exemplos disso, vez após vez. As médicas eram mais confiantes em situações de caos e acidentes, eram mais calmas quando se tratava de lidar com o cadáver de uma velha, de um jovem belo, de crianças pequenas. O que mais fazia Anil sofrer era ver uma criança morta vestida. Uma criança de três anos de idade, morta, usando as roupas com que seus pais a haviam vestido.

"Somos cheios de anarquia. Despimo-nos porque não devíamos nos despir. E nos comportamos pior no estrangeiro. No Sri Lanka a ordem familiar nos cerca, todos sabem com quem nos encontramos durante o dia, nada é anônimo. Mas se me encontro com um cingalês em qualquer outro país e temos uma tarde livre, pode não acontecer nada, mas nós dois sabemos que pode ser o caos. Que qualidade é essa em nós? Hein? Por que é que geramos nossas próprias tempestades?"

Anil está falando com Sarath, que, em sua transição da juventude para a idade adulta, ela imagina, permaneceu preso aos princípios de seus pais. Ela tem certeza de que era obediente, ainda que não acreditasse necessariamente nas regras. Sarath certamente não teria conhecido as realidades da liberdade sexual que estavam a seu alcance, ainda que em sua imaginação tivesse provado a anarquia. Sarath, ela desconfia, é um homem tímido, no sentido de que não tem autoconfiança suficiente para passar uma cantada. Seja como for, ela sabe que os dois são originários de uma sociedade onde são complexas e difíceis as transações do amor e do casamento, e é igualmente anárquico o sistema de influências planetárias. Sarath lhe falou sobre o henahuru em sua família durante um almoço numa estalagem...

Pessoas que nascem sob a influência de determinados astros não servem para casar. Uma mulher que nasceu com Marte na sétima casa é "*malefic*". Se se casar, seu marido morrerá. O que significa que, para os cingaleses, ela é essencialmente responsável pela morte dele, que ela é que o matou.

Por exemplo, o pai de Sarath tinha dois irmãos. O mais velho casou-se com uma mulher que a família conhecia havia muito tempo. Dois anos depois ele morreu de uma febre persistente; a esposa cuidou dele dia e noite até sua morte. Tiveram um único filho. A dor da viúva foi terrível, e ela retirou-se do mundo por completo. A família recorreu ao segundo irmão para que tentasse fazê-la sair de sua reclusão, por causa do menino. Ele trazia presentes para a criança, insistia em levar mãe e filho consigo em suas viagens de férias para o interior, e por fim ele e a mulher, a viúva de seu irmão, se apaixonaram. Sob vários aspectos, era um amor maior e mais sutil do que o que existira no primeiro casamento. A intenção da paixão e da vida em comum não estavam presentes desde o início. A mulher fora trazida de volta para o mundo. Ela sentia gratidão pelo irmão mais moço de seu marido, um homem bonito. Assim, quando, numa viagem de carro, o fragmento de desejo emergiu ao vê-la rir pela primeira vez após um ano, ele deve ter tido a impressão de que estava traindo sua motivação original, que era apenas uma preocupação generosa com a viúva de seu irmão. Casaram-se, e ele cuidou do filho de seu irmão. Tiveram uma filha, e um ano e meio depois também ele adoeceu, morrendo nos braços da esposa.

Isso queria dizer, é claro, que a mulher era *malefic*. Ela só poderia casar-se com um homem nascido sob a mesma configuração astral que ela. Qualquer homem assim era cobiçado pelas mulheres desse tipo. Os homens *malefic* também deviam desposar mulheres nascidas sob o mesmo astro, porém acreditava-se que as mulheres desse tipo eram muito mais perigosas que os homens. Se um homem *malefic* casava-se com uma mulher que não era *malefic*, ela não morria necessariamente. Mas quando o contrário se dava, o homem morria sempre. Ela era henahuru, literalmente "uma dor no pescoço". Porém mais perigosa.

Ironicamente, Sarath, filho do terceiro irmão, nascido alguns anos depois, não tendo qualquer ligação com a esposa dos dois outros irmãos, nasceu com Marte na sétima casa. "Meu pai se casou com a mulher que ele amava", disse Sarath. "Nem sequer consultou os astrólogos. Nasci. Meu irmão nasceu. Me contaram a história alguns anos depois. Achei que aquilo era uma superstição boba, um envenenamento celestial aleatório. Um resquício da Idade Média. Eu podia dizer, por exemplo, que nos anos em que estudei no estrangeiro estava com Júpiter na cabeça e por isso foi mais fácil passar nas provas. E quando voltei Júpiter foi substituído por Vênus e me apaixonei. Vênus às vezes não é boa, porque pode levar a pessoa a fazer juízos de valor de modo impensado. Mas eu não acredito nessas coisas."

"Nem eu", diz Anil. "Nós mesmos é que fazemos tudo."

Anil havia saído de sua primeira aula no Guy's Hospital de Londres com uma única frase em seu caderno: "*O osso preferencial seria o fêmur*".

Ela gostou muito do modo como o professor dissera essa frase, com espontaneidade, mas com um ar pomposo. Como se essa informação fosse a primeira regra com base na qual seria possível passar para princípios mais complexos. Os estudos forenses começavam com aquele osso da coxa.

O que surpreendia Anil, à medida que o professor apresentava o resumo do programa e do campo de estudo, era o silêncio da sala de aula inglesa. Em Colombo o barulho era constante. Pássaros, caminhões, cães brigando, crianças decorando a lição num jardim-de-infância, vendedores ambulantes — todos esses sons entravam pelas janelas abertas. Era impossível haver uma torre de marfim nos trópicos. Anil anotou a frase do doutor Endicott e, alguns minutos depois, sublinhou-a com sua esferográfica, no silêncio da sala. Passou o resto da aula só ouvindo e observando os maneirismos do professor.

Foi no tempo em que estudava no Guy's que Anil se viu metida num casamento desastrado. Tinha vinte e poucos anos, e passaria o resto da vida escondendo esse episódio de todas as pessoas que viria a conhecer. Ainda agora recusava-se a revivê-lo e calcular o estrago. Para ela, era como uma espécie de fábula exemplar contemporânea.

Também ele era do Sri Lanka, e quando pensava no assunto em retrospecto Anil percebia que começara a amá-lo por estar se sentindo solitária. Com ele Anil podia preparar um prato de curry. Podia falar sobre um barbeiro específico de Bambalapitiya, manifestar desejo de comer jagra ou jaca sabendo que seria compreendida. Isso era importante naquele país novo, ainda tão frágil. Talvez ela se sentisse tensa de incerteza e timidez. Imaginara que se sentiria fora do lugar na Inglaterra apenas por umas poucas semanas. Seus tios que haviam feito a mesma viagem uma geração antes falavam sobre o tempo passado no estrangeiro com nostalgia romântica. Davam a entender que bastava um gesto ou comentário apropriado para que todas as portas se abrissem. Um amigo de seu pai, o doutor P. R. C. Peterson, contava que fora estudar na Inglaterra aos onze anos de idade. No primeiro dia de aula, um colega chamou-o de "nativo". Ele se pôs de pé imediatamente e disse ao professor: "Desculpe, mestre, mas Roxborough não sabe quem eu sou. Ele me chamou de 'nativo'. Ele está enganado. *Ele* é que nativo; eu estou aqui apenas como visitante".

Porém a aceitação não era assim tão fácil. Tendo se tornado uma espécie de celebridade em Colombo por causa da natação, Anil sentia-se tímida sem a presença de seu talento, e achava difícil participar de conversas. Mais tarde, quando desenvolveu seu pendor para a antropologia forense, sabia que um de seus trunfos era o fato de que sua perícia anunciava sua existência, como uma espécie de arauto neutro.

Em seu primeiro mês em Londres, sentia-se o tempo todo confundida pela geografia da cidade. (O que sempre lhe chamava a atenção no Guy's Hospital era o número de portas!) Perdeu duas aulas na primeira semana por não conseguir encontrar a sala de aula. Assim, por algum tempo passou a chegar bem cedo a cada manhã para ficar esperando o doutor Endicott na escada da entrada, indo atrás dele, passando por portas de vaivém, escadas, corredores pintados de rosa e cinza, até chegar à sala de aula sem número. (Uma vez, para espanto dele e de outros, entrou atrás do doutor no banheiro masculino.)

Anil sentia-se tímida até consigo mesma. Estava perdida, emotiva. Falava sozinha, como uma de suas tias solteironas. Passou uma semana comendo pouco, economizou e telefonou para Colombo. Seu pai não estava em casa, e sua mãe não podia atender. Era uma da manhã, e ela havia acordado sua ama, Lalitha. Conversaram por alguns minutos, até que as duas começaram a chorar, em cantos opostos do mundo. Um mês depois, Anil encantou-se pelo homem que logo se tornaria seu marido e, não muito tempo depois, seu ex-marido.

Ele dava-lhe a impressão de ter chegado do Sri Lanka com braceletes e caminhando com pernas de pau. Também estudava medicina. Não era tímido. Conheceram-se e, alguns dias depois, ele já concentrava seus esforços em Anil — era um irreprimível sedutor, pródigo de bilhetinhos e flores e recados deixados por telefone (já havia encantado rapidamente a senhoria do prédio em que ela morava). Aquela paixão organizada cercava-a por todos os lados. Anil tinha a impressão de que ele nunca se sentira solitário antes de conhecê-la. Conseguia motivar e coreografar os colegas com brilho. Era engraçado. Sempre tinha cigarros. Anil percebia que folclorizava as características pessoais dos colegas e as incluía nas conversas até elas se tornarem pedras de toque — um truque que tinha o efeito de fazer com que a conversa sempre fluísse com facilidade. Formavam um grupo, um time, que na verdade só existia havia duas semanas. Cada um tinha um epíteto. Lawrence, que vomitara uma vez no metrô; os irmãos Sandra e Percy Lewis, cujos escândalos familiares eram reconhecidos e perdoados; Jackman, o sobrancelhudo.

Rapidamente ele e Anil se casaram. Por alguns momentos ela desconfiou que, para ele, aquilo era apenas o pretexto para uma grande festa que uniria a todos. Na cama, era ardoroso, apesar do trabalho que lhe dava coreografar sua vida pública. Sem dúvida, abriu para Anil a geografia do quarto de casal, insistindo em fazer amor na sala de visita, que não era à prova de som; na pia não muito sólida do banheiro comum no corredor; bem perto do campo do jogo durante uma partida de críquete. Esses atos privados numa esfera quase pública refletiam bem sua natureza social. Para ele, era como se não houvesse diferença entre privacidade e amizade com conhecidos. Mais tarde Anil compreenderia que essa era a característica fundamental de um monstro. Fosse como fosse, nos primeiros tempos foi tudo muito divertido para os dois. Se bem que já então Anil tinha consciência de que era vital ela cair na realidade para continuar seus estudos.

Seu sogro veio à Inglaterra e levou o jovem casal para jantar. Pela primeira vez, o filho ficou em segundo plano, enquanto o pai tentava convencê-los a voltar para Colombo e dar-lhe netos. Referia a si próprio constantemente como filantropo, o que parecia fazê-lo sentir-se sempre numa posição moralmente superior. À medida que o jantar avançava, Anil tinha a impressão crescente de que todos os truques da sociedade de Colombo Seven estavam sendo usados contra ela. O sogro não gostava que Anil tivesse uma carreira profissional própria, que houvesse mantido o nome de solteira; incomodava-se quando a nora discordava dele. Quando, à sobremesa, Anil falou sobre as autópsias que fazia no curso, o homem ficou indignado. "Não existe nada que você se recuse a fazer?" E ela respondeu: "Me recuso a ir jogar dados com barões e condes".

No dia seguinte, ele almoçou só com o filho e voltou para Colombo.

Agora os dois brigavam por todos os motivos. Anil desconfiava dos comentários perceptivos e compreensivos que o marido fazia. Ele parecia dedicar todas as suas energias à empatia. Quando ela chorava, ele chorava também. A partir daí, Anil nunca mais confiou em homens que choravam. (Anos depois, no Sudoeste americano, evitava assistir àqueles programas de televisão em que caubóis e padres choravam.) Nesse período de claustrofobia e conflitos matrimoniais, o sexo era a única coisa que tinham em comum. Ela o exigia tanto quanto ele. Tinha a impressão de que dava um toque de normalidade àquela relação. Foi um tempo de brigas e trepadas.

A desintegração do relacionamento era para Anil uma coisa tão certa que ela jamais recapitulava os dias que viveram juntos. Sentia que fora tapeada pela energia e o charme daquele homem, que chorava e se infiltrava sob sua inteligência até fazê-la sentir que se tornara burra. Como diria Sarath, ela estava com Vênus na cabeça quando deveria estar no tempo de Júpiter.

Quando voltava do laboratório à tardinha, tinha de enfrentar o ciúme do marido. De início parecia ciúme sexual, mas depois ela passou a vê-lo como uma tentativa de limitar suas atividades de estudo e pesquisa. Era a primeira algema do casamento, e por um triz Anil não se viu enterrada naquele pequeno apartamento de Landbroke Grove. Depois que fugiu dele, nunca mais pronunciou seu nome em voz alta. Se via a letra do ex-marido numa carta, não abria o envelope, e sentia uma onda de medo e claustrofobia crescendo dentro de si. A única referência ao período do casamento que não excluiu de sua vida era uma música de Van Morrison, "Slim slow slider", que mencionava Landbroke Grove. Só restava aquela canção. E assim mesmo apenas porque seu tema era a separação.

Vi você no seu Cadillac
Com o seu novo rapaz...

Ela cantava junto com o disco, na esperança de que ele, com seu coração sentimental, não estivesse cantando também ao mesmo tempo, onde quer que estivesse.

Conseguiu o que queria,
Sei que não volta mais.

Todo aquele episódio, casamento e divórcio, o encontro e a despedida, ela via como uma coisa clandestina, profundamente constrangedora. Anil largou o marido assim que terminaram o estágio no Guy's Hospital, para que ele não pudesse localizá-la. Havia planejado escapar no final do semestre para evitar o tipo de perseguição de que ele era perfeitamente capaz; era um homem que tinha tempo. *Pare com isso e desista!*, escreveu ela, seca, no último bilhetinho lamurioso que recebeu, e mandou-o de volta para ele.

Ficou sozinha. Céu limpo, enfim. Não conseguiu suportar os meses de liberdade até o reinício das aulas, até ela poder aconchegar-se nos seus estudos, com mais apego, mais seriedade do que jamais imaginara ser possível. Quando voltou, passou a adorar trabalhar à noite, e por vezes não conseguia sair do laboratório, simplesmente encostava a cabeça cansada e satisfeita na mesa. Não tinha mais hora para chegar em casa, não tinha nenhum homem que lhe cobrasse nada. Voltava à meia-noite, acordava às oito; guardava na cabeça todos os experimentos e anotações e investigações, vivos e acessíveis.

Um dia ficou sabendo que seu ex-marido voltara para Colombo. Depois que ele foi embora, não sentia mais necessidade de lembrar-se dos barbeiros e restaurantes da Galle Road. A última vez que falara em cingalês fora aquela conversa dolorosa com Lalitha, em que terminara chorando de saudade de rulang de ovo e coalhada com jagra. Não falava mais no idioma com ninguém. Passou a dedicar-se por completo ao lugar em que estava, à patologia anatômica e os outros ramos da medicina legal; chegou a conhecer Spitz e Fisher quase de cor. Depois ganhou uma bolsa para estudar nos Estados Unidos, e em Oklahoma envolveu-se com a aplicação da medicina legal aos direitos humanos. Dois anos depois, no Arizona, começou a estudar as mudanças físicas e químicas que ocorriam nos ossos não apenas durante a vida, mas também após a morte e a inumação.

Agora vivia imersa na linguagem da ciência. O fêmur era o osso preferencial.

No Serviço Arqueológico de Colombo, Anil caminhava de um mapa a outro. Cada um deles representava um aspecto da ilha: clima, solo, agricultura, umidade, ruínas históricas, aves, insetos. Características do país, como se fossem atributos de um amigo complexo. Sarath estava atrasado. Quando ele chegasse, iam colocar as coisas no jipe.

"...Não entendo de en-tomologia", cantarolava ela, olhando para o mapa das minas — marcas negras que se espalhavam como filamentos. Viu sua própria imagem de relance, vagamente refletida no vidro do mapa. Estava de jeans, sandálias e camisa de seda larga.

Se estivesse trabalhando nos Estados Unidos, estaria provavelmente com o walkman ligado, cortando fatias finas de osso com o micrótomo. Era uma velha tradição das pessoas com quem ela trabalhara em Oklahoma. Os toxicólogos e histologistas não abriam mão do rock-and-roll. Abria-se a porta estanque e ouvia-se o heavy metal que saía dos alto-falantes, enquanto Vernon Jenkins, que tinha trinta e seis anos e pesava quarenta quilos, estudava tecidos pulmonares numa lâmina. A sua volta parecia uma guerra civil no Fillmore. Na sala ao lado havia pessoas identificando parentes e amigos mortos, sem ouvir o rock que rolava ao lado por causa das portas estanques, nem os apelidos utilizados nos interfones de ouvido: "*Pegue lá o presunto do lago*"; "*Pegue lá a suicidada*".

Ela adorava os rituais daquela gente. Os técnicos do laboratório iam para a sala da televisão na hora do almoço com garrafas térmicas e sanduíches e ficavam vendo programas de jogos, como *The price is right*, todos boquiabertos diante daquela outra civilização, como se somente eles — que trabalhavam num prédio onde havia mais mortos que vivos — estivessem num mundo normal.

Foi em Oklahoma, em seu primeiro mês, que criaram a Escola de Disciplinas Forenses Foda-se Yorick. Não era apenas a necessidade de irreverência; era também o nome do time de boliche deles. Tanto em Oklahoma quanto depois, no Arizona, o expediente terminava com uma cerveja numa das mãos e um *taco* de queijo na outra, incentivando ou vaiando equipes, ou então lançando bolas na pista, usando aqueles sapatos especiais que pareciam dos habitantes do planeta Andrômeda. Anil adorara o Sudoeste, sentia falta de sua turma, e agora estava a anos-luz da personalidade que fora em Londres. Após um dia de muito trabalho, pegavam o carro e iam para os bares e boates mais quentes dos subúrbios de Tulsa ou Norman, ao som de Sam Cooke. Na sala da televisão havia uma lista de todos os boliches de Oklahoma onde serviam álcool. Todos ignoravam propostas de trabalho em condados onde imperava a lei seca. Sufocavam a morte com música e loucuras. As macas do corredor alertavam: *carpe diem*. Pelos interfones vinha a retórica da morte: "vaporização" e "microfragmentação" indicavam que o freguês fora reduzido a pó. Não havia como não pensar na morte; ela estava por toda parte, em cada textura e célula que os cercava. Num necrotério, ninguém mudava a estação do rádio sem usar luvas.

Enquanto isso, as luzes fortes de tungstênio proporcionavam condições ópticas perfeitas nos laboratórios, a música na sala de toxicologia era perfeita para fazer abdominais e alongamentos quando uma longa sessão ao microscópio causava tensão no pescoço ou nas costas. E Anil ouvia a sua volta discussões jocosas e explicações referentes a um cadáver encontrado dentro de um carro.

"Quando é que deram parte do desaparecimento dela?"

"Ela estava sumida, ah... já tinha cinco, seis anos."

"Ela entrou no lago com carro e tudo, Clyde. Antes parou o carro uma vez para abrir um portão. Tinha bebido umas e outras. O marido disse que ela pegou só o cachorro e foi embora."

"Não tinha cachorro no carro?"

"Não tinha, não. Se tivesse eu tinha encontrado, mesmo que fosse um chihuahua, e apesar da lama toda. Os ossos dela estavam desmineralizados. As luzes do carro estavam acesas. Pode pular a foto, Rafael."

"Quer dizer que... quando ela abriu o portão ela deixou o cachorro saltar. Ela já havia planejado tudo. Uma suicidada. Quando o carro começou a encher d'água, ela amarelou e subiu para o banco de trás. Onde foi encontrada. Certo?"

"Ela devia ter matado o marido..."

"De repente ele era um santo."

Anil adorava o ludismo verbal dos patologistas.

Ela chegara em Colombo vindo diretamente das cidades esparramadas e high-tech do Sudoeste americano. Se bem que o último lugar onde trabalhara, Borrego Springs, de início não a convencera muito como deserto. Um excesso de cafés sofisticados e lojas de modas na rua principal. Mas uma semana depois Anil já estava se sentindo bem numa cidade que na verdade não passava de uma estreita faixa de civilização, com uns poucos luxos do século XX, cercada pela aridez do deserto. A beleza do lugar era sutil. Nos desertos do Sudoeste era necessário olhar duas vezes para o vazio, era necessário ir com calma, respirar aquele ar etéreo, em que as coisas só cresciam com dificuldade. Na ilha onde ela passara a infância, era só cuspir na terra para que um arbusto nascesse no lugar.

Na primeira vez que Anil penetrou o deserto, foi acompanhada de um guia que levava preso ao cinto um nebulizador de água. O guia fez sinal para que ela se aproximasse, borrifou água nas folhas finas de uma planta e baixou a cabeça de Anil para aproximá-la da planta. Um odor de creosoto. A planta espalhava substância tóxica a sua volta quando chovia, para que nada pudesse crescer perto demais dela, desse modo reservando para seu próprio uso a água contida numa pequena área a seu redor.

Anil aprendeu que a pita tinha ao menos sete utilidades diferentes: por exemplo, seu espinho servia como agulha e suas fibras, como linha. Viu o arbusto *Hymenoclea salsola*, que cheirava a queijo, as eclíptas, um cacto suculento chamado de "dedo-de-defunto" (que só era comestível num determinado mês do ano), e a *Dalea spinosa*, conhecida como "árvore-de-fumaça", com um insólito sistema de raízes (as quais refletem com exatidão, debaixo da terra, o tamanho e a forma da árvore acima da terra) e a fouquieriácea, que soltava suas folhas para economizar água. E plantas de cores pastel, e outras de cores vivas que pareciam intensificar-se na penumbra. Anil quase não ficava na casinha que dividia na rua H. Costumava chegar ao prédio de telhado plano do laboratório de paleontologia às sete da manhã, com um café e um croissant. Ao cair da tarde, ia de jipe para o deserto com os colegas de trabalho. Três milhões de anos atrás, ali viviam zebras. Camelos. Todos os herbívoros tradicionais. Ela caminhava pisando nas ossadas dessas grandes criaturas defuntas, sobre atóis formados em oceanos de sete milhões de anos atrás. Ela flertava de leve quando sua mão roçava a de alguém que lhe entregava o binóculo para que pudesse ver um gavião.

Mais uma vez, constatou a paixão pelo boliche entre os antropólogos forenses. Talvez o excesso de cuidado com que passavam os dias, manipulando fragmentos com pinças ou usando pincéis, lhes desse vontade de jogar coisas longe com o descuido de quem já tomou meia dúzia de cervejas. Não havia boliche em Borrego Springs; assim, todas as noites pegavam uma van do museu e saíam do vale, indo para uma das cidadezinhas serranas vizinhas. Levavam suas bolas especiais, para usar em campeonatos. Nessas noitadas, apesar da música constante que vinha da jukebox do prédio pré-fabricado, não lhe saía da cabeça uma canção melancólica: "*Melhor viver na cadeia, de costas para a parede*...". Embora na época não sentisse tristeza alguma. Era como se aguardasse a hora em que a tristeza daquela música a alcançaria, mais cedo ou mais tarde, quase como se já antevisse a briga que teria com Cullis quando ele chegasse.

Quando uma pessoa apaixonada lê histórias ou vê pinturas de temática amorosa, imagina-se que ela o faça para compreender melhor o que está vivendo. Mas quanto mais confusa e anárquica a história, mais verossímil há de parecer para o apaixonado. São poucas as grandes representações do amor dignas de confiança. E nessas obras há algo que permanece desordenado e privado, por mais famosas que elas venham a se tornar. Elas não exprimem sanidade, apenas emitem uma luz azulada, sofrida.

Disse a escritora Martha Gellhorn: "A melhor relação é a que se tem com uma pessoa que mora a cinco quarteirões de distância, dotada de um excelente senso de humor e profundamente envolvida com seu trabalho". Era uma descrição de seu amante, Cullis, só que eram cinco estados, cinco mil quilômetros. E ele era casado.

Eles pareciam se amar mais quando estavam separados. Quando juntos, eram cuidadosos demais, pois os extremos da felicidade possível permaneciam perigosos. Em Borrego Springs ela se contentava em conversar com Cullis pelo telefone. As mulheres adoram a distância, ele lhe dissera uma vez.

O incidente de Borrego Springs ocorreu logo na primeira noite que passaram juntos. Ela precisaria ir para o trabalho bem cedo no dia seguinte: um imprevisto ocorrera. Uma linda presa recém-descoberta, mas ela não lhe disse o que era. Cullis havia chegado algumas horas antes, numa viagem de avião de quase dois mil quilômetros. Quando soube que teriam de alterar os planos para o fim de semana, ficou emburrado e irritado, o que desencadeou nela uma fúria antiga. Já estava durando demais aquela novela de trepadas estritamente delimitadas.

Anil levantou-se da cama em Borrego e tomou uma chuveirada sentada na beira da banheira, de frente para a água que descia como chuva. Os pulsos, tensos e furiosos. O banheiro encheu-se de vapor. Uma semana antes da chegada de Cullis ela reservara um quarto para ele, para eles, no Una Palma Motel. Ele chegaria no ônibus das oito, vindo do aeroporto, na noite de sexta, para coincidir com o fim de semana de três dias de Anil. Foi então que desenterraram a presa.

Quando o recebeu na rodoviária, deu-lhe um ramo de lavanda do deserto que havia escolhido com cuidado. Ele quebrou-o quando tentou enfiá-lo numa casa de botão.

*

Um bom arqueólogo é capaz de ler um balde cheio de terra como se fosse um romance histórico complexo. Se algum tipo de pedra havia roçado num osso, Sarath — Anil sabia — poderia afirmar qual a origem provável do osso com base em vestígios como esses. Tal como ela tomara uns poucos fragmentos da parte danificada do crânio do Marinheiro e o reconstruíra com o aplicador de cola. Mas em Colombo Anil não tinha acesso à metade dos equipamentos de que eles realmente precisavam, equipamentos que havia sobrando nos Estados Unidos. Ali seria na base de pá e picareta, barbante e pedra. Numa loja de departamentos, a Cargill's, ela comprara uns pincéis de barba e uma escova de roupa.

Sarath finalmente chegou no Serviço Arqueológico e encontrou-a junto aos mapas. Fora alguns dias antes que haviam ido a Galle Face Green com o irmão dele. Anil tentara falar com Sarath no dia seguinte, mas ele parecia ter sumido, ter se entocado. Nesse ínterim chegou uma encomenda para ela de Chitra, de modo que naquela primeira tarde ficou absorta nas notas mal datilografadas da entomologista e depois pegou um mapa rodoviário na bolsa.

Agora, naquela manhã de domingo, Sarath ligara de madrugada, desculpando-se não por estar ligando tão cedo, mas por ter sumido, por ter ficado inacessível. Ele pedira que Anil fosse encontrar-se com ele no Serviço Arqueológico, "dentro de uma hora", disse ele. "Sabe como chegar lá? Você sai direto de onde você está e cai na Buller's Road."

Ela desligou o telefone, contemplando o luxo da cama, e foi tomar uma chuveirada.

“Localizei amostras do primeiro lugar onde ele foi enterrado”, disse Sarath, “extraídas das cavidades cranianas. Deve ter sido num pântano. Ele foi temporariamente colocado numa terra úmida. Faz sentido. Mais fácil de cavar. Talvez tenha sido largado num arrozal, depois levado para a área de acesso restrito, onde foi escondido para que ninguém percebesse que era um esqueleto recente. Seja como for, acho que o local original foi mais ou menos nesta área” — e apontou — “o distrito de Ratnapura. É a sudeste daqui. Precisamos verificar os níveis do lençol de água.”

“Algum lugar onde haja vaga-lumes”, disse Anil. E Sarath olhou-a sem entender.

“Dá para fazer uma busca mais específica, trabalhar com um raio menor”, prosseguiu ela. “Vaga-lumes. Portanto não pode ser uma área cheia de construções. Um lugar mais aberto. Como uma margem de rio onde pouca gente vai. Chitra, a entomologista da qual lhe falei... aquelas marcas que pareciam sardas, ela foi até o navio, examinou os ossos, tomou notas. Disse que era uma cola que vem das pupas das cigarras que dão em áreas cobertas de mata, como Ritigala. Veja — ela fez um mapa para nós de todos os lugares possíveis —, todos mais para o sul, o que bate com o resultado da sua análise de solos. Talvez algum lugar nos arredores da floresta de Sinharaja.”

“Do lado norte”, disse ele. “O solo das outras periferias não se encaixa neste perfil.”

“OK, então é por aqui.”

Sarath desenhou um retângulo com uma hidrográfica vermelha no vidro que cobria o mapa. Weddagala a oeste, Moragoda a leste. Ratnapura e Sinharaja.

"Aqui deve ter em algum lugar um pântano ou lagoa, uma pokuna na floresta", disse ele.

"Quem mais não estará por lá?"

Como o Serviço Arqueológico estava às moscas, puderam recolher todos os mapas e livros de que precisavam com toda a calma. Sarath entrava e saía do prédio, pondo as coisas dentro do jipe que tomara emprestado. Anil não fazia idéia de quanto tempo iam passar fora de Colombo, nem de onde iam ficar. Talvez outra estalagem freqüentada por Sarath. Enquanto ele examinava diversas tabelas de composição de solos, Anil pegou um manual de campo numa estante.

"E então, onde vamos ficar? Em Ratnapura?" Ela falou bem alto. Gostava de ouvir os ecos naquele prédio grande.

"Depois de Ratnapura. Tem um lugar onde a gente pode ficar, uma walawwa, uma antiga propriedade particular — lá podemos continuar trabalhando. Se tivermos sorte, ainda está vazia. O Marinheiro deve ter sido morto naquela região, talvez fosse mesmo de lá. Podemos tentar encontrar o tal artista do Palipana no caminho. Sugiro que você interrompa o contato com Chitra."

"*Você* não contou nada para ninguém."

"Tenho que me reunir com funcionários, passar a eles resumos do que temos feito, mas para eles a nossa investigação não representa nada. Não toquei no assunto."

"Como você agüenta?"

"Você não imagina como estavam as coisas aqui. Independentemente do que o governo possa estar fazendo agora, era pior ainda quando a situação era de caos completo. Você não estava aqui na época — todo mundo ignorando as leis, menos um punhado de advogados decentes. Terror para todos os lados, praticado por todas as partes envolvidas. Naquele tempo não seria possível sobreviver seguindo as suas normas inglesas. De modo que forças ilegais do governo surgiram para retaliar. E nós ficamos entre os dois fogos. Era como estar numa sala com três pessoas brigando, todas elas com as mãos ensangüentadas. Em cada casa, cada família, ou quase isso, sabia-se que alguém fora assassinado ou seqüestrado por alguma das partes em conflito. Vou lhe contar uma coisa que presenciei..."

Sarath estava falando num prédio vazio, mas olhou a sua volta antes.

"Eu estava no Sul... Já era noitinha, os mercados todos fechados. Dois homens, imagino que rebeldes, haviam capturado um terceiro. Não sei o que ele tinha feito. Traído os outros, matado alguém, desobedecido a alguma ordem, insistido demais antes de concordar; não sei. Naquele tempo, por qualquer coisa se matava. Não sei se ele ia ser executado, ou atormentado e advertido, ou, a hipótese menos provável de todas, perdoado. Ele estava de sarongue, camisa branca de mangas compridas enroladas. A camisa por fora do sarongue. Estava descalço. E vendado. Eles o ajudaram a se levantar e a sentar-se meio sem jeito no quadro duma bicicleta. Um dos dois sentou-se no selim, o outro, que estava armado, ficou parado ao lado dele. Na hora em que eu olhei, eles estavam se preparando para ir embora. O homem não via nada que estava se passando em volta dele, nem para onde estava indo.

"Quando começaram a andar, o homem vendado precisava se segurar de algum modo. Uma das mãos ele pôs no guidom, mas a outra teve de pôr no pescoço do homem que o havia capturado. Era essa intimidade necessária que achei perturbadora. E lá se foram eles, o homem armado numa outra bicicleta atrás.

"Teria sido mais fácil se todos fossem a pé. Mas daquele jeito a coisa ficava mais cerimoniosa. Talvez a bicicleta fosse sinal de *status* para eles e fizessem questão de usá-la. Por que transportar um prisioneiro de olhos vendados numa bicicleta? Isso tinha o efeito de fazer a vida de todos eles parecer uma coisa precária. Todos eles pareciam mais iguais. Como se fossem universitários bêbados. O homem vendado tinha que equilibrar seu corpo de acordo com os movimentos de alguém que talvez fosse matá-lo. Foram até o final da rua, passaram do mercado, depois viraram a esquina e sumiram. Claro que eles fizeram o que fizeram para que ninguém que estivesse vendo jamais se esquecesse da cena."

"E o que você fez?"

"Nada."

Há imagens entalhadas ou pintadas na pedra — a vista de uma aldeia do alto de um morro, um único traço que representa as costas de uma mulher debruçada sobre uma criança — que mudaram a maneira como Sarath vê seu mundo. Anos atrás, ele e Palipana penetraram uma caverna desconhecida e escura, riscaram um fósforo e viram laivos de cor. Saíram e quebraram galhos de um rododendro, entraram de novo e tocaram fogo nos galhos, e uma fumaça pungente de madeira verde encheu o espaço iluminado da caverna.

Foram descobertas feitas na pior época de todas, ao mesmo tempo que ocorriam mil e um atos mesquinhos de conflito racial e político, brigas entre gangues enlouquecidas e negociatas. A guerra, quando chega a esse ponto, é como um veneno que já atingiu a corrente sangüínea e não sai mais.

Aquelas imagens nas cavernas, vistas à luz do fogo, em meio à fumaça. Os interrogatórios noturnos, as vans detendo cidadãos a esmo em plena luz do dia. Aquele homem que ele vira sendo levado de bicicleta. Desaparecimentos em massa em Suriyakanda, informações sobre valas comuns em Ankumbura, valas comuns em Akmeemana. Era como se metade do mundo estivesse sendo enterrada, a verdade ocultada pelo medo, enquanto o passado se revelava à luz de galhos de rododendro em chamas.

Anil era incapaz de compreender aquele equilíbrio antigo e aceito. Sarath sabia que, para ela, o objetivo da viagem era chegar à verdade. Mas o que a verdade traria a eles? Era como levar uma chama a um lago de gasolina adormecida. Sarath já vira a verdade sendo dividida em pedaços convenientes e utilizada pela imprensa estrangeira juntamente com fotografias irrelevantes. Um gesto imprudente em direção à Ásia que poderia levar, por conta dessa informação, a mais vinganças, mais massacres. Era perigoso entregar uma verdade a uma cidade onde não havia segurança. Como arqueólogo, Sarath acreditava na verdade como um princípio. Isto é, seria capaz de dar a vida pela verdade, se a verdade servisse para alguma coisa.

E no fundo (Sarath pensaria longamente sobre isto antes de dormir) também seria capaz — ele sabia — de dar a vida pelo desenho de um século distante entalhado na pedra, que representava uma mulher debruçada sobre seu filho. Ele relembrava o momento em que contemplavam o desenho à luz bruxuleante do fogo, o braço de Palipana acompanhando a linha das costas da mulher, curvadas pelo afeto ou pela dor. Uma criança invisível. Todos os gestos de uma mãe ali contidos. Um grito abafado naquela postura.

O país se embalava, enterrando-se pouco a pouco. Crianças que desapareciam, advogados torturados e assassinados, corpos roubados da cova rasa de Hokandara. Assassinatos no pântano de Muthurajawela.

ANANDA

Subiam por uma estrada sinuosa, rumo às serras centrais.

"Nós não temos equipamento para fazer esse tipo de trabalho aqui", disse ela. "Você sabe disso."

"Se o artista é bom mesmo, como diz Palipana, ele improvisa as ferramentas. Você já fez esse tipo de trabalho?"

"Não. Reconstrução, nunca. Confesso que a gente não leva isso muito a sério. Para nós, parece uma espécie de caricatura histórica. Diorama, esse tipo de coisa. Você vai fazer um molde do crânio?"

"Por quê?"

"Antes de entregar a ele — seja lá quem for esse homem, uma pessoa que não tem nenhuma qualificação oficial. Aliás, achei ótimo ele ser um bêbado."

"Não tem como você mandar fazer um molde sem alertar meia Colombo. O jeito é entregar o crânio na mão dele."

"Eu não faria isso."

"Além do mais, levaria semanas para conseguir um. Não

estamos em Bruxelas nem nos Estados Unidos. Neste país, tecnologia avançada é só em matéria de armas."

"Bem, primeiro vamos achar o tal sujeito e ver se ele consegue segurar o pincel na mão sem tremer."

Chegaram a um ajuntamento de casebres de pau-a-pique nos arredores de uma aldeia. Foram informados de que Ananda Udugama não estava mais morando com os parentes de sua mulher e sim na aldeia mais próxima, num posto de gasolina. Seguiram em frente, e Anil ficou dentro do carro enquanto Sarath saltava e caminhava para cima e para baixo pela única rua da aldeia, perguntando às pessoas pelo paradeiro de Ananda. Quando o localizaram, ele estava acabando de despertar de um cochilo vespertino. Sarath fez sinal, e Anil foi ter com eles.

Sarath explicou o que queriam dele, mencionou Palipana e disse que ele seria pago. O homem, que usava óculos de lentes grossas, retrucou que precisaria de certas coisas — borrachas como as que vêm na parte de trás dos lápis, agulhas pequenas. Disse também que precisava ver o esqueleto. Abriram a mala do jipe. O homem pegou a lanterna que lhe entregaram para examinar o esqueleto, iluminando as costelas, os arcos e curvas. Anil pensou que ele não poderia descobrir muita coisa com base naquela inspeção.

Sarath convenceu o homem a vir com eles. Depois de sacudir a cabeça um pouco, ele entrou no quarto onde estava morando e saiu com seus pertences numa pequena caixa de papelão.

Duas horas antes de Ratnapura, foram detidos numa barreira policial. Soldados saíram das sombras, lânguidos, e se aproximaram dos dois lados do carro. Os três permaneceram imóveis, com uma polidez falsa, e entregaram suas carteiras de identidade quando uma mão enfiou-se no jipe e estalou os dedos. A carteira de Anil pareceu incomodá-los; um deles abriu a porta e ficou esperando. Ela só entendeu o que se esperava dela quando Sarath explicou-lhe, em voz baixa; só então saltou.

O soldado pôs a mão dentro do carro, pegou a bolsa de Anil e esvaziou-a ruidosamente sobre o capô. Tudo exposto ao sol, um par de óculos e uma caneta escorregando para o asfalto, onde ele os deixou ficar. Quando Anil fez menção de pegá-los, o soldado estendeu a mão. À luz do meio-dia, lentamente ele manuseou cada objeto: destampou e cheirou um vidro de colônia, examinou o cartão-postal com o pássaro, esvaziou a carteira, inseriu um lápis dentro de um cassete e rodou a fita em silêncio. Não havia nada de muito valioso dentro da bolsa, mas a lentidão dos gestos do homem a constrangia e irritava. Ele abriu seu despertador e retirou a pilha, e quando viu os pacotes de pilhas ainda envoltas em plástico recolheu-as também, dando-as a um outro soldado, que as levou a uma caverna do outro lado da estrada, com sacos de areia na entrada. Deixando a bolsa e seu conteúdo, o soldado afastou-se e fez sinal para que eles seguissem em frente, sem sequer olhar para trás. "Não faça nada", ela ouviu Sarath dizer da escuridão do jipe.

Anil pôs suas coisas dentro da bolsa e sentou-se no banco do passageiro.

"As pilhas são essenciais para o preparo de bombas caseiras", explicou Sarath.

"Eu sei", ela respondeu, irritada. "Eu sei."

Enquanto o carro dava partida, ela olhou para trás e viu Ananda, indiferente, brincando com um lápis.

Uma walawwa em Ekneligoda, uma casa que pertencia a uma família chamada Wickramasinghe, que morara nela por cinco gerações. O último Wickramasinghe, um artista, ali vivera nos anos 60. Depois que ele morreu, a casa, que tinha duzentos anos de idade, foi ocupada pela Sociedade de Arqueologia e História. (Havia um parente distante da família ligado à arqueologia.) Mas quando aquela região se tornou perigosa, com constantes desaparecimentos, o prédio foi abandonado, e, tal como um poço que secou, tinha agora um ar de ausência.

Sarath conhecera aquela propriedade quando ainda era menino, no tempo em que achavam que seu irmão menor ia morrer. "*Difteria*", explicavam. "*Uma coisa branca na boca*", os médicos cochichavam para seus pais. Assim, antes de Gamini ser trazido do hospital para casa, Sarath, juntamente com seus livros favoritos, foi enfiado no carro e levado a Ekneligoda, para não correr nenhum perigo. Os Wickramasinghe estavam viajando pela Europa, e assim, durante dois meses, o menino de treze anos, acompanhado apenas de uma ama, ficou explorando os jardins da casa, traçando mapas dos caminhos dos mangustos no mato, inventando cidades e vizinhos imaginários. Enquanto isso, na Greenpath Road, em Colombo, a família fechou as portas da casa e preparou-se para cuidar do filho moribundo, refestelado como um pequeno príncipe, e armado do segredo da morte que ele próprio desconhecia.

Quando já estava com mais de trinta anos, Sarath voltava a visitar a casa sempre que algum trabalho de campo o levava àquela região, mas não voltava havia quase dez anos, e agora o vazio e o desmazelo do prédio e dos jardins o entristecia. Porém ele ainda se lembrava do lugar onde ficavam escondidas as velhas chaves na ripa inferior da cerca, e encontrou a eterna trilha dos mangustos pelo mato do jardim de baixo.

Com Anil e Ananda a seu lado, abriu todas as portas para que cada um escolhesse um lugar para trabalhar e dormir, e em seguida trancou de novo os cômodos que ninguém escolheu. Iam acampar no mínimo de espaço necessário, e não se espalhar por toda a propriedade. Caminhava com Anil pela casa, que agora lhe parecia bem menor, e sentia-se entre duas eras. Descreveu os quadros que havia nas paredes décadas antes, no tempo em que passara dois meses ali, inventando um mundo privado do qual nunca conseguira emergir por completo. Poucas pessoas conseguem sobreviver à difteria, haviam lhe explicado. E ele aceitara a morte do irmão como uma certeza, convencera-se de que em breve ele seria o único filho.

Ouviu o ruído suave do pé de Anil a seu lado. Em seguida, a voz dela, um sussurro. "*O que é isso?*" Haviam entrado num cômodo que dava para o pátio interno, onde alguém escrevera com carvão duas palavras em cingalês, em letras gigantescas, na parede. MAKAMKRUKA. E, na parede em frente, MADANARAGA. "*O que é isso? São nomes?*" "Não." Sarath levantou o braço para tocar com a mão as letras escuras.

"Não são nomes. Um makamkruka é... não é fácil explicar... um homem que é um makamkruka é um agitador. Uma pessoa que talvez veja as coisas com mais clareza virando tudo de cabeça para baixo. É quase um demônio, um *yaksa*. Se bem que é um makamkruka, curiosamente, que guarda o lugar sagrado num templo. Ninguém sabe por que esse tipo de pessoa é que tem a honra de receber tal responsabilidade."

"E...?"

"A outra palavra é mais estranha. Madanaraga quer dizer 'com a velocidade do amor', a excitação sexual. É o tipo de palavra que se encontra em antigos romances. Não na língua comum."

Enquanto Ananda trabalhava com o crânio, Anil continuava a estudar o esqueleto do Marinheiro, tentando descobrir, entre outras coisas, suas "marcas de profissão". Ela já trabalhava havia mais de três semanas com Sarath, e os dois estavam agora "no campo", sem qualquer contato com as redes políticas de Sarath na cidade. Ninguém em Colombo poderia imaginar que eles estavam acampados naquela propriedade, perto da área onde o Marinheiro teria sido enterrado pela primeira vez. Talvez o Marinheiro fosse "importante" ou "identificável" na sua região de origem. Ali eles estariam mais próximos à fonte e trabalhariam sem ser incomodados.

Logo na primeira manhã, Ananda Udugama saiu sem dizer palavra. Deixou Sarath frustrado e Anil num silêncio cauteloso. Ela instalou sua bancada de trabalho e laboratório provisório num pátio à sombra esgarçada de uma figueira-de-bengala, e levou o Marinheiro para lá. Sarath resolveu trabalhar na sala de jantar principal. De vez em quando teria de ir a Colombo comprar mantimentos e se apresentar. Não havia outro telefone ali que não o celular de Sarath, que só funcionava às vezes, e os dois sentiam-se isolados do resto do país.

Na verdade, Ananda, naquela primeira manhã, havia acordado cedo e caminhado até o mercado mais próximo; lá pediu um tari feito na hora e instalou-se junto ao poço público. Puxava conversa com todos que se sentavam perto dele, dividindo seus poucos cigarros e observando a aldeia a seu redor, com seu comportamento característico, as posturas corporais e fisionomias do local. Queria descobrir o que as pessoas bebiam ali, se havia uma dieta específica que tornasse as bochechas mais proeminentes, os lábios mais cheios que em Batticaloa. Além disso, queria conhecer os tipos de penteados, os defeitos de visão. Saber se andavam a pé ou de bicicleta. Se usavam óleo de coco na comida e nos cabelos. Passou o dia na aldeia, depois foi para o campo e recolheu três sacos de argila. Poderia combinar as duas pardas e a negra de modo a formar uma variedade de tons. Em seguida, comprou várias garrafas de áraque na aldeia e voltou para a walawwa.

Ananda acordava ao nascer do dia e instalava-se num quadrado de sol, mudando de lugar à medida que ele se deslocava, tal como fazem os gatos. De vez em quando olhava de relance para o crânio, mais nada. Depois ia à aldeia e voltava com papel de fazer papagaios, de várias cores, e também sebo e corantes comestíveis; um dia trouxe duas vitrolas velhas e uma seleção aleatória de discos de 78 rotações.

De todos os espaços possíveis da casa, Ananda escolhera o cômodo onde o artista trabalhara outrora. Não sabia nada sobre a história da casa, mas gostava da luminosidade daquele quarto, onde estavam escritas as palavras MAKAMKRUKA e MADANARAGA. O pátio de Anil era adjacente a esse cômodo. Na manhã em que ele começou a trabalhar com o crânio Anil ouviu música vindo do quarto dele. Surgiu de súbito uma voz de tenor, que cantou com energia por alguns momentos, depois foi perdendo velocidade antes que a música terminasse. Curiosa, Anil entrou no quarto, e viu Ananda dando corda no gramofone. Ao lado do aparelho havia outro igual, no qual ele dava forma a uma base de argila, sobre a qual instalara o crânio. Com a mão livre fazia-o girar para a esquerda ou para a direita, como se fosse um torno. Já estava começando a formar o pescoço. Anil deu um passo para trás e saiu.

Ela reconheceu a técnica de construção facial. Ananda havia marcado com tinta vermelha diversos alfinetes para representar as diferentes espessuras da carne sobre o osso, e em seguida colocara uma fina camada de gesso sobre o crânio, afinando-a ou espessando-a conforme as marcas dos alfinetes. Em seguida acrescentaria à argila camadas mais finas de borracha de lápis para construir o rosto. Feito segundo esta técnica de colagem, com vários objetos de uso doméstico, ele acabaria parecendo um monstro de loja de curiosidades.

Durante os três dias da semana em que Sarath passava em Colombo, havia muito pouca comunicação entre ela e Ananda, o pintor de olhos que virara mineiro e beberrão, e que agora se tornara restaurador de cabeças. Os dois andavam pela casa sem se cruzar, as cortesias básicas tendo evaporado após o primeiro dia. Anil continuava a encarar aquele projeto como uma maluquice de Sarath.

Ao cair da tarde ela guardava no celeiro todos os equipamentos que poderiam ser danificados pela chuva. A essa altura Ananda já estava bebendo. A coisa só ficara séria depois que ele começou a trabalhar na cabeça. Agora ele se irritava com facilidade se alguém mudava de lugar sua comida na cozinha ou se ele se cortava com o estilete, como vivia acontecendo. Uma tarde Ananda apareceu no pátio quando Anil estava medindo alguns ossos, e ao passar por ela seu sarongue esbarrou na mesa. Ela repreendeu-o, e ele virou-se, furioso, retrucando aos gritos. Então passou a manifestar uma fúria silenciosa, ainda mais sutil. Todo empertigado, recolheu-se a seu quarto. Anil não se surpreenderia se visse a cabeça rolando para o pátio.

À noite, foi procurá-lo, saindo da casa com um lampião. Sentira-se aliviada quando ele não apareceu para o jantar (cada um cozinhava sua própria comida, porém jantavam juntos, em silêncio). Às dez e meia Ananda ainda não havia voltado, e antes de trancar toda a casa — uma função de que ele costumava encarregar-se — Anil achou-se na obrigação de pelo menos dar mostras de que tentara encontrá-lo; assim, saiu com o lampião na noite escura. Encontrou-o junto a uma mureta, desacordado, só de sarongue. Conseguiu fazê-lo levantar-se e arrastou-o de volta, com o peso de seu corpo e seus braços caindo por cima dela.

Anil não gostava de bêbados. Não via nada de engraçado nem de romântico em pessoas assim. Chegou com Ananda à entrada da casa e ele desabou no chão, adormecendo rapidamente. Não havia como despertá-lo e convencê-lo a sair dali. Anil foi a seu quarto e voltou com o walkman e uma fita. Uma pequena vingança. Tom Waits cantando "Dig, dig, dig", de *Branca de Neve e os sete anões*. A música penetrou as profundezas de seu cérebro e ele levantou-se em pânico. Certamente imaginou que ouvia as vozes dos mortos. Rodava em círculos, como se não conseguisse fugir dos sons que havia dentro dele, e por fim arrancou os fios presos a sua cabeça.

Ela estava sentada nos degraus do pátio. A lua surgira, e banhava o que fora outrora a casa dos Wickramasinghe. Anil avançou a fita até "Fearless heart" de Steve Earle, com sua bravata complexa. Para ela, nos piores momentos, só mesmo Steve Earle. Sentia uma pulsação nas veias, seus movimentos ganhavam um gingo sexual, quando ela ouvia suas canções furiosas de perda. Assim, saiu ao pátio meio que dançando, passando pelo esqueleto do Marinheiro. O céu estava limpo; podia deixá-lo ali.

Porém, ao despir-se em seu quarto, pensou no esqueleto, embrulhado no plástico sufocante; voltou ao pátio e descobriu-o. Agora o Marinheiro estava exposto ao vento e à noite. Depois de queimado e enterrado e reenterrado, via-se agora numa mesa de madeira imersa no luar. Voltou a seu quarto; a música gloriosa já havia terminado.

Havia noites em que Cullis ficava deitado a seu lado limitando-se a tocá-la com a ponta do dedo. Deslizava em direção ao pé da cama, beijando seus quadris morenos, seus pêlos, chegando à caverna dentro dela. Quando estavam separados, dizia em suas cartas que adorava ouvi-la respirando naqueles momentos, inspirando e expirando, num ritmo constante, como se estivesse se preparando, como se cônscia da imensa distância pela frente. As mãos dele em suas coxas, o rosto dele molhado com o seu sabor, sua mão espalmada sobre a nuca dele. Ou então ela se sentava por cima dele e o via gozar com os movimentos rápidos da mão dela. Os sons precisos e não verbais de cada um, testemunhados pelo outro.

Ananda cruzou seu campo de visão — o corpo macilento de um bebedor contumaz, ainda sem camisa. Ele esfregava os braços e o peito ossudo com as mãos, olhando a sua volta, sem se dar conta de que Anil estava num dos cantos escuros do pátio.

Diante da bancada de Anil, ele pôs as mãos para trás com cuidado, para não esbarrar em nada, e debruçou-se, examinando, através das lentes grossas de seus óculos, os calibradores, as tabelas de peso, numa atitude de silêncio respeitoso, como se estivesse num museu. Aproximou a cabeça ainda mais da bancada, para cheirar os objetos. Uma cabeça de cientista, pensou Anil. Ontem ela havia percebido como eram delicados os dedos dele, tingidos de ocre por causa do contato com a argila.

Então Ananda pegou o esqueleto e segurou-o no colo.

Anil não ficou de modo algum horrorizada com aquilo. Também ela, por vezes, absorta em sua investigação, após horas de concentração intensa, sentia necessidade de tomar o Marinheiro nos braços, para lembrar a si própria de que também era como ele. Não apenas uma prova judicial, mas uma pessoa com qualidades e defeitos, membro de uma família, habitante de uma aldeia, alguém que, envolvido numa súbita explosão política, levantara as mãos no último instante, de modo que elas foram quebradas. Ananda segurou o Marinheiro e caminhou lentamente com ele, depois voltou a pousá-lo na mesa, e foi então que viu Anil. Ela fez-lhe um aceno imperceptível, para indicar que não estava zangada. Lentamente levantou-se e aproximou-se de Ananda. Uma pequena folha amarela foi descendo, pousou nas costelas do esqueleto e ali ficou, pulsando.

Anil viu as duas luas captadas no espelho dos óculos de Ananda. Eram óculos improvisados — as lentes presas com arame e as hastes envoltas em trapos, onde ele limpava ou enxugava os dedos. Ela gostaria de trocar informações com Ananda, porém já havia muitos anos que esquecera as sutilezas do idioma que outrora tiveram em comum. Anil lhe diria o que significavam as medidas dos ossos do Marinheiro em termos de postura e tamanho. E Ananda — só Deus sabia a que conclusões havia chegado.

À tarde, quando não conseguia avançar na reconstrução do crânio, Ananda desmanchava tudo, despedaçando a argila. Uma coisa estranha. Para Anil, aquilo era uma perda de tempo. Mas no dia seguinte, bem cedo, ele sabia a espessura e a textura exatas a que havia chegado, e conseguia recriar o trabalho da véspera em vinte minutos. Então pensava e aperfeiçoava o rosto um pouco mais. Era como se precisasse do trabalho anterior como aquecimento para avançar com mais confiança no território desconhecido a sua frente. Assim, se ela entrava em seu quarto quando ele não estava trabalhando, não havia nada a ver. Depois de apenas dez dias, o quarto mais parecia um ninho — trapos, recheios, lama, argila, cores para todos os lados, e as inscrições em letras grandes na parede.

Não obstante, naquela noite, sem que houvessem trocado palavra, pareciam ter feito um pacto. O modo como ele respeitara a disposição dos instrumentos de Anil, sem tocar em nada, o modo como pegara no colo o Marinheiro. Ela via a tristeza no rosto de Ananda, por trás do que poderia ser sentimentalismo fácil de bêbado. As reentrâncias fundas, como se seu rosto tivesse sido roído. Anil estendeu a mão e tocou-o no antebraço, depois deixou-o sozinho no pátio. Nos dias que se seguiram, retomaram o silêncio mútuo habitual. Talvez ele estivesse tão bêbado naquela noite que não se lembrava de mais nada. Duas ou três vezes por dia ele punha no gramofone um de seus velhos discos de 78 rotações e ficava parado à porta, olhando para o que ela estivesse fazendo no pátio.

Às seis da manhã ela se vestia e dava início à caminhada de um quilômetro e meio até a escola. Algumas centenas de metros antes de subir a ladeira, a estrada estreitava-se e dava numa ponte, com uma laguna de um lado e um braço de mar do outro. Era ali que Sirissa começava a ver os adolescentes, uns com atiradeiras penduradas nos ombros, outros fumando. Eles reconheciam sua presença com o olhar, mas nunca lhe dirigiam a palavra, enquanto ela sempre os saudava. Mais tarde, quando a viam na escola, não lhe estendiam nenhum sinal de reconhecimento. Uns cinco metros depois de passar por eles na ponte, afastando-se, olhava para trás, para vê-los examinando-a com curiosidade. Não era muito mais velha que aqueles rapazes. E eles mantinham ansiosamente uma pose; além disso, talvez apenas uns dois deles já conhecessem mulheres. Prestavam atenção nos cabelos sedosos de Sirissa, sua elasticidade de gestos quando ela virava-se para trás, sem interromper a caminhada — um gesto sensual que já esperavam.

Quando chegava à ponte, eram sempre seis e meia. Havia

alguns barcos pescando camarões, um homem com água até o pescoço, cujas mãos, invisíveis, estariam endireitando as redes que haviam sido lançadas de um barco por seu filho durante a noite. O homem se movia sem sair do lugar enquanto ela passava por ele. Dali até a escola eram mais dez minutos de caminhada. Sirissa chegava, trocava de roupa num cubículo, mergulhava uns trapos num balde e começava a limpar os quadros-negros. Então varria da sala as folhas que haviam entrado pelas janelas gradeadas se houvesse ventado ou chovido durante a noite. Trabalhava no pátio vazio da escola até ouvir chegarem aos poucos as crianças, os adolescentes, os jovens, como se fossem pássaros chegando gradualmente, o rumor de vozes cada vez mais alto, como se tivessem marcado uma reunião numa clareira da floresta. Ela caminhava por entre eles ao sair para limpar os quadros-negros junto ao trecho coberto de areia — usado pelas crianças menores, que ficavam sentadas no chão diante das professoras, aprendendo cingalês, matemática, inglês: "The peacock is a beautiful bird... It has a long tail!".

Fazia-se um silêncio absoluto durante as aulas matinais. Então, à uma da tarde, o pátio enchia-se de ruídos e corpos outra vez; o dia de aula terminara, os alunos, de uniforme branco, dispersavam-se, indo para as três ou quatro aldeias que abasteciam a escola, regressando a suas outras vidas. Ela almoçava na mesa da sala de matemática. Abria a folha que continha a comida, segurava-a com a mão esquerda e caminhava junto ao quadro-negro, servindo-se do alimento com o polegar e três dedos, sem sequer olhar para baixo, porém mantendo a vista fixa nos números e símbolos, para captar e acompanhar a argumentação. Ela fora boa em teoremas nos tempos da escola. A lógica da demonstração se exibia claramente a ela. Pegava uma ponta de folha e dobrava-a de modo a formar um isósceles perfeito. Sempre prestava atenção no que diziam os professores enquanto trabalhava nos canteiros ou nos corredores. Lavava as mãos na pia e começava sua caminhada de volta para casa, enquanto alguns professores ainda permaneciam no corredor, e outros já passavam por ela de bicicleta.

À noite, quando vigorava o toque de recolher, ficava em seu quarto, com um lampião e um livro. O marido estaria com ela dentro de uma semana. Virava uma página e encontrava seu próprio retrato desenhado por Ananda num pedaço frágil de papel que ele enfiara num trecho do livro em que ela ainda não havia chegado. Ou então o desenho de um marimbondo de que ela não gostara, com olhos gigantescos. Teria preferido caminhar pela rua depois do jantar, pois adorava ver as lojas fechando. As ruas escuras, as luzes elétricas emanando das lojas. Era sua hora favorita, era como os sentidos se apagando um por um, aquele bar, aquela loja de cassetes, ali os legumes sendo guardados, a rua ficando cada vez mais escura enquanto caminhava. E um ciclista equilibrando três sacos de batatas, mergulhando numa escuridão ainda mais profunda. Na outra vida. Aquela existência. Pois quando as pessoas saem de nossa presença em nosso tempo, nunca temos certeza de que voltaremos a vê-las um dia, a vê-las tal como eram antes. Assim, Sirissa adorava a tranqüilidade das ruas noturnas, com o comércio todo fechado, como um teatro depois que o espetáculo termina. A loja de ervas de Vimalarajah, a loja de pratarias de seu irmão Vimalarajah, a escura porta de correr já meio descida, a luz lentamente minguando até restar apenas um centímetro sob a porta de metal, uma linha dourada e reluzente, e então o interruptor sendo desligado, fazendo desaparecer aquele horizonte. A brisa penetrava seu vestido, e ela imaginava-se caminhando num tempo em que não havia toques de recolher. Os pombos pousavam entre as lâmpadas que formavam o nome Cargill's. Tantas coisas aconteciam em meio às plumagens da noite.

Correrias frenéticas, os profissionais da morte, apavorados, assustados, estúpidos, furiosos, exaustos, punindo mais uma aldeia dissidente.

Às cinco e meia da manhã, Sirissa acorda e se lava junto ao muro atrás da casa em que está morando. Veste-se, come um pouco de fruta e vai para a escola. É a mesma caminhada de vinte e cinco minutos tão conhecida. Sabe que vai passar pelos garotos na ponte e depois virar-se para trás, num gesto lânguido. Verá as aves de sempre, milhafres, talvez um papa-moscas. A estrada estreita-se. Cem metros a sua frente está a ponte. Laguna à esquerda. Braço de mar à direita. Hoje não há pescadores, e a estrada está deserta. Ela é a primeira pessoa a tomá-la, a servente da escola. Seis e meia da manhã. Ninguém que a faça olhar para trás, o gesto que mostra que sabe que é igual a eles. Está a cerca de dez metros da ponte quando vê as cabeças de dois dos alunos espetadas em estacas, uma de cada lado da ponte, uma encarando a outra. Dezessete, dezoito, dezenove anos de idade... ela não sabe, nem quer saber. Vê mais duas cabeças do outro lado da ponte, e mesmo de onde está percebe que reconhece uma delas. Tem vontade de encolher-se dentro de seu próprio corpo, voltar, mas não consegue. Sente que há alguma coisa atrás dela, a coisa, seja lá o que for, que é responsável por aquilo. Tem vontade de se transformar em nada. Uma mente incapaz de qualquer coisa. Nem sequer pensa em libertá-los daquele gesto público. Não consegue tocar em nada, porque tudo parece vivo, ferido e em carne viva, porém vivo. Começa a correr para a frente, passando diante dos olhos deles, os olhos dela fechados com força, até passar por eles. Subindo a ladeira em direção à escola. Continua correndo, e então vê mais.

Anil estava parada, perdida na coação da imobilidade, o pensamento concentrado num ponto preciso. Não sabia por quanto tempo esteve no pátio, cogitando todas as trajetórias possíveis do Marinheiro, mas quando saiu daquele transe e finalmente se mexeu era como se houvesse uma flecha atravessada em seu pescoço.

O truísmo central de seu trabalho era que só se podia encontrar um suspeito depois que se encontrasse uma vítima. E apesar de saber que o Marinheiro provavelmente fora morto naquela região, apesar dos detalhes de idade e postura, das hipóteses referentes a sua altura e peso, apesar da "reconstituição da cabeça" na qual ela não depositava grandes esperanças, parecia-lhe improvável que conseguissem identificá-lo; continuavam não sabendo nada a respeito do mundo em que o Marinheiro vivera.

E mesmo que o identificassem, que descobrissem os detalhes referentes a seu assassinato, e daí? Ele era uma vítima entre milhares de outras vítimas. O que mudaria?

Lembrou-se de Clyde Snow, seu professor em Oklahoma, falando sobre os direitos humanos no Curdistão: "*Uma aldeia pode falar por muitas aldeias. Uma vítima pode falar por muitas vítimas*". Ela e Sarath sabiam que, em toda a história turbulenta das guerras civis recentes da ilha, em todas as investigações policiais *pro forma*, nem mesmo uma única acusação de assassinato fora feita. Aquele esqueleto, contudo, poderia ser uma prova concreta contra o governo.

Mas enquanto não identificassem o Marinheiro não havia vítima alguma.

Anil havia trabalhado com professores capazes de pegar um esqueleto de setecentos anos de idade e descobrir, com base nas marcas de desgaste ou traumatismo nos ossos, qual fora a profissão da pessoa. Lawrence Angel, seu mentor no Smithsonian, observando a curvatura para a direita da coluna dorsal de uma ossada, concluía que se tratava de um pedreiro de Pisa, e as fraturas nos polegares de texanos mortos indicavam que eles haviam passado longas noitadas agarrando a sela de touros mecânicos em bares. Kenneth Kennedy, da Cornell University, contava que Angel uma vez identificou um trompetista entre os restos mortais espalhados num ônibus destroçado. E o próprio Kennedy, estudando uma múmia de Tebas, do primeiro milênio, descobriu linhas pronunciadas nos ligamentos dos flexores das falanges e formulou a hipótese de que o homem era um escriba, atribuindo aquelas marcas ao fato de que ele vivera constantemente segurando um estilo.

Fora Ramazzini quem dera início a esses estudos em seu tratado sobre as doenças de artesãos, no qual observara que os pintores sofrem de intoxicação por metais. Depois um inglês, Thackrah, observou as deformações nas pélvis dos tecelões, que passavam horas sentados diante de seus teares. (Kennedy observou que talvez o nome do personagem Bottom, o tecelão de *So-*

nho de uma noite de verão, aludisse à expressão "*weaver's bottom*", "traseiro de tecelão".) Faziam-se comparações, com base em deformidades anatômicas, entre lançadores de dardos do Níger, no Saara, do período neolítico, e golfistas profissionais de nossos tempos.

Eram essas as marcas das profissões...

Na noite anterior, Anil havia folheado as tabelas de um dos livros que sempre levava consigo em suas viagens, *A reconstrução da vida a partir de um esqueleto*, de Kennedy. Nos ossos do Marinheiro ela não conseguia encontrar nenhuma marca precisa de desgaste profissional. Totalmente imobilizada no pátio, Anil deu-se conta de que havia duas versões possíveis de uma vida que se podia deduzir com base no esqueleto a sua frente. E os dois aspectos do esqueleto não eram logicamente compatíveis. A primeira versão indicava "atividade" acima da altura do ombro. Ele trabalhara com os braços esticados para cima ou para a frente. Talvez um pintor de paredes, ou um entalhador. Porém parecia ser uma atividade mais árdua que a pintura. E as juntas dos braços acusavam marcas simétricas, o que indicava que os dois braços haviam sido usados igualmente. A pélvis, o tronco e as pernas também apresentavam sinais de agilidade, como a torção de um acrobata. Ou seria um artista de circo? Trapezista, por causa dos braços? Mas quantos circos haveria na Província do Sul durante o período de emergência? Ela se lembrava de vários na sua infância. E lembrava-se de ter visto uma vez um livro para crianças sobre animais extintos em que uma das criaturas extintas era um *acrobata*.

A outra versão era diferente. A perna esquerda sofrera uma fratura grave, em dois lugares. (Esses ferimentos nada tinham a ver com sua morte. Ela calculava que as fraturas haviam ocorrido cerca de três anos antes do assassinato.) E os ossos do calcanhar — bem, os ossos do calcanhar indicavam um perfil completamente diferente, o de um homem estático e sedentário.

Anil olhou para o pátio a sua volta. Sarath estava quase invisível, na escuridão da casa, e Ananda estava confortavelmente instalado, de cócoras, diante da cabeça sobre a vitrola, com um bidi aceso na boca. Ela imaginava que seus olhos estariam apertados por trás das lentes dos óculos. Passou por ele a caminho dos armários do celeiro. Depois voltou.

"Sarath", disse Anil em voz baixa. Ele veio ao pátio, e percebeu a tensão em sua voz.

"Eu... Você podia pedir ao Ananda para não se mexer? Ficar tal como ele está. Diga que eu vou ter que tocá-lo, está bem?"

Os óculos de Sarath estavam na ponta do nariz. Ele encarou-a.

"Você entendeu?"

"Não muito bem. Você quer tocar nele?"

"É só pedir a ele que não se mexa, está bem?"

Assim que Sarath entrou em seu espaço de trabalho, Ananda jogou um pano em cima da cabeça em que trabalhava. Houve uma conversa rápida, depois uma série de monossílabos de assentimento repetidos após cada uma das falas de Sarath. Ela entrou com passos lentos e ajoelhou-se ao lado de Ananda, mas assim que tocou nele o homem levantou-se de um salto.

Ela se afastou, frustrada.

"*Ne, ne!*", Sarath tentou explicar mais uma vez. Levaram algum tempo para fazê-lo ficar exatamente na mesma posição em que estava antes.

"Diga-lhe para retesar os músculos, como se estivesse trabalhando."

Anil segurou o tornozelo de Ananda com as duas mãos. Apertou os polegares contra o músculo e a cartilagem, foi subindo até alguns centímetros acima do maléolo. Ananda riu um riso seco. Depois desceu até o calcanhar de novo. "Pergunte-lhe por que trabalha assim." Sarath explicou que, segundo Ananda, aquela posição era confortável.

"Não é, não", retrucou ela. "Todos os músculos do pé estão tensos. Há muita tensão. O ligamento está todo retesado contra o osso. Ele vai ficar com uma lesão permanente. Pergunte."

"O quê?"

"Pergunte por que ele trabalha assim."

"Ele é entalhador. É assim que ele trabalha."

"Mas ele costuma ficar sempre assim de cócoras?"

Sarath fez a pergunta, e os dois ficaram conversando.

"Ele diz que se acostumou a trabalhar de cócoras nas minas. As galerias têm só um metro e vinte de altura, mais ou menos. Ele trabalhou lá uns dois anos."

"Obrigado. Por favor, agradeça a ele..."

Ela estava animada.

"O Marinheiro também trabalhava numa mina. Venha ver, olhe aqui as marcas nos maléolos do esqueleto — os de Ananda são assim mesmo por baixo da carne. Disso eu tenho *certeza*. Era a área de especialidade do meu professor. Veja aqui este sedimento no osso, este acúmulo. Acho que o Marinheiro trabalhava numa das minas. Precisamos arranjar um mapa das minas desta região."

"Seriam minas de pedras preciosas?"

"Pode ser qualquer mina. E tem mais: isso é só um dos aspectos da vida dele, o resto é muito diferente. Ele certamente levava uma vida mais ativa antes de quebrar a perna. De modo que temos um roteiro da vida dele. Um homem que era muito ativo, talvez um acrobata, até que sofre um acidente e tem que ir trabalhar numa mina. Quais as outras minas que existem nesta região?"

Seguiram-se dois dias de tempestade, em que foi necessário ficar dentro de casa. Assim que o tempo melhorou, Anil pediu que Sarath lhe emprestasse seu celular, encontrou um guarda-chuva e saiu na garoa. Desceu uma encosta afastada das árvores e andou até o outro lado do arrozal, o lugar onde, segundo Sarath, o sinal era melhor.

Ela precisava comunicar-se com o mundo exterior. Havia um excesso de solidão em sua cabeça. Excesso de Sarath. Excesso de Ananda.

Foi o doutor Perera do Kynsey Road Hospital que atendeu o telefone. Ele levou algum tempo para lembrar-se dela, e surpreendeu-se quando Anil lhe disse que estava ligando de um arrozal. O que ela queria?

Anil queria falar-lhe sobre seu pai, tinha consciência de que estava evitando pensar nele desde que chegara na ilha. Desculpou-se por não ter ligado antes e se encontrado com ele antes de sair de Colombo. Mas ao telefone Perera parecia fechado e desconfiado.

"O senhor parece estar doente. É bom tomar bastante líquido. É assim que começa uma gripe."

Anil recusou-se a dizer-lhe onde estava — Sarath alertara-a quanto a isso — e quando ele repetiu a pergunta ela fingiu que não estava conseguindo ouvi-lo. "Alô... alô? O senhor está na linha?" E desligou.

*

Anil se movimenta em silêncio, a energia contida. O corpo retesado, a música brutal a todo volume em seu ouvido, enquanto aguarda o momento em que o ritmo lhe permitirá abrir os braços e saltar. O que ela faz agora, jogando a cabeça para trás, os cabelos soltos como uma pluma negra, caindo quase até o nível da cintura. Joga os braços também, para equilibrar-se quando lança o corpo para trás, a saia solta nem tem tempo de sentir o efeito da gravidade e cair antes de ela plantar os pés no chão outra vez.

Uma música maravilhosa para dançar — Anil já dançou ao som dessa música com outras pessoas em momentos de alegria gregária, ao longo de toda uma festa em que era como se toda sua energia estivesse concentrada na pele, mas agora não está dançando, não há nisto o menor vestígio do que há de cortês e comunitário na dança. Ela está despertando todos os músculos de seu corpo, obliterando todas as regras que orientam sua vida, investindo todas as suas capacidades mentais nos movimentos de seu corpo. É só assim que consegue saltar para trás e girar em torno dos quadris e levantar os pés até a altura da cabeça.

Um lenço amarrado com força na cabeça mantém os fones nos ouvidos. Ela precisa da música para chegar aos extremos, para atingir a graça. Deseja a graça, e só consegue atingi-la aqui nessas manhãs ou depois de um aguaceiro no final da tarde — quando o ar está leve e fresco, quando há também o perigo de escorregar nas folhas molhadas. Anil tem a sensação de que seria capaz de expulsar-se de seu próprio corpo, como uma flecha.

Sarath assiste a tudo da janela da sala de jantar. Vê uma pessoa que nunca viu antes. Uma moça enlouquecida, um druida ao luar, um ladrão. Aquela não é a Anil que conhece. Tal como ela, nesse estado, é invisível para si própria, embora seja este o estado pelo qual anseia. Não uma mariposa num clube masculino. Não uma pessoa que carrega e pesa ossos — Anil precisa desse seu aspecto também, tal como gosta de si própria como amante. Mas agora está dançando ao som de uma canção de amor furiosa, capaz de sufocar a dor da perda, "Coming in from the cold", dançando a retórica de uma separação, dando tudo de si. Ela se considera mais sensata em relação ao amor quando esboça gestos contra ele, contra si própria, contra os dois juntos, contra Eros, o agridoce, consumido e depois cuspido nas últimas etapas do envolvimento amoroso. As lágrimas lhe vêm com facilidade. Para ela, nessa altura dos acontecimentos, não é mais do que suor, do que o corte no pé que é a conseqüência dessa dança, e ela não pára por causa de uma coisa nem da outra, tal como não deixaria de ser quem é em troca do grito ou do doce sorriso de um amante, naquele momento ou em qualquer outro.

Anil pára quando está exausta e já quase não consegue se mexer. Ela se agacha e se apóia, e deita-se na pedra. Desce uma folha. Cai com um estalido, um aplauso. A música prossegue, furiosa, como o sangue que continua escorrendo de um morto por mais alguns minutos. Ela permanece imóvel, ouvindo a música, e sente que seu cérebro volta a funcionar, acende sua vela na escuridão. E ela inspira e expira, inspira e expira.

No fim de semana, no jardim à frente da walawwa, Ananda sentou-se ao lado deles e conversou em cingalês com Sarath.

"Ele terminou a cabeça", disse Sarath, sem sequer virar-se para Anil, ainda olhando para o rosto de Ananda. "Segundo ele, parece que está pronto. Se houver algum problema na cabeça, acho melhor a gente não reclamar, porque está completamente bêbado. Não vamos fazer nenhuma ressalva. Senão é capaz de nos abandonar."

Anil não disse nada, e os dois continuaram conversando, enquanto a tarde caía, ao som de sapos. Levantou-se e caminhou em direção aos cricrilos e coaxos. Estava absorta naquelas antífonas quando sentiu a mão de Sarath em seu ombro.

"Vamos. Vamos vê-la agora."

"Antes de ele apagar? Vamos, sim. Sem críticas."

"Obrigado."

"Eu piso em ovos por ele. Piso em ovos por você. Quando é que é a minha vez?"

“Acho que você não gosta que pisem em ovos por você.”
“Mas gosto que me façam um favor de vez em quando.”

No pátio, havia uma tocha de gravetos cravada na terra. A cabeça do Marinheiro estava instalada numa cadeira. Não havia mais nada, só eles dois e a presença da cabeça.

A luz do fogo emprestava movimento ao rosto. Mas o que emocionou Anil — que julgava conhecer cada detalhe físico do Marinheiro, e estivera a seu lado durante toda a sua vida póstuma, desde que fora encontrado no outro lado da ilha, que passara uma noite dormindo sentada ao lado da mesa em que estava estendido, na estalagem em Bandarawela, que conhecia todos os sinais de traumatismo por ele sofridos desde a infância — era o fato de que aquela cabeça não era apenas a aparência possível de alguém, e sim uma pessoa específica. Ela revelava uma personalidade distinta, tão verdadeira quanto a cabeça de Sarath. Como se Anil estivesse finalmente conhecendo em carne e osso uma pessoa que lhe fora descrita em cartas, ou encontrando-se com um adulto que ela outrora segurara no colo quando criança.

Anil sentou-se no degrau. Sarath aproximava-se da cabeça e depois andava para trás, para vê-la de longe. Então virava-se, como se para pegá-la desprevenida. Já Anil a encarava de frente, fixamente, para entrar em acordo com ela. Havia naquele rosto uma serenidade que não era comum de se ver naqueles dias. Não havia tensão. Um rosto de quem está em paz consigo próprio. Não era de se esperar que tal coisa partisse de uma presença tão dispersiva e tão pouco confiável quanto Ananda. Quando Anil virou-se, viu que ele havia sumido.

“Uma expressão muito pacífica.” Foi ela a primeira a falar.

“É. Esse é o problema”, disse Sarath.

"Não vejo problema nenhum."

"Eu sei. É o que ele espera dos mortos."

"Parece mais jovem do que eu imaginava. Gosto da expressão dele. O que você quer dizer com isso — 'o que ele espera dos mortos'?"

"Nos últimos anos, temos visto muitas cabeças espetadas em estacas neste país. A coisa chegou ao auge uns dois anos atrás. Era de manhã cedo que a gente encontrava as cabeças, alguém fazia isso durante a noite, e depois as famílias ouviam dizer e vinham recolhê-las e levá-las para casa. Embrulhavam numa camisa, ou levavam tal como estava, nos braços. O filho de alguém. Era uma punhalada no coração. Só havia uma coisa pior que isso. Era quando um membro de uma família simplesmente desaparecia, e ninguém o via mais, e não havia nenhuma prova de que continuava vivo ou de que estava morto. Em 1989, quarenta e seis alunos de escolas no distrito de Ratnapura e mais algumas pessoas que trabalhavam nelas desapareceram. Os veículos que pegaram os desaparecidos não tinham placa. Um Lancer amarelo havia sido visto no quartel do exército e foi reconhecido durante a operação. Isso foi no auge da campanha contra os rebeldes e seus simpatizantes nas aldeias. A mulher de Ananda, Sirissa, desapareceu nessa época..."

"Meu Deus."

"Ele só me contou isso recentemente."

"Eu... me sinto envergonhada."

"Isso foi há três anos. Ele ainda não conseguiu encontrar a mulher. Antes ele não era assim. Daí a expressão pacífica da cabeça reconstruída."

Anil levantou-se e voltou para dentro da casa escura. Não podia mais olhar para o rosto; via apenas a mulher de Ananda em todos os seus aspectos. Sentou-se numa das cadeiras grandes de palhinha que havia na sala de jantar e começou a chorar.

Não podia encarar Sarath dessa maneira. Seus olhos foram se acostumando com a escuridão, começou a ver a forma retangular de uma pintura e, a seu lado, Ananda, parado no escuro, olhando para ela.

"P*or quem você estava chorando? Ananda e a mulher dele?*"

"Isso", respondeu ela. "Por Ananda, pelo Marinheiro, pelas pessoas que os amavam. Pelo seu irmão, se matando de tanto trabalhar. Aqui só existe uma lógica enlouquecida, não há solução. O seu irmão disse uma coisa — ele disse: 'A gente tem que encarar isso aqui com senso de humor, senão nada faz sentido'. Uma pessoa que diz uma coisa dessas a sério tem de estar vivendo num inferno. Nós voltamos à Idade Média. Vi o seu irmão uma vez antes daquela noite que fomos ao hospital com o Gunesena. Eu havia me cortado fundo, e fui ao pronto-socorro para levar uns pontos. O seu irmão estava lá, de casaco preto, coberto de sangue, lendo um livro. Agora não tenho mais dúvida de que era mesmo Gamini. Achei que já tinha visto a cara dele em algum lugar quando vi vocês dois juntos. De início pensei que fosse um paciente, vítima de uma tentativa de assassinato. O seu irmão toma anfetamina, não toma?"

"Ele já tomou um monte de coisa. Agora, não sei."

"Ele está magro demais. Alguém precisa ajudá-lo."

"Ele assume as coisas que faz. Já chegou a uma situação de equilíbrio."

"O que você vai fazer com a cabeça?"

"Ele pode ser de qualquer uma dessas aldeias daqui. Posso tentar descobrir se alguém o reconhece."

"Sarath, você não pode fazer isso. Você mesmo disse... são comunidades que perderam gente. Que enfrentaram corpos decapitados."

"Mas o que é que nós estamos fazendo aqui? Estamos tentando identificar esse corpo. Precisamos começar de alguma maneira."

"Por favor, não faça isso."

Estava parado, ouvindo os dois conversando em inglês no pátio. Mas agora encarou Anil, sem saber que as lágrimas em seu rosto eram em parte motivadas por ele. Como também não sabia que ela se dava conta de que o rosto não era de modo algum um retrato do Marinheiro, e sim a imagem de uma tranqüilidade que ele conhecera em sua esposa, uma paz que desejava para todas as vítimas.

Anil queria acender uma luz, porém já havia reparado que Ananda jamais entrava em ambientes iluminados por lâmpadas elétricas. Quando o céu estava muito nublado, acendia tochas em seu quarto. Como se a eletricidade o houvesse traído uma vez e ele não confiasse mais nela. Ou talvez pertencesse àquela geração que só acreditava em pilhas, mas não na luz oficial. Ou pilhas, ou o fogo, ou a lua.

Ananda deu dois passos para a frente e, pressionando com o polegar, afastou a dor junto com a umidade das lágrimas. Foi o mais suave dos toques em seu rosto. Sua mão esquerda estava pousada no ombro dela, de modo tão suave e formal como a enfermeira tocara o ombro de Gamini naquela noite no pronto-socorro — fora talvez por isso que ela se lembrara desse episódio em sua conversa com Sarath depois. A mão de Ananda em seu ombro a acalmava enquanto a outra, pousada em seu rosto, massageava-lhe a pele que continha a tensão do pranto, como se seu rosto também estivesse sendo esculpido, embora tivesse consciência de que ele não estava pensando nisso. Isso era uma ternura que recebia. Então a outra mão no outro ombro, o outro polegar sob o olho direito dela. Seus soluços haviam cessado. Em seguida, ele desapareceu.

Durante todo o tempo que passara com Sarath, ela se dava conta agora, ele praticamente nunca tocara nela. Com ele Anil sentia-se apenas *adjacente*. Gamini, quando apertou sua mão no hospital, quando pousou a cabeça adormecida em seu colo naquela noite, fora mais pessoal. Agora Ananda a tocara de um modo como ninguém jamais a havia tocado, que ela se lembrasse, com a possível exceção de Lalitha. Ou talvez sua mãe, em algum desvão ainda mais remoto de sua infância perdida. Anil foi sorrateira ao pátio e viu Sarath ainda contemplando o rosto do Marinheiro. Àquela altura, ele, tal como ela, já teria compreendido que ninguém reconheceria o rosto. Não era a reconstrução do rosto do Marinheiro.

Uma vez Anil e Sarath entraram no mosteiro no meio da floresta em Arankale e passaram algumas horas lá. Havia uma espécie de toldo de ferro corrugado pregado na rocha sobre a entrada da caverna, para protegê-la do sol e da chuva. Mais adiante havia uma estrada curva de areia que levava a uma piscina. Um monge passava duas horas a cada manhã varrendo essa estrada, tirando mil folhas da pista. Ao cair da tarde mais mil folhas e gravetos haviam caído nela. Porém ao meio-dia sua superfície estava límpida e amarelada como um rio. Andar por esse caminho de areia era por si só um ato de meditação.

A floresta estava tão silenciosa que Anil só começou a perceber sons quando tentou ouvi-los conscientemente. Então localizou na paisagem as fontes dos ruídos, como se garimpasse na água com uma peneira, captando as vozes de papa-figos e papagaios. "São os incapazes de amar que criam lugares como este. É preciso estar num estágio além da paixão." Fora praticamente a única coisa que Sarath dissera naquele dia em Arankale. Passara a maior parte do tempo caminhando e dormindo, imerso em seus próprios pensamentos.

Andavam pela floresta, descobrindo vestígios de sítios arqueológicos. Um cão os seguia, e Anil lembrou-se de que, para os tibetanos, os monges que não meditam da maneira correta transformam-se em cães na outra vida. Deram a volta e regressaram à clareira, uma clareira que era como a kamatha de um arrozal, o lugar onde se faz a debulha. Numa saliência da rocha havia uma pequena imagem do Buda, protegida do sol e da chuva por uma folha de bananeira cortada. A floresta erguia-se ao redor deles, dando-lhes a impressão de que estavam no fundo de um poço verde. O toldo de ferro corrugado estremecia estrepitosamente sempre que vinha das árvores um pé de vento.

Anil não sentia nenhum desejo de ir embora daquele lugar.

Os reis, os poderosos, anseiam por coisas que, com seu peso, os prendem ao chão. A honra histórica, a propriedade medida, suas verdades inabaláveis. Mas em Arankale, Sarath explicou a Anil, nos últimos anos do século XII, Asanga, o Sábio, e seus seguidores viveram muitos anos na solidão, esquecidos pelo mundo. Quando morreram, o mosteiro e a floresta a seu redor ficaram livres de qualquer ruído humano. E naqueles anos de abandono os caminhos cobriram-se de folhas, não se ouvia a música das vassouras. Não vinha dos banhos nenhum odor de açafrão ou cinamomo. Arankale tornou-se talvez mais belo, pensou Anil, e mais sutil, sem a presença dos homens na estrutura por eles criada quando não estavam mais sendo carregados pela torrente do amor.

Quatro séculos depois, monges voltaram a viver nas cavernas próximas ao lugar que outrora fora a clareira do templo. Havia se passado uma longa era sem seres humanos, sem religião. Ninguém mais se lembrava da existência do mosteiro original, e o local era apenas um oceano de floresta abandonado. O que restara dos altares de madeira fora devorado por colônias de insetos. Inúmeras gerações de pólen haviam se sedimentado no fundo da piscina, e depois o mato a consumiu, tornando-a invisível para todos os passantes que não conheciam o afundamento súbito, que se tornara um santuário para os seres que viviam do calor da rocha cortada e das plantas sem nome que habitavam aquele mundo noturno.

Ali pássaros cantaram por quatrocentos anos sem que ninguém os ouvisse. O zumbido de uma abelha medieval riscando o céu. E, nos vestígios do poço aberto no século XII, sob o céu refletido, algo prateado a contorcer-se dentro d'água.

Disse Sarath a Anil, naquela noite em Galle Face Green:

"Palipana se movimentava num sítio arqueológico como se estivesse na casa em que vivera em alguma vida passada — era capaz de adivinhar a localização de um jardim aquático, desenterrá-lo, reconstruir suas margens, enchê-lo de lótus brancos. Trabalhou anos nos parques reais nas imediações de Anuradhapura e Kandy. Dava um passo em sua imaginação e via-se num século remoto. Na Floresta dos Reis ou numa das estruturas rochosas dos mosteiros do oeste, certamente era-lhe difícil distinguir o presente de tempos passados. A estação do ano era identificável — a temperatura, as chuvas, a umidade, o cheiro da grama, o tom esturricado do verde. Mas era só. Não havia nenhum outro indicador da época em que ele se encontrava... De modo que eu compreendo o que ele fez. Para ele, foi só dar aquele passo adicional — eliminar as fronteiras e categorias, encontrar tudo numa única paisagem, e assim descobrir a história que não vira antes.

"Lembre também que ele estava ficando cego. Nos últimos anos de visão parcial, julgou ter encontrado finalmente os textos interlineares que mal divisava. À medida que as letras e palavras começavam a desaparecer sob seus dedos, e de seu campo de visão, ele passou a perceber alguma coisa, assim como os daltônicos, em tempo de guerra, são usados para ver a estrutura da figura camuflada. Ele estava vivendo sozinho."

Gamini, que estava ouvindo a conversa, riu.

Sarath fez uma pausa, depois prosseguiu. "Quando jovem, Palipana passava a maior parte do tempo sozinho, aprendendo o páli e outras línguas."

"Mas ele gostava *muito* de mulher", comentou Gamini. "Era um desses homens que têm três mulheres em três montanhas. É, você tem razão, de fato ele vivia sozinho... É, talvez você tenha razão."

Ao repetir sua frase, Gamini anulou sua afirmação de concordância. Estava deitado na grama e levantou a vista. Uma onda despedaçava-se ao longe contra o quebra-mar de Galle Face Green. Seu irmão e Anil haviam se calado por causa de sua interrupção, por isso ele continuou. "Isso aqui já foi um país civilizado. Tínhamos 'abrigos para os doentes' quatro séculos antes de Cristo. Havia um lindo em Mihintale. Sarath pode levar você lá para conhecer as ruínas. Havia dispensários, maternidades. No século XII, enviavam médicos para todos os cantos do país, para que cuidassem das aldeias mais remotas, até mesmo dos ascetas que viviam em cavernas. Está aí uma viagem que devia ser interessante, para ir tratar desses caras. Mas os nomes dos médicos até aparecem nas inscrições na pedra. Havia aldeias para cegos. Nos textos antigos há relatos de cirurgias no cérebro. Abriram hospitais ayurvédicos que existem até hoje — um dia eu levo você lá para ver. De trem é bem perto. Nós sempre soubemos lidar muito bem com a doença e a morte. Não ficávamos atrás de ninguém. Agora carregamos feridos sem anestesia escada acima porque os elevadores não funcionam."

"Acho que já vi você antes."

"Acho que não. Nunca vi você."

"Você se lembra de todo mundo? Você tem um casaco preto?"

Ele riu. "Não temos tempo de lembrar. Peça a Sarath para levar você a Mihintale."

"Ah, ele já me levou, e me mostrou uma brincadeira que tem lá. No alto daquela escadaria que dá no templo havia uma placa em cingalês que dizia antigamente: CUIDADO: QUANDO CHOVE, ESTA ESCADA É PERIGOSA. Sarath estava rindo da placa. Alguém havia alterado uma sílaba no texto em cingalês, de modo que o sentido agora era: CUIDADO: QUANDO CHOVE, ESTA ESCADA É BELA."

"O meu irmão tão sério? Normalmente, na nossa família ele é o homem da ironia histórica. Para ele, é por causa de pessoas como nós que as cidades viram ruínas. Os sete motivos da decadência de Poplonnaruwa como centro político. Doze motivos para Galle ter se tornado um porto importante e sobrevivido até o século XX. Eu e meu irmão não concordamos a respeito de quase nada. Ele acha que minha ex-mulher foi a melhor coisa que aconteceu na minha vida. Provavelmente queria era trepar com ela. Mas não conseguiu."

"Pare com isso, Gamini."

"Eu também não. Quer dizer, quase nunca. Era complicado. Chegavam caminhões carregados de cadáveres. Ela não gostava do cheiro de desinfetante nos meus braços. Nem dos remédios que eu tomava quando ficava de plantão. De modo que quando estávamos juntos eu nunca estava totalmente acordado. Foi um namoro meio difícil. Entrava na banheira e apagava. Minha lua-de-mel foi num hospital central. O país se desintegrando, e a família da minha mulher reclamando porque eu nunca estava em casa. Queriam que vestisse uma camisa bem passada e fosse a um jantar, e ficasse de mãos dadas com ela esperando o carro... Acho que eu também ia rir se lesse a tal placa na escada. Perigosa... bela... Que bom que vocês foram lá. Ele", prosseguiu Gamini, apontando para a escuridão, "me levou lá no tempo em que estudava com Palipana. Eu gostava de Palipana. Da rigidez dele. Um homem que vivia bem no âmago do nosso tempo. Nada de conversa-fiada. O que era mesmo que dizia que era a profissão dele?"

"Epigrafista", disse Sarath.

"A arte... de decifrar inscrições. Maravilhoso! Estudar a história como se fosse um corpo."

"Mas é isso que o seu irmão faz também, você sabe."

"Claro que sei. E aí Palipana enlouqueceu. O que você acha, Sarath?"

"Alucinações, talvez."

"Ele enlouqueceu. Aquelas elucubrações, as invencionices, o termo é esse mesmo, com base nos tais textos interlineares."

"Ele não está louco, não."

"Então não está. Tão louco quanto eu ou você. Só que ninguém na panelinha dele lhe deu apoio quando a coisa veio à tona. Sem dúvida, foi o único grande homem que conheci pessoalmente, mas nunca achei que era um cara 'sagrado'. Olhe, no fundo de toda religião tem uma história que nos ensina a desconfiar..."

"Sarath pelo menos foi lá visitá-lo", atalhou Anil.

"Ele... Ele...?"

"Não fui. Só na semana passada."

"Quer dizer que ele está sozinho", disse Gamini. "Só as três mulheres em três montanhas."

"Ele mora com a sobrinha. A filha da irmã dele."

Anil despertou de um sono profundo. Foi acordada por algum ruído de pássaros no telhado, ou um caminhão ao longe. Desvencilhou dos cabelos os fones já mudos, pegou sua camiseta do Prince e foi até o pátio. Quatro da madrugada. Apontou a lanterna direto para o esqueleto do Marinheiro. Tudo bem. Iluminou a cadeira e viu que a cabeça não estava mais lá. Sarath a teria tirado dali. O que a teria despertado? Alguém num pesadelo? Seria Gamini com seu casaco preto? Ela estava sonhando com ele. Ou talvez Cullis, tão distante. Era mais ou menos a mesma hora em que ela o deixara ferido em Borrego. Uma despedida amorosa.

O pátio estava um tom mais claro agora.

Um vento nas telhas, um outro vento mais forte fazendo farfalhar as copas altas e escuras das árvores. Ela não havia trazido nenhuma foto dele quando fez as malas, disso se orgulhava. Sentou-se num degrau. Tinha a impressão de que escutara pássaros cantando, e agora tentava ouvir mais. Então ouviu alguém engasgar-se, correu para a porta de Ananda e abriu o cômodo escuro.

Eram ruídos que ela jamais escutara antes. Voltou correndo para pegar a lanterna, chamou Sarath com um grito e entrou de novo. Ananda estava deitado num canto, tentando, com todas as forças que lhe restavam, esfaquear-se na garganta. O sangue escorria pela faca, pelos dedos, pelo braço. Os olhos dele eram como olhos de corça à luz da lanterna. O som vinha só Deus sabia de onde. Não de sua garganta. Não podia ser. Não agora.

"Você chegou depressa?" Era Sarath.

"Depressa. Estava lá fora. Rasgue um pedaço de pano lá da cama."

Aproximou-se de Ananda. Os olhos abertos, sem piscar; talvez já estivesse morto. Anil observou os olhos, para ver se eles se mexiam, e após uma espera que lhe pareceu longa viu-os por fim se mover. A mão dele ainda esboçava um gesto no ar. "Preciso de pano depressa, Sarath." "Está bem." Ela tentou arrancar a faca do punho cerrado de Ananda, não conseguiu, não insistiu. O sangue escorregava do cotovelo dele, pingava no sarongue dela, Anil quase lhe sentia o cheiro, acocorada, a lanterna presa entre as coxas.

Sarath começou a rasgar a fronha e entregar a Anil os pedaços, que ela amarrava em torno do pescoço de Ananda. Pôs no lugar a dobra grande de pele que pendia e amarrou-a com força.

"Preciso de anti-séptico. Você sabe onde está?" Quando Sarath o trouxe, Anil embebeu o pano, de modo que o líquido chegasse até a ferida. A traquéia não fora atingida, porém era preciso apertar o curativo de modo a diminuir a hemorragia, embora ele já estivesse com dificuldade de respirar. Ela se aproximou e apertou a ferida com os dedos; a mão da faca estava agora atrás dela.

"Você precisa ligar para Gamini e pedir que mande ajuda."

"A bateria do celular está descarregada. Vou até a aldeia ligar. Se não conseguir encontrar ninguém, eu o levo a Ratnapura."

"Acenda um lampião para nós, por favor. Antes de sair."

Sarath voltou com um lampião a óleo. A luz era forte demais para eles naquela hora, e ele baixou a mecha, porque o que havia para se ver era terrível.

"Ele evocou os mortos", cochichou Anil.

"Não. Ele é só um dos que tentam se matar porque perderam alguém."

Ela captou um tremor nos olhos a sua frente.

Anil não percebeu quando Sarath saiu. Permanecia no canto da sala com Ananda, os dois unidos pela luz do lampião. Era ela que devia ter ido. Sarath podia conversar com Ananda, acalmá-lo. Ou será que ele precisava era de silêncio? Talvez. Talvez a presença de uma mulher ajudasse.

Anil, até então de cócoras, escorregou no sangue quando se pôs de pé. Foi até a cama e rasgou mais umas tiras da fronha. Sentiu que havia um amuleto debaixo do travesseiro e pegou-o. Quando voltou, os olhos dele estavam escancarados, pareciam estar engolindo tudo. Ah, meu Deus — ele estava sem os óculos. Não estava enxergando nada. Ela encontrou-os no chão. Ananda estava de óculos quando começou a esfaquear-se.

Anil limpou no sarongue o sangue das mãos e ajustou os óculos em seu rosto. De repente, apesar da ferida, apesar da faca ainda em suas mãos, ainda ameaçadora, ele pareceu estar de novo com ela, entre os vivos. Anil tinha a impressão de que podia falar em qualquer idioma, que Ananda compreenderia o sentido de qualquer gesto. Em que momento surgira o vínculo entre eles, quando pôs a mão em seu ombro? Poucas horas antes. Ela enfiou o amuleto na mão esquerda de Ananda, mas ele não conseguiu, ou não quis, segurá-lo. Estava mergulhando na inconsciência, ou no sono.

O que era um amuleto, uma baila, para ele agora? Ou os óculos, ou um vínculo? Tudo isso era apenas para a paz de espírito dela. Anil interrompera sua morte. Transformara-se num obstáculo aos seus propósitos. O sangue já havia empapado o curativo. Ela se levantou e saiu apressada para o pátio, apontando a lanterna a esmo, em direção à cozinha, onde ficava a geladeira portátil. Abriu-a e encontrou no fundo, envolta em jornal, a adrenalina que sempre levava para situações de emergência. Talvez com isso conseguisse diminuir a hemorragia, constringir os vasos sangüíneos e fazer a pressão subir. Esfregou uma ampola entre as mãos a fim de esquentá-la. Ajoelhada ao lado de Ananda, encheu a seringa de adrenalina. Tinha a impressão de que a olhava de uma distância remota, sem qualquer interesse pelo que estava fazendo. Pôs a mão esquerda em seu peito para impedi-lo de se mexer — deu-se conta de que o estava empurrando contra o canto da sala, para imobilizá-lo — e em seguida cravou a agulha em seu braço. Ainda detendo-o com a mão esquerda, encheu a seringa de novo, prendendo uma segunda ampola entre os joelhos, e deu-lhe mais uma injeção. Quando levantou a vista, percebeu que seu olhar continuava distante. Quando, porém, ele começou a sentir o efeito da droga, surgiu em seu rosto uma expressão de pavor. Seus olhos lentamente deslizaram para a consciência, como que buscando uma viga na qual se agarrar para chegar até ela. Como se Ananda acreditasse que morreria agora se recaísse na imobilidade.

Eram dez da manhã quando Anil ouviu, como sempre, o administrador chegando na propriedade. Estava lá para pesar o chá que havia sido colhido e recolhido em sacos por sete trabalhadoras. Anil sempre saía para assistir à cerimônia. Era uma lembrança a que se apegava desde a infância. Sempre adorara o cheiro forte que emanava das folhas, e sabia que não havia verde mais intenso. Lembrava-se do tempo em que, quando entrava numa fábrica de chá ou de borracha, tinha a impressão de que penetrava num reino, e ficava a imaginar de qual daqueles reinos ela gostaria de fazer parte quando crescesse. Um marido que trabalhasse com chá ou um que trabalhasse com borracha. Não havia uma terceira opção. E a casa deles, no alto de um morro solitário.

Sarath não conseguira localizar o irmão, e por isso levara Ananda de carro até o Ratnapura Hospital. Ainda não havia voltado. Anil estava junto ao galpão vizinho onde ficavam as balanças, e depois que as catadoras de chá foram embora ela subiu na plataforma oscilante, abaixou-se e pegou um punhado de folhinhas verdes.

Antes de se deitar na véspera, levara para a sala de Ananda um balde de água e lavara o chão, trabalhando agachada. Preferiu fazer aquilo na hora, enquanto estava vivo. Se morresse durante a noite, não suportaria voltar a entrar naquele cômodo. Trabalhou durante meia hora. Àquela luz, o sangue parecia negro. Mais tarde, no pátio, Anil despiu a camiseta e o sarongue e os lavou. Só então tomou banho — cada centímetro de sua pele em que sentia a presença de sangue coagulado, cada fio fino de seus cabelos negros. Tirou a pulseira e esfregou o pulso, depois largou a pulseira dentro do balde e lavou-a também. Várias vezes retirou o balde cheio de água do poço e entornou-o sobre o próprio corpo. Sentia-se anormalmente excitada, seu corpo estremecia, tinha vontade de conversar. Deixou as roupas junto ao poço e foi para o quarto para tentar dissolver-se no sono. Sentia o frio da água penetrar sua exaustão, sabia que havia chegado até os ossos. Estava com Sarath e Ananda, integrada ao país pela amizade com eles — eles dois no carro, eles dois no hospital enquanto um desconhecido tentava salvar Ananda. Ela mantinha as mãos junto às ilhargas, quase não conseguia alcançar o lençol para cobrir-se. Já começava a amanhecer, e havia luz no quarto junto com ela. Só então adormeceu, acreditando que o estranho bondoso iria salvar Ananda.

Quando abriu os olhos, à tarde, Sarath estava a sua frente.

"Ele vai sobreviver."

"Ah", murmurou ela. Pegou a mão de Sarath e apertou-a contra seu rosto.

"Foi você que o salvou. Atendeu-o na mesma hora, fez o curativo, aplicou a injeção de adrenalina. O médico disse que não conhecia muita gente capaz de fazer isso numa situação de crise."

"Foi sorte. Sou alérgica a picada de abelha, por isso ando sempre com adrenalina. Tem gente que não consegue respirar depois que é picada por abelha. E a adrenalina diminui a hemorragia."

"Você devia morar aqui. E não vir aqui só para fazer um serviço."

"Isso não é só 'um serviço'! Eu resolvi voltar. Eu quis voltar."

Há um longo caminho de pedra que vai da estrada da aldeia até a walawwa. À direita há um muro velho oculto pela folhagem. Uma bifurcação trinta metros adiante. Quem vem de carro vira à esquerda e estaciona junto ao galpão das catadoras de chá. Quem vem de bicicleta ou a pé vira à direita e entra na casa por uma pequena porta na parede do leste.

É um prédio clássico, com duzentos anos de idade, que pertenceu a cinco gerações. A casa não parece excessiva nem ostentosa vista de nenhum ângulo. A localização, o uso cuidadoso da distância — até onde é possível afastar-se do prédio para vê-lo de longe, a ausência de grandes vistas de propriedades vizinhas —, tudo isso tem o efeito de fazer o observador voltar-se para dentro em vez de dominar o mundo que o cerca. O lugar sempre pareceu oculto, descoberto por acaso, um *grand meulne*.

Entra-se pelo portão, cuja viga superior faz uma curva idiossincrática, e chega-se a um jardim murado, em que a terra socada tem cor de areia. Aqui há dois lugares com sombra: a varanda e a sombra da grande árvore vermelha. Sob a árvore há um banco de pedra comprido. Anil passa boa parte do tempo aqui, sob a árvore recurvada como uma harpa eólia que projeta centenas de texturas de sombras diversas sobre a terra arenosa.

Que idade teria o pintor da família Wickramasinghe quando morreu? Que idade tem Ananda? Que idade tinha Anil, parada no aeroporto, sem conseguir exprimir no pranto a dor de seu desejo frustrado e não correspondido? Que órgãos faltavam aos homens que lhes permitiam perambular pela vida afora como criaturas afáveis, infiéis e não verbais? Se duas pessoas apaixonadas sentiam-se capazes de suicidar-se movidas por uma sensação de perda ou desejo, o que dizer dos desconhecidos que compunham o resto do planeta? Os que não estavam de modo algum apaixonados, e que eram levados a passar para o lado inimigo pelos ambiciosos e vangloriosos...

Ela estava no jardim, junto ao pé de moonamal e de kohomba. As flores do moonamal, quando caíam, sempre ficavam viradas para a lua. Os gravetos de kohomba ela quebrava e descascava, e os usava para limpar os dentes, ou então os queimava para afugentar os mosquitos. Aquele lugar parecia ser o jardim de um príncipe sábio. Porém o príncipe sábio havia se suicidado.

O aspecto estético da walawwa jamais era discutido por eles três. Era um lugar de refúgio e medo, apesar das sombras tranqüilas e constantes, da altura modesta do muro, das árvores que davam flores à altura do rosto. Porém a casa, o jardim de areia, as árvores haviam penetrado neles. Anil jamais se esqueceria do tempo que passara ali. Anos depois veria uma gravura ou desenho e compreenderia algo a respeito dele sem saber por quê — até que lhe diziam que a walawwa onde ela ficara pertencera à família do artista, e que o artista também vivera lá uma época. Mas o que naquele desenho chamara sua atenção?

Uma estrutura simples de linhas representando, por exemplo, um aguadeiro nu, e a distância precisa entre a figura humana e a árvore cujo tronco arqueado lembrava a forma de uma harpa.

A desgraça pessoal pode levar à morte, tanto quanto as desgraças públicas. Ali várias famílias viveram vidas solitárias, talvez começassem a falar sozinhas em voz baixa enquanto um lápis era apontado. Ou então ficavam ouvindo um rádio transistor, captando um sinal fraco vindo da periferia da área coberta pela antena. Quando as pilhas se descarregavam, às vezes passava-se uma semana inteira sem que ninguém da casa fosse à aldeia, aquele mar de luz elétrica! Pois era um solar construído no tempo dos lampiões, no tempo em que se imaginava só haver a possibilidade de desgraças pessoais. Porém ali eles três estavam na trilha de uma história pública. "O drama de nosso tempo", observou o poeta Robert Duncan, "é todos os homens passarem a ter o mesmo destino."

A tempestade vem em direção a eles do norte. Céu negro, vento forte sacudindo os galhos e as sombras. Eles estão sentados sob a árvore vermelha. A única coisa que não é afetada pela tempestade é Sarath, seus olhos perscrutando a distância enquanto conversam.

"Vamos, vamos entrar."

"Fique", disse ele. "Já estamos molhados."

Ela se senta no banco de pedra à frente dele, vendo a chuva destruir o penteado cuidadoso de Sarath. Sente-se irresponsável por estar do lado de fora no meio de um aguaceiro como aquele. O tipo de coisa que teria feito quando criança. Ouve um som de tambores vindo da aldeia, quase inaudível no meio dos sons da tempestade.

"Você parece o seu irmão, assim despenteado. Sabe, gostei do seu irmão." Inclina o corpo para a frente. "Eu vou entrar."

Anda até a varanda, sobe os degraus, saindo da lama, sacode os cabelos e os espreme como se espremesse um pano. Olha para trás. Sarath está de cabeça baixa, seus lábios se movem, como se estivesse falando com alguém. Anil sabe que jamais haverá um barco que a leve até Sarath, que lhe permita descobrir em que ele está pensando. Na esposa? Num afresco numa caverna? Na chuva forte que saltita a sua frente? Ela enxuga os braços na escuridão da sala de jantar, leva a mão esquerda à boca para poder lamber a água de chuva que cobre a pulseira.

Na chuva, Sarath se lembra do que ia falar com ela a respeito de Ananda. Pensou nisso no carro, quando voltava do hospital. Não. Sobre o Marinheiro. "Plumbagina", diz ele, e a palavra domina sua consciência. "Talvez ele trabalhasse numa mina de plumbagina."

Aquela madrugada, muito depois da meia-noite, Anil continuava ouvindo os tambores por trás da chuva. Aquele som dava o ritmo a tudo, coreografava tudo. Ela ficava o tempo todo esperando que o ruído cessasse.

A cabeça do Marinheiro, tal como fora reconstruída por Ananda, já estava na aldeia, e era lá que um tocador de tambor desconhecido, e importuno, se apegara à cabeça, e agora ficava a seu lado, batucando. Era pouco provável, ela sabia, que alguém a identificasse. Haviam ocorrido muitos desaparecimentos. Sabia que não seria a cabeça que daria um nome ao esqueleto, e sim as marcas de sua profissão. Assim, ela e Sarath iriam agora às aldeias da região das minas de plumbagina.

O tambor prosseguia, com seu ritmo complexo de antífona, como degraus que estivessem descendo em direção ao mar. Aquele som só iria parar quando conseguissem associar um nome à cabeça. Mas naquela noite não parou.

O CAMUNDONGO

Quando a mulher de Gamini, Chrishanti, abandonou o marido, ele permaneceu na casa por uma semana, cercado por todas aquelas coisas que jamais desejara ter — os mais avançados equipamentos de cozinha, o jogo americano zebrado. Sem a presença de Chrishanti, o jardineiro, o varredor e a cozinheira foram se tornando desnecessários. Gamini dispensou o motorista. Passaria a ir a pé ao pronto-socorro. Ao final daquela primeira semana, abandonou a casa e instalou-se no hospital, onde sabia que nunca lhe faltaria uma cama; desse modo podia se levantar ao nascer do sol e pegar no trabalho bem cedo. De vez em quando levava a mão ao bolso da camisa à procura da caneta que Chrishanti lhe dera e que ele perdera, mas sentia pouca falta de sua vida passada.

Quando seu irmão ligou preocupado, Gamini disse-lhe que não queria sua preocupação. Já estava tomando pílulas junto com uma bebida protéica, de modo que estivesse sempre desperto para os moribundos que o cercavam. "Ao *diagnosticar um ferimento vascular, faz-se necessário um alto teor de desconfian-*

ça." Se ele não fosse um médico tão bom, seu comportamento teria sido criticado. Gamini sabia que seu único valor para a sociedade consistia no que ele fazia no hospital. Era ali que encontrava seu destino, naquele enfrentamento com a guerra fora do campo de batalha. Ignorava as notícias sobre a guerra. Disseram-lhe que estava cheirando mal, e por algum motivo isso o abalou muito. Fez um estoque de sabonete Lifebuoy e passou a tomar três banhos por dia.

A mulher de Sarath veio visitar Gamini uma vez no pronto-socorro, e tomou-lhe o braço quando ele saía do hospital ao final de seu turno. Disse-lhe que ela e Sarath lhe ofereciam um lugar para ficar, pois estava se transformando num vagabundo. Ela era a única pessoa capaz de lhe dizer coisas assim. Gamini levou-a para almoçar, comeu como não comia havia meses e esquivou-se de suas perguntas, transformando-as em indagações sobre as coisas que a interessavam. Durante toda a refeição, olhava para seu rosto e seus braços. Foi da maior delicadeza, não a tocou nenhuma vez, exceto no momento em que ela lhe tomou o braço quando se encontraram. Ao se despedirem, Gamini não a abraçou. Ela teria sentido o quanto estava magro.

Não se falou em Sarath. Só sobre o trabalho dela na estação de rádio. Ela sabia que Gamini sempre gostara dela. Ele tinha consciência de que a amava desde o começo, amava aqueles braços ativos, a estranha falta de autoconfiança de uma pessoa que lhe parecia tão completa. Vira-a pela primeira vez num baile à fantasia num jardim perto de Colombo. Estava vestida de homem, de smoking, os cabelos penteados para trás. Gamini puxou conversa, e dançaram juntos duas vezes; estava fantasiado, de modo que ela não o reconheceu. Isso foi anos antes, quando nenhum dos dois havia ainda se casado.

Naquela noite, Gamini era o irmão de seu noivo.

Ele a pediu em casamento duas vezes durante a festa. Estavam no terraço de cadju. Gamini se fantasiara de yakka, pintado e coberto de farrapos; ela recebeu sua proposta de modo meio jocoso, dizendo que já era noiva. Antes estavam envolvidos numa conversa séria sobre a guerra, e ela imaginou que seu pedido de casamento fosse uma brincadeira, um comentário feito para passar o tempo. Assim, Gamini disse que conhecia aquele jardim havia muito tempo, que já estivera ali diversas vezes. Você deve conhecer o meu noivo, disse ela, ele também vem muito aqui. Gamini, porém, fingiu não reconhecer o nome. Os dois estavam com calor, e ela afrouxou a gravata-borboleta. "Você deve estar com calor. Com essas roupas todas." "Estou." Havia um laguinho com um repuxo de bambu que se inclinava quando enchia, e Gamini ajoelhou-se ao lado dele. "Não suje a água de tinta, o lago está cheio de peixes." Assim, ele desamarrou o turbante que estava usando, encharcou-o e começou a tirar a tinta do rosto. Quando se levantou, ela viu quem era, o irmão de seu noivo, e Gamini pediu-a em casamento outra vez.

Agora, anos depois, quando o casamento de Gamini já estava terminado, os dois saíram da lanchonete e foram até o carro dela. Gamini despediu-se mantendo uma certa distância, sem tocá-la, dirigindo-lhe um olhar espontâneo e voraz, um aceno espontâneo enquanto o carro se afastava.

Gamini acordou na enfermaria quase vazia. Tomou um banho e vestiu-se, observado com atenção pelo paciente da cama ao lado. O sol ainda não havia nascido, e a escadaria estava escura. Ele caminhava devagar, sem se apoiar no corrimão, que ocultava sabia-se lá o quê naquela madeira velha. Passou pelas seções de pediatria, doenças contagiosas, ortopedia, chegou ao pátio da frente, comprou chá e roti de batata numa barraca e comeu ali mesmo, sob uma árvore cheia de pássaros barulhentos. Fora uns poucos momentos como este, ele passava a maior parte do tempo fechado no hospital. Saía e sentava-se num banco. Pedia a um dos internos que o acordasse dentro de uma hora caso dormisse. A fronteira entre sono e vigília era um fio de algodão de cor tão tênue que muitas vezes ele a cruzava sem se dar conta do fato. Quando operava à noite, por vezes tinha a impressão de que cortava carne humana cercado apenas pela noite e as estrelas. Despertava daquele devaneio e via-se de volta ao prédio do hospital, reconhecia-o mais uma vez a se encaixar em torno dele. Seu trabalho obrigava-o a cortar a carne de estranhos cujos nomes nem sequer conhecia. Gamini raramente falava. Dava a impressão de que não se aproximava de nenhuma pessoa que não tivesse uma ferida, mesmo que não conseguisse vê-la — o servente bocejando na entrada, o político visitando o hospital, com quem Gamini recusava-se a ser fotografado.

As enfermeiras liam os relatórios para Gamini enquanto ele lavava as mãos. Adoravam trabalhar com ele; era estranha aquela popularidade de um médico tão exigente. Quando se dava conta de que era impossível salvar a vida do paciente que estava operando, tomava decisões brutais. "Chega", dizia, e ia embora. "Basta", exclamava em italiano alguém que havia morado no exterior, e Gamini ria enquanto passava pela porta de vaivém. Era quase um momento de conversação humana. Gamini sabia que jamais fora uma companhia agradável; sua presença tinha o efeito de fazer a conversa-fiada morrer a seu redor. De vez em quando uma enfermeira do turno da noite o despertava e lhe pedia ajuda. Por mais cuidadosa que fosse, Gamini acordava de súbito, e ia com ela, só de sarongue, ajudá-la a dar uma injeção intravenosa numa criança relutante. Depois voltava para sua cama emprestada. "Fico lhe devendo um favor", dizia a enfermeira quando ele ia embora. "Não está devendo nada. Me acorde sempre que precisar de ajuda."

A luz dela acesa a noite toda.

Às vezes o mar trazia corpos à costa, as ondas os despejavam na areia. No litoral de Matara, ou em Wellawatta, ou perto do St. Thomas's College em Mount Lavinia onde eles — Sarath e Gamini — haviam aprendido a nadar quando meninos. Eram vítimas de assassinatos políticos — pessoas torturadas na casa da Gower Street ou numa casa perto da Galle Road — levadas por um helicóptero até uns três quilômetros da costa e depois largadas, mergulhando no ar e na água. Mas poucos desses corpos voltavam para os braços da terra para servir de prova.

No interior, os cadáveres desciam pelos quatro rios principais — o Mahaveli Ganga, o Kalu Ganga, o Kelani Ganga, o Bentota Ganga. Todos acabavam no Dean Street Hospital. Gamini optava por não trabalhar com os mortos. Evitava os corredores da ala sul, onde as vítimas de tortura eram trazidas para ser identificadas. Os internos catalogavam as feridas e fotografavam os corpos. Assim mesmo, uma vez por semana ele folheava os relatórios e as fotos dos mortos, confirmava as conclusões, apontava as marcas mais recentes de ácido ou metal afiado e assinava. Quando chegava para fazer isso, já estava à base de pílulas que lhe davam a energia necessária; falava rapidamente para um gravador levado por um homem da Anistia Internacional; aproximava-se da janela para iluminar melhor as fotos terríveis, cobrindo os rostos com a mão esquerda, sentindo que seu pulso disparava. Lia o número do arquivo, dava sua interpretação e assinava. A hora mais medonha da semana.

Afastou-se da pilha de fotos daquela semana. As portas se abriam e mil corpos entravam, como se capturados em redes de pescadores, como se houvessem sido martelados. Mil corpos de tubarões e arraias nos corredores, alguns dos peixes de pele escura a debater-se...

Haviam começado a cobrir os rostos das fotos. Trabalhava melhor assim, e não havia perigo de que reconhecesse os mortos.

O mais engraçado era que havia decidido se tornar médico por achar que trabalharia num ritmo oitocentista. Gostava do ar de autoridade amadorística da profissão. Contava-se que o doutor Spittel uma vez estava operando em Kandy quando faltou luz no hospital; ele levou o paciente para o estacionamento, deitou-o num banco e trabalhou à luz dos faróis do carro. Uma vida de heroísmo discreto relembrada em algumas histórias como essa. Nisso residia sua satisfação. Ele seria lembrado tal como um jogador de críquete que teve um desempenho inesquecível numa partida disputada em 1953, cujo nome apareceu numa baila de rua por uma ou duas semanas. Famoso numa canção.

Quando menino, durante os meses em que lutou contra a difteria, Gamini, nas tardes que passava deitado numa esteira, desejava apenas ter uma vida igual à dos pais. Qualquer que fosse a carreira que abraçasse, queria adotar o estilo e o ritmo de vida deles. Levantar-se cedo e trabalhar até a hora do almoço, almoçar tarde, depois cochilar e conversar, após mais uma passada rápida no escritório. Os escritórios de advocacia de seu pai e seu avô ocupavam uma ala do casarão da família na Greenpath Road. Quando pequeno, jamais lhe permitiam penetrar naqueles labirintos durante as horas de expediente, mas às cinco da tarde, carregando um copo cheio de um líquido cor de âmbar, ele abria com o pé a porta de vaivém e entrava. Havia arquivos baixos e ventiladores pequenos nas mesas. Gamini saudava o cachorro do pai e pousava o copo em sua mesa.

Nesse momento seu corpo era levantado, e de repente ele se via no colo do pai, envolto em braços grandes e escuros. "Comece do princípio", dizia ele, e Gamini lhe contava todas as aventuras do dia, como fora na escola, o que dissera sua mãe quando chegou em casa. Na infância, sentia-se perfeitamente à vontade com sua família. Quando olhava para trás agora, jamais se recordava de qualquer cena de raiva ou nervosismo. Seus pais tratavam-se com carinho. Estavam sempre conversando, compartilhando tudo, e na cama ele ouvia aquele zumbido incessante, como uma lã que se interpunha entre a casa e o mundo. Mais tarde se deu conta de que todas as dimensões da vida de seu pai existiam dentro da casa. Eram os clientes que vinham até ele. Havia uma quadra de tênis no quintal, onde a família jogava com as visitas nos fins de semana.

Esperava-se que os dois irmãos entrassem para a firma da família. Mas Sarath saiu de casa, decidido a não se tornar advogado. E alguns anos depois Gamini também traiu as vozes da casa e entrou para a escola de medicina.

*

Dois meses depois que sua mulher o largou, Gamini sucumbiu ao estresse, e a administração obrigou-o a tirar uma licença. Ele não tinha para onde ir, havia abandonado o lar. Deu-se conta de que o pronto-socorro se tornara para ele, mesmo naquela situação de loucura, um casulo, tal como fora outrora a casa de seus pais. Tudo o que tinha valor para ele acontecia ali. Gamini dormia nas enfermarias, alimentava-se com a comida que comprava no vendedor de rua bem em frente ao hospital. Agora pediam-lhe que se afastasse do mundo onde havia se entocado, que havia criado a seu redor, aquela estranha réplica da ordem de sua infância.

Caminhou até Nugegoda, o bairro em que ficava sua casa, e bateu na porta trancada. Sentia cheiro de comida sendo preparada. Apareceu um desconhecido, que não abriu a porta. "Sim?" "Eu sou o Gamini." "E daí?" "Eu moro aqui." O homem afastou-se, e ouviram-se vozes da cozinha.

Gamini levou algum tempo até se dar conta de que o estavam ignorando. Atravessou o pequeno jardim. O cheiro da comida era maravilhoso. Ele nunca sentira tanta fome. Não queria a casa, e sim uma refeição caseira. Entrou pela porta dos fundos. Olhando a sua volta, percebeu que estavam tomando conta da casa bem melhor que ele. O homem que o havia ignorado estava com duas mulheres. Gamini não conhecia nenhum dos três. De início, imaginara que sua mulher havia mandado parentes seus para lá. "Podia me dar um copo d'água?"

O homem lhe trouxe um copo. Gamini ouviu ruídos de crianças vindo dos fundos, e gostou de sentir que todo aquele espaço estava sendo utilizado. Lembrou-se de perguntar se havia correspondência para ele. Trouxeram-lhe uma pilha. Uma carta de sua mulher, que pôs no bolso. Alguns cheques do hospital. Ele os abriu, assinou dois no verso e entregou-os a uma das mulheres. Dois outros guardou para si. As mulheres fizeram sinal para que comesse com eles, e Gamini sentou-se. Feijão, Pol sambol, frango ao curry. Depois caminhou até o banco com a sensação agradável de estar de estômago cheio. Estava rico. Ligou para a Quickshaw's e alugou um carro; ficou esperando no ar condicionado do saguão da Grindlays. Quando o carro chegou, sentou-se ao lado do motorista.

"Para Trincomalee. Depois, ao Nilaveli Beach Hotel."

"Não, não."

Ele já esperava por essa reação. O lugar era considerado perigoso, por causa da proximidade dos guerrilheiros. "Comigo não tem problema, eu sou médico. Com os médicos eles não mexem, nós somos como as prostitutas. Tome aí um emblema da Cruz Vermelha para colocar no pára-brisas. Vou contratar você por uma semana. Não precisa gostar de mim nem ser educado comigo. Não sou dessas pessoas carentes de amor. Pare aqui."

Gamini saltou e passou para o banco de trás, pois precisava esticar-se. Já havia adormecido quando o carro conseguiu livrar-se do emaranhado de ruas de Colombo. "Pegue a estrada costeira", murmurou ele logo antes de adormecer. "Me acorde em Negombo."

Gamini e o motorista entraram no saguão da velha estalagem de Negombo, um ambiente escuro, onde não batia sol. Junto à mesa de recepção uma luminária destacava a figura do gerente, sentado à frente de uma marinha mal pintada na parede, e Gamini, lembrando-se de algo, virou-se para trás, olhou pela porta e viu ao vivo a mesma cena representada na pintura. Tomaram uma cerveja e seguiram viagem. Perto de Kurunegala, Gamini saltou e pediu ao motorista que o pegasse no mesmo lugar na manhã seguinte. O homem levou algum tempo para compreender. Gamini queria passar a noite ali.

Seu pai costumava levá-lo ao mosteiro ali perto, no meio da floresta, em Arankale, quando era pequeno. Sempre voltava naquele lugar, com intervalos de alguns anos. Como médico trabalhando em plena guerra, perdera quase toda a fé, mas sempre sentia uma grande paz ali. Sem levar quase nada consigo, apenas uma camisa fina e calças, sem guarda-sol, sem comida, penetrava a floresta. Às vezes, ao chegar, via que o lugar estava conservado; às vezes encontrava-o fechado, como um olho na floresta.

Lá estava o poço. E o ferro corrugado que formava um telhado sobre a varanda onde os velhos monges dormiam. Ele podia ficar ali. Podia lavar-se junto ao poço de manhã. Abotoou o bolso da camisa para que seus óculos não caíssem e se perdessem.

Uma semana depois, Gamini saiu do prédio do Nilaveli Beach Hotel e caminhou em direção ao mar. Estava completamente bêbado. Antes, estava cambaleando dentro do hotel deserto com um cozinheiro e o gerente da noite e duas mulheres que limpavam os quartos vazios e gritavam cada vez que o cozinheiro tentava jogá-las dentro da piscina. Na praia, Gamini adormeceu, e quando acordou estava cercado por homens armados, que riam.

Seu sarongue havia caído. Ele disse, do modo mais claro possível, nos dois idiomas oficiais: "*Eu — sou — médico —*", e apagou de novo. Quando voltou a acordar, estava numa cabana cheia de garotos feridos. Dezessete anos. Dezesseis anos. Alguns mais jovens ainda. Estava de férias, e disse isso a um dos homens armados. "Estão me aguardando para o jantar às sete. Se eu não chegar lá até as sete e meia, eles não servem..."

"Certo, certo. Mas isso..." O homem indicou com o braço os feridos que ocupavam toda a cabana. "E isso aqui, hein?"

Gamini, tentando livrar-se das pílulas, estava num período de transição para o álcool, de modo que não sabia muito bem qual o seu nível atual de embriaguez. Andava dormindo muito.

Acordava e dava por si num jardim desconhecido. Não que tivesse vontade de dormir; era mais uma necessidade. Antes de acordar, sonhava estar carregando corpos para dentro e para fora de elevadores. Andar de elevador sempre lhe dava uma sensação de claustrofobia, mas era melhor do que a vertigem que lhe davam escadas com degraus que rangiam.

Quando os guerrilheiros o encontraram enroscado na praia, a água já estava alcançando seus tornozelos. Vieram procurar o turista que, segundo se dizia, era médico. Uma das mulheres da piscina dissera-lhes que o procurassem na praia.

Gamini andava de um lado para o outro, examinando os jovens. Trapos amarrados em torno das feridas; não havia analgésicos, não havia esparadrapos. Mandou um soldado ir até seu quarto no hotel, dando-lhe a chave, para que trouxesse os lençóis, que eles poderiam rasgar, e para pegar também a sacola de plástico que continha várias coisas que seriam úteis — loção pós-barba, pílulas. O homem voltou usando uma de suas camisas. Gamini despejou as pílulas na mesa e dividiu cada uma em quatro. A comunicação seria um problema. Ele não falava o tâmil muito bem, e os homens não sabiam cingalês. Gamini e o líder eram obrigados a comunicar-se num inglês precário.

A tarde já caía e estava com fome. Havia perdido a hora do almoço, e os horários do hotel eram rígidos. Pediu ao líder que mandasse alguém arranjar-lhe comida. Ele esperava não ouvir tiros ao longe. Começou a trabalhar, cuidando de um ferido depois do outro.

Em sua maioria, conseguiriam sobreviver, porém perderiam um braço ou sofreriam algum outro tipo de mutilação. Gamini já vira muitos feridos em sua breve viagem de carro por Trincomalee. Trabalhava naquela enfermaria improvisada levando uma caixa de madeira de pakispetti; sentava-se ao lado de um rapaz e amarrava pedaços de lençol em seus membros. Cada um dos que seriam operados em breve recebia um quarto de pílula, daquela droga preciosa que os deixaria ligados enquanto trabalhava. Surpreendeu-o o forte efeito mesmo de uma dose tão pequena; ele estava tomando aquelas pílulas havia mais de um ano, uma inteira de cada vez. Quinze minutos depois que o paciente tomava o remédio, três guerrilheiros o seguravam com força e Gamini suturava a ferida. Estava tão quente ali dentro que ele já havia tirado a camisa, enrolando trapos em volta dos punhos para impedir que o suor escorresse até os dedos. Precisava dormir, seus olhos piscavam, um sinal infalível, e nada de comida. Estava prestes a fazer uma pequena cena; deitou-se ao lado dos feridos, enrodilhou-se e adormeceu.

Ele roncava alto. Quando sua mulher decidiu abandoná-lo, Gamini acusou-a de largá-lo porque roncava. Agora os rapazes a sua volta faziam silêncio para não perturbá-lo.

Porém ele acordou com gritos de dor. Saiu e lavou o rosto junto a uma torneira. A essa altura o cozinheiro já havia sido trazido de bicicleta, e lentamente, falando em cingalês, Gamini pediu dez refeições copiosas, a serem divididas entre todos, e fez questão de que a despesa fosse incluída em sua conta. Esse gesto teve impacto. Quando chegou o banquete, as operações foram interrompidas. A equipe do hotel trouxe-lhe duas garrafas de cerveja. Enquanto comia, Gamini lembrou-se do desaparecimento do doutor Linus Corea, e perguntou-se se ele próprio algum dia voltaria a Colombo.

Trabalhou noite adentro, debruçado sobre os pacientes, enquanto alguém, do outro lado da cama, segurava um velho lampião. Alguns dos rapazes deliravam quando cessava o efeito da droga. Quem era que mandava um menino de treze anos para a guerra, em nome de que causa furiosa? Em nome de um velho líder? De alguma bandeira pálida? Ele lembrava a si mesmo repetidamente quem eram aquelas pessoas. Que explodiam bombas em ruas cheias de gente, em terminais rodoviários, arrozais, escolas. Centenas de vítimas haviam morrido sob os cuidados de Gamini. Milhares não podiam mais andar, nem usar os intestinos. Mesmo assim, ele era médico. Uma semana depois, estaria trabalhando de novo em Colombo.

Já depois de meia-noite, Gamini caminhava pela praia acompanhado de um homem armado, rumo ao hotel. Ao chegar, percebeu de imediato que o despertador que havia comprado em Kurunegala sumira. Deitou-se na cama sem lençol e adormeceu.

A que altura havia começado a guerra secreta entre ele e seu irmão? Começara com o desejo de ser o outro, antes ainda, com a impossibilidade de emulá-lo. Gamini permaneceria sempre espiritualmente o caçula, o que não consegue alcançar o mais velho, com seu apelido, Miya. Camundongo. E ele adorava sua falta de responsabilidade, adorava nunca estar no centro, embora tivesse consciência do que lá se passava. Boa parte do tempo seus pais não se apercebiam dele, afundado numa poltrona, lendo um livro, ouvido aguçado, atento para as conversas dos adultos, fiel como um cão. Sarath adorava história, o pai adorava direito, Gamini se entocava, desconhecido. A mãe, que quisera ser bailarina na juventude, agora coreografava a todos. Ela permaneceria misteriosa para Gamini. O amor que demonstrava era um afeto generalizado, jamais dirigido a ele em particular. Gamini achava difícil vê-la como a mulher que amava seu pai. Ela efetivamente parecia uma mulher sem filhas, com três homens em casa: um marido tagarela, um filho mais velho inteligente e destinado ao sucesso e um caçula sonso. Gamini. O Camundongo.

O fato de que nenhum dos irmãos queria seguir a carreira do pai e herdar a firma da família obrigava a mãe a defender a posição de todos — um pé no território de cada filho, uma das mãos no ombro do marido. Fosse como fosse, eles seguiram cada um para seu lado. Sarath começou a estudar arqueologia e Gamini mergulhou nos estudos de medicina, e mais ainda no mundo exterior à esfera familiar. Agora a família só tinha contato com Gamini por meio dos boatos que chegavam sobre a vida dissoluta que levava. Se antes mal se davam conta de sua presença na casa, agora seus pais se defrontavam com uma infinidade de casos desagradáveis em que ele estava envolvido. Pelo visto, Gamini queria que os pais o tomassem como um caso perdido; e foi o que acabaram fazendo, movidos pelo constrangimento.

Na verdade, Gamini adorava o mundo familiar no tempo em que vivia nele. Se bem que anos depois a mulher de Sarath argumentaria: "Que espécie de família apelida o filho de 'Camundongo'?". Ela o imaginava quando pequeno, irrelevante para as considerações da família, com suas orelhas grandes, instalado na poltrona grande.

Mas ele não ligava. Achava que era assim com todas as crianças. Ele e seu irmão haviam aprendido a se contentar em viver sozinhos, a não ter necessidade de falar. "Pois eu fico irritada", retrucava a mulher de Sarath. "Fico irritada por vocês dois." Nas conversas com ela, Gamini continuava a ver sua infância como uma época de contentamento, enquanto ela o via como alguém que sobrevivera por um triz, que jamais se sentira seguro quanto ao amor que o cercava. "Eu era mimado", argumentava ele. "Você só se sente seguro quando está sozinho fazendo as coisas por conta própria. Você não era mimado, era ignorado." "Não vou passar o resto da minha vida culpando minha mãe por não ter me beijado." "Pois podia."

Ele havia aproveitado muito sua infância, pensava com seus botões. Adorava as salas escuras à tarde, adorava seguir correições de formigas na varanda, adorava fazer fantasias juntando roupas que tirava de vários armários, vestir-se com elas e cantar em frente ao espelho. E a grandiosidade da tal poltrona ele jamais esquecera. Tinha vontade de sair e comprar uma igual, agora, exercendo a prerrogativa do adulto de ceder a um capricho. Quando pensava em refúgio, era da poltrona que se lembrava, e não da mãe nem do pai. "Dou por concluída minha argumentação", disse a mulher de Sarath, em voz baixa.

E Sarath, para os pais, era o menino que caminhava pelo céu. Os três riam e discutiam durante o jantar enquanto Gamini observava o estilo e o jeito de cada um. Aos onze anos, orgulhava-se de ser um bom mímico; sabia, por exemplo, imitar a expressão intrigada de um cachorro preocupado.

Não obstante, ele permanecia invisível, até mesmo para si próprio, e quase nunca se via no espelho, senão quando estava fantasiado. Um de seus tios dirigia espetáculos de teatro amador, e uma vez, sozinho na casa dele, Gamini encontrou alguns de seus figurinos. Experimentou-os um por um, deu corda na vitrola e depois começou a dançar em cima dos sofás, cantando músicas inventadas, até que sua tia chegou e pôs fim à brincadeira, limitando-se a exclamar: "Ah-ah! Então é isso que você faz...". E ele ficou humilhado e constrangido num grau incomensurável, inimaginável. Depois desse episódio, durante anos considerou-se vaidoso, e por isso passou a revelar-se ainda menos para os outros. Tornou-se mais sisudo, quase não tinha consciência dos gestos mais sutis que ocorriam dentro de si. Anos depois, ficaria animado apenas em meio a desconhecidos — na turbulência de um fim de festa ou no caos do pronto-socorro. Esse era o estado de graça. Era *ali* que as pessoas conseguiam soltar-se, como se estivessem dançando, tão concentradas no trabalho ou no desejo que nem sequer tinham consciência de seu poder de seduzir ou de reagir a uma situação de emergência. Era possível então situar-se no centro dos eventos e ao mesmo tempo sentir-se invisível. Foi então que começou a ganhar fama de devasso.

A barreira que o separava da família na infância continuava presente. Ele não queria retirá-la, não queria que os dois mundos se misturassem. Não tinha consciência disso. Só se daria conta mais tarde, numa crise terrível, com a maior clareza. Segurando o irmão, perceberia que desde a infância sabia que, para ele, o catalisador da liberdade e da privacidade que sempre desejara era aquele irmão benigno. Gamini, anos depois, ao lado de Sarath, lhe diria tudo isso, chocado com sua própria vingança inconsciente. Quando somos jovens, pensou, a primeira regra é não se deixar invadir. Sabemos disso já na infância. Há sempre aquela certeza murmurante da família, como o mar em torno de uma ilha. Assim, a juventude se oculta na forma de algo esguio como uma lança, ou tão anti-social quanto um bote. E assim depois nos sentimos mais à vontade e nos abrimos mais com desconhecidos.

O Camundongo insistiu que queria concluir sua formação escolar não em Colombo, e sim num colégio interno, Trinity College, em Kandy. Assim, passava boa parte do ano bem afastado da família. Adorava o trem vagaroso que o levava às montanhas, sacolejando todo o caminho. Sempre adorou trens, jamais comprou um carro, jamais aprendeu a dirigir. Quando estava na faixa dos vinte anos, gozava a volúpia de banhar no vento sua cabeça bêbada quando mergulhava nos túneis barulhentos e ameaçadores, cercado de um espaço profundo. Gostava de conversas íntimas e bem-humoradas com estranhos; ah, sabia que isso tudo era doença — mas não desgostava dessa distância, desse anonimato.

Era delicado, nervoso, gregário. Depois de mais de três anos no Norte, trabalhando em hospitais periféricos, viria a tornar-se mais obsessivo. Seu casamento, um ano depois, fracassou quase de imediato; depois disso ele passava a maior parte do tempo sozinho. Quando operava pedia um único assistente. Os outros que assistissem e aprendessem de longe. Nunca soube expressar bem em palavras o que fazia e o que estava acontecendo. Nunca foi bom professor, e sim um bom exemplo.

Só se apaixonara por uma única mulher, e não fora aquela com quem se casara. Posteriormente houve uma outra, uma mulher casada num hospital de campo perto de Polonnaruwa. Por fim passou a ver-se como um passageiro num navio de demônios, em que ele era a única pessoa razoável e sóbria a bordo. Era o homem perfeito para participar de uma guerra.

Os aposentos em que viviam Sarath e Gamini na infância eram protegidos do sol de Colombo, dos barulhos do trânsito e dos cachorros, das outras crianças, do som do portão de metal se fechando. Gamini lembra-se da cadeira giratória em que rodopiava, instaurando o caos entre os papéis e prateleiras, na atmosfera proibida do escritório de seu pai. Mesmo depois de adulto, sentia-se clandestino e deslocado quando se via nesse tipo de ambiente. Bancos e firmas de advocacia acentuavam sua insegurança, dando-lhe a sensação de que estava na sala do diretor da escola, de que as coisas nunca lhe seriam explicadas a ponto de ele poder compreendê-las.

Nós nos desenvolvemos das maneiras mais tortuosas. Gamini cresceu sem saber metade das coisas que achava que devia saber — viria a fazer e descobrir conexões inusitadas por não ter jamais conhecido os caminhos usuais. Passou a maior parte de sua vida como um menino rodopiando numa cadeira. E tal como as coisas haviam sido escondidas dele, Gamini tornou-se ele próprio um homem cheio de segredos.

Na casa de sua infância, colava o olho no buraco da fechadura, batia de leve e, se não ouvia resposta, penetrava no quarto dos pais, do irmão, de um tio, quando faziam a sesta. Então caminhava descalço em direção à cama e olhava para as pessoas adormecidas, olhava pela janela e ia embora. Não havia muita coisa acontecendo ali. Ou então aproximava-se em silêncio de um grupo de adultos reunidos. Já adquirira o hábito de só falar se lhe perguntassem algo.

Estava na casa de sua tia em Boralesgamuwa, e ela jogava bridge com as amigas na varanda comprida que cercava a casa. Aproximou-se delas com uma vela acesa na mão, protegendo a chama. Deixou-a numa mesinha a cerca de um metro à direita delas. Ninguém prestou atenção. Entrou na casa de novo. Minutos depois, emergiu rastejando na grama com sua espingarda de ar comprimido, vindo sorrateiro do fundo do jardim em direção à casa. Usava um pequeno chapéu de folhas como camuflagem para disfarçar sua presença ainda mais. Quase conseguia ouvir as vozes das quatro mulheres jogando, conversando por conversar.

Calculava que elas estivessem a vinte metros dele. Carregou a espingarda e postou-se na posição de um franco-atirador, os cotovelos para baixo, as pernas formando um ângulo para equilibrar-se com firmeza, e atirou. Não acertou nada. Carregou a arma outra vez e fez pontaria. Dessa vez atingiu a mesinha. Uma das mulheres levantou a vista, inclinando a cabeça, mas não viu nada a sua volta. O que ele queria fazer era apagar a vela com o chumbinho, mas o tiro seguinte foi baixo, a apenas uns poucos centímetros do piso vermelho da varanda, e atingiu um tornozelo. Naquele momento, quando a senhora Coomaraswamy gritou, sua tia levantou a vista e o viu com a espingarda apertada contra o rosto e o ombro, apontada diretamente para elas.

Gamini sentiu-se mais feliz do que nunca quando se afastou da desorganização da juventude para mergulhar na euforia do trabalho. Quando saiu pela primeira vez numa missão profissional de médico, viajando aos hospitais do Nordeste, teve a impressão de que finalmente estava fazendo uma viagem como no século XIX. Lembrava-se de uma memória de autoria do velho doutor Peterson, o relato de uma viagem como aquela, sessenta anos antes. O livro continha gravuras — um carro de boi passando num estrada ladeada de árvores frondosas, bulbuis bebendo água num tanque — e Gamini recordou-se de uma frase:

> Viajei de trem a Matara e daí em diante fui de carruagem puxada por cavalo, com um corneteiro à frente toda a viagem, tocando a corneta para afastar os animais selvagens da estrada.

Agora, em plena guerra civil, o ônibus de Gamini seguia, lento e esbaforido, quase no mesmo ritmo, por uma paisagem quase idêntica. Num pequeno recanto romântico de seu coração, ele desejava a presença de um corneteiro.

Havia apenas cinco médicos atuando no Nordeste. Lakdasa era o chefe, e indicava quem ia trabalhar nos hospitais periféricos e nas aldeias. Skanda era o principal cirurgião, o chefe das operações de triagem quando havia uma emergência. E tinha também o Cubano, que ficou ali só um ano. E C——, a oftalmologista, que estava com eles havia três meses. "O diploma dela não é confiável", disse Lakdasa aos outros após uma semana, "mas ela é esforçada, e não vou abrir mão dela." E mais o recém-formado Gamini, ocupando seu primeiro cargo.

Do hospital central de Polonnaruwa viajavam aos periféricos, onde alguns deles iriam morar. Um anestesista ia lá uma vez por semana, o dia em que se realizavam as cirurgias. Quando havia operações de emergência nos outros dias da semana, improvisavam com clorofórmio ou o remédio que mais estivesse à mão para desacordar o paciente. E do hospital central iam de carro a lugares de que Gamini jamais ouvira falar, que nem sequer conseguia localizar no mapa — Araganwila, Welikande, Palatiyawa, para visitar clínicas instaladas em escolas inacabadas, sendo recebido por mães e bebês, pacientes com malária e cólera.

Os médicos que sobreviveram àquela temporada no Nordeste diziam que nunca haviam trabalhado tanto, nem nunca haviam se sentido mais úteis, do que para aqueles desconhecidos que escorregavam por entre seus dedos como areia. Nenhum desses médicos, depois dessa experiência, jamais deu o passo economicamente sensato de abrir uma clínica particular. Ali eles aprenderiam tudo de importante que havia para aprender. Não se tratava de uma qualidade abstrata ou moral, e sim de uma habilidade física que lhes concedia poder. Não havia jornais, nem mesas envernizadas, nem ventiladores decentes.

De vez em quando um livro, de vez em quando o rádio, com comentaristas de críquete falando ora em cingalês, ora em inglês. Permitiam que um rádio transistor fosse levado para a sala de operações em ocasiões especiais, ou durante as horas cruciais de uma disputa de campeonato. Quando o comentarista passava a falar inglês, era necessário fazer interpretação simultânea para o cingalês, o que ficava a cargo de Rohan, o anestesista. Era o membro mais bilíngüe da equipe, pois tinha de ler os textos impressos em letras pequenas que vinham com os tanques de oxigênio. (Rohan gostava mesmo de ler, e com freqüência ia até Colombo de ônibus para ouvir um escritor nacional ou estrangeiro ler trechos de um novo livro no *campus* de Kelaniya.) Os pacientes de cirurgia muitas vezes recuperavam a consciência e se viam no momento mais dramático de uma partida de críquete.

Barbeavam-se à noite, ao lado de uma vela, e dormiam bem escanhoados, como príncipes. Acordavam às cinco horas, na escuridão. Por um instante permaneciam imóveis, localizando-se, tentando lembrar-se da forma do quarto. Havia um mosquiteiro em cima deles ou um ventilador, ou apenas uma espiral contra mosquitos marca Lion? Estavam em Polonnaruwa? Viajavam tanto, dormiam em tantos lugares diferentes. Lá fora ouviam-se os pássaros koha despertando. Um bajaj. Alto-falantes sendo ligados antes do amanhecer, a zumbir e estalar. Os médicos abriam os olhos quando alguém os tocava no ombro, em silêncio, como se estivessem em território inimigo. Em seguida, a escuridão, os sinais mínimos de localização. Estariam em Ampara? Em Manampitiya?

Ou então despertavam cedo demais e ainda eram três da manhã, e temiam não conseguir pegar no sono outra vez, porém adormeciam num piscar de olhos. Nenhum deles teve insônia durante esse período. Dormiam feito pilares de pedra, permanecendo na mesma posição em que haviam se deitado na cama ou na cama-de-vento ou na esteira de rotim, de costas ou de bruços, normalmente de costas porque a posição lhes dava por alguns segundos o prazer de descansar, com todos os sentidos despertos, tendo certeza de que em breve estariam dormindo.

Minutos após despertar, vestiam-se no escuro e reuniam-se nos corredores, onde era servido chá quente. Logo estariam se deslocando sessenta quilômetros até as clínicas, o carro fendendo a escuridão com dois faróis fracos, a selva e uma paisagem invisível a seu lado, de vez em quando uma fogueira na beira da estrada acendida por algum aldeão. Paravam numa venda de comida. Um café da manhã de dez minutos, peixe frito na escuridão já não tão fechada. O ruído dos utensílios sendo passados de uma pessoa para outra. Lakdasa tossindo. Ninguém conversando ainda. Só a intimidade de atravessar uma estrada levando uma xícara de chá para alguém. Sempre com a sensação de estar realizando uma expedição importante. Eram todos reis e rainhas.

Gamini trabalhou mais de três anos no Nordeste. Lakdasa ficaria lá, montando clínicas. E a oftalmologista de diploma suspeito também jamais abandonaria os hospitais periféricos. Durante as piores crises, Gamini a via entregar mechas e loções a estagiários sem interromper uma operação de emergência. O que os outros mais invejavam nela, fora a sua presença de mulher bonita, eram as marcas físicas de seu trabalho. Gamini adorava ver a enfermaria onde ela trabalhava, um cômodo com quinze leitos, onde todos viravam-se para a porta quando ele entrava, todos com idênticos tapa-olhos brancos presos com esparadrapo nos rostos pardos, a marca que os identificava como pacientes dela.

Uma vez alguém trouxe um livro sobre Jung. No livro, um deles encontrou uma frase e sublinhou-a. (Cultivavam o hábito de fazer anotações críticas. Um ponto de exclamação ao lado de uma afirmação psicológica ou clinicamente falsa. Se, em um romance, havia alguma passagem relatando proezas físicas ou sexuais improváveis ou absurdas, Skanda, o cirurgião, escrevia na margem: *Isto aconteceu comigo uma vez...* acrescentando, com ironia ainda maior, *Dambulla, agosto de 1978*. Uma cena em que um homem era recebido num quarto de hotel por uma mulher de roupão que lhe entregava um martíni ganhou comentários semelhantes. Quando Skanda foi trabalhar no setor de câncer de Karapitiya, perto de Galle, os outros sabiam que ele continuaria rabiscando os livros de lá, fossem textos de medicina ou romances; era o principal perpetrador de anotações de todos eles.) Mas quem trouxe o livro sobre Jung foi provavelmente o anestesista. Ilustrações, ensaios, comentários e biografia. E alguém sublinhara: *Jung acertou em cheio quanto a uma coisa. Somos ocupados por deuses. O erro está em a pessoa identificar-se com o deus que a ocupa.*

Aquilo parecia uma advertência razoável, mesmo que o significado não estivesse muito claro, e eles deixaram que aquele pensamento os penetrasse. Todos reconheciam que tinha a ver com a sensação de auto-estima que, naquele tempo e naquele lugar, os havia dominado. Não estavam trabalhando em prol de nenhuma causa, nenhum programa político. Haviam encontrado um lugar muito distante dos governos, da mídia, das ambições financeiras. Quando vieram para o Nordeste, a intenção original era passar três meses lá, e apesar da falta de equipamento, de água, de qualquer luxo que não uma lata de leite condensado de vez em quando, consumida dentro de um carro cercado pela selva, haviam permanecido dois anos, ou três, ou mais ainda, em alguns casos. Era o melhor lugar para se estar. Uma vez, depois de operar por quase cinco horas sem interrupção, Skanda observou: "O importante é poder viver num lugar ou numa situação em que é necessário usar o sexto sentido o tempo todo".

A citação de Jung e o comentário de Skanda eram coisas que Gamini levava consigo. E a frase sobre o sexto sentido foi o presente que deu a Anil alguns anos depois.

ENTRE DUAS BATIDAS DO CORAÇÃO

Foi nos laboratórios do Arizona que Anil conheceu e trabalhou com uma mulher chamada Leaf. Era um pouco mais velha que Anil, e tornou-se sua amiga mais íntima e companheira inseparável. Trabalhavam lado a lado e conversavam constantemente pelo telefone quando uma delas ia realizar um serviço em outro lugar. Leaf Niedecker — que tipo de nome é esse, Anil havia perguntado — iniciou-a nas artes refinadas de jogar boliche, fazer algazarras em bares e dirigir em alta velocidade no deserto, costurando de um lado para o outro na noite. "*Tenga cuidado con los armadillos, señorita.*"

Leaf adorava cinema, e jamais se recuperara da tristeza que sentira com o fim dos *drive-ins*, os filmes ao ar livre. "Todo mundo sem sapato e sem camisa, rolando no estofado de couro do Chevrolet — hoje em dia não tem mais nada igual." Assim, duas ou três vezes por semana Anil comprava um frango assado e ia à casa alugada de Leaf. A televisão já fora levada para o quintal e instalada ao lado de uma iúca. Pegavam na locadora *Rastros de ódio* ou qualquer outro filme de John Ford ou Fred

Zinnemann. Viam *Uma cruz à beira do abismo*, A *um passo da eternidade*, *Cinco dias de um verão*, sentadas nas cadeiras de praia de Leaf, ou enroscadas lado a lado na rede de casal, observando o passo tranqüilo, cuidadosamente sexualizado de Montgomery Clift em preto-e-branco.

Era uma vez, no Oeste, as noites passadas no quintal de Leaf. O ar ainda quente à meia-noite. Faziam uma pausa no filme e iam se refrescar com a mangueira do jardim. Em três meses conseguiram ver as obras completas de Angie Dickinson e Warren Oates. "Sou asmática", dizia Leaf. "Preciso virar caubói."

Fumavam um baseado e mergulhavam nas complexidades de *Rio vermelho*, teorizando a respeito do modo estranhamente indiferente como John Ireland leva um tiro antes da luta final entre Montgomery Clift e John Wayne. Rebobinaram a fita e assistiram à cena outra vez. Wayne girava, um movimento gracioso, quase sem interromper sua caminhada, para atirar num amigo neutro que estava tentando impedir uma briga. Ajoelhadas na grama ressequida junto à tela de televisão, examinaram a cena quadro a quadro, tentando detectar algum sinal de indignação contra aquela injustiça no rosto da vítima. Não viram nenhum. Era um ato secundário, dirigido contra um personagem secundário, que talvez tivesse resultado na morte dele, talvez não, e ninguém tocava no assunto durante os cinco minutos de filme restantes. Um desses happy ends de tragédia renascentista.

"Acho que a bala não mata ele, não."

"É, mas a gente não sabe onde pegou o tiro, o Hawks corta muito depressa. O cara leva a mão ao estômago e cai."

"Se pegou no fígado, ele já era. Veja lá, estamos no Missouri, em mil e oitocentos e puta-que-o-pariu."

"É. Como é o nome dele?"

"Ele quem?"

"O cara que leva o tiro."

"Valance. Cherry Valance."

"Cherry? Jerry ou Cherry de cereja?"

"Cherry Valance, de cereja mesmo."

"E ele é amigo do Montgomery."

"Isso, o Cherry é amigo do Montgomery."

"Hmm."

"Acho que não pegou no fígado, não. Olhe só o ângulo do tiro. A trajetória parece que sobe. Fraturou uma costela, imagino, ou então pegou nela de raspão."

"E ricocheteou e acertou uma mulher na calçada?"

"Ou o Walter Brennan..."

"Não, uma mulher na calçada que o Howard Hawks estava comendo na época."

"As mulheres não esquecem. Eles não sabem disso? Aquelas moças do *saloon* não vão se esquecer do Cherry..."

"Sabe, Leaf, a gente devia escrever um livro. *O cinema à luz da medicina legal*."

"Agora, com os filmes *noir* a coisa é mais difícil. As roupas deles são largonas, e está sempre escuro."

"Vou pegar o *Spartacus*."

Nos cinemas do Sri Lanka, Anil contou a Leaf, quando havia uma grande cena — normalmente um número musical ou uma luta espetacular — a platéia começava a gritar: "Repete! Repete!" ou "De novo! De novo!", até convencer o gerente e o projecionista a rebobinar o filme. Agora, em escala menor, os filmes avançavam e retrocediam, no quintal de Leaf, até que as duas compreendessem com clareza o que havia acontecido.

O filme que mais as preocupava era *À queima-roupa*. Logo no início, Lee Marvin (que uma vez fez o papel de Liberty Valance, o qual não era parente de Cherry) leva um tiro de um amigo traidor na prisão abandonada de Alcatraz. O amigo o dá por morto e vai embora, levando a garota e sua parte do dinheiro. Agora ele irá se vingar. Anil e Leaf redigiram uma carta ao diretor do filme, perguntando-lhe se ele se lembrava, tantos anos depois, em que parte do torso imaginava que Lee Marvin havia sido atingido pela bala para poder se levantar, caminhar cambaleando pela prisão enquanto aparecem os créditos de abertura do filme e atravessar a nado as águas traiçoeiras que separam a ilha da cidade de San Francisco.

Disseram ao diretor que era um dos filmes *prediletos* delas, e que faziam a pergunta apenas na qualidade de especialistas forenses. Quando examinaram a cena em detalhe, viram que Lee Marvin levava a mão ao peito. "Está vendo, ele vai ter dificuldade no lado direito. Depois, na cena em que ele nada, ele usa o braço esquerdo." "Meu Deus, é um grande filme. Muito pouca música. Muito silêncio."

Gamini trabalhava no hospital central de Polonnaruwa em seu último ano no Nordeste. Era para lá que levavam os casos mais graves de toda a Província Oriental, de Trincomalee a Ampara. Crimes passionais, surtos de febre tifóide, ferimentos causados por granadas, atentados políticos perpetrados por uma ou outra das partes em conflito. As enfermarias estavam sempre em polvorosa — pacientes de ambulatório na seção de Cirurgia Geral, pacientes internados nos corredores, técnicos chegando de uma oficina de eletrônica para consertar o eletrocardiógrafo.

O único lugar fresco era o banco de sangue, onde o plasma era mantido em refrigeração. O único lugar silencioso era a seção de reumatologia, onde um homem girava lentamente uma roda gigantesca para exercitar os ombros e os braços, que ele havia quebrado num acidente alguns meses antes, e uma mulher solitária ficava sentada, a mão artrítica mergulhada numa bacia de cera quente. Mas nos corredores, de paredes úmidas cobertas de mofo, homens descarregavam das carroças enormes cilindros de oxigênio, fazendo barulho. O oxigênio era o rio essencial que fluía para as enfermarias de neonatos, onde as incubadoras abrigavam bebês. Fora deste quarto de crianças, fora das paredes do hospital, havia um país em guerra. Os guerrilheiros rebeldes controlavam todas as estradas à noite, de modo que nem mesmo o exército se deslocava depois que escurecia. Na enfermaria de crianças Janaka e Suriya giravam em torno de seus pacientes — um tinha um sopro no coração, o outro sofria de convulsões —, mas quando havia um bombardeio ou um ataque a uma aldeia, também eles se tornavam parte da "esquadra volante" do hospital, e até os médicos da seção de neonatos trabalhavam na triagem e na sala de operações. Deixavam um interno de plantão.

Os especialistas que vinham para o Norte raramente trabalhavam apenas em suas áreas de conhecimento. Um dia estavam na pediatria, mas no resto da semana podiam estar tentando conter um surto de cólera nas aldeias. Quando não havia remédios para o cólera, agiam tal como os médicos de outrora — dissolviam uma colher de chá de permanganato de potássio em meio litro de água e colocavam um pouco do líquido em cada poço ou água parada. O passado sempre tinha sua utilidade. Uma vez Gamini tentou manter uma recém-nascida viva por quatro dias. Nada parava no estômago da menina, nem o leite de sua própria mãe, nem mesmo água, e ela estava ficando desidratada. Ele lembrou-se de algo que ouvira a respeito de romãs e resolveu dar à criança o suco da fruta. Ela não vomitou. Era uma canção sobre romãs que sua ama cantava... Rezava a lenda que no jardim de toda família tâmil havia três árvores. Uma mangueira, uma moringa e uma romãzeira. As folhas de moringa eram usadas na preparação do curry de caranguejo para neutralizar venenos; as de romãzeira ficavam de molho e a infusão era usada para cuidar dos olhos, sendo a fruta ingerida para auxiliar a digestão. A manga era para o prazer.

* * *

Gamini estava operando uma criança com Janaka Fonseka quando começaram a ouvir nos corredores que uma aldeia fora atacada. À sua frente, na mesa de operação, jazia um menininho, usando apenas cuecas brancas, com uma máscara enorme cobrindo-lhe o rostinho. Os dois médicos haviam passado a semana inteira se preparando para aquela operação, pois nenhum deles jamais a havia tentado antes. Haviam lido e relido o texto referente ao procedimento na obra de Kirklan, *Cirurgia cardíaca*, vez após vez. Baixaram a temperatura do corpo do menino para vinte e cinco graus injetando-lhe sangue frio, até que seu coração parasse de bater. Então dariam início à operação. Quando fizeram as primeiras incisões, os feridos começaram a chegar nos corredores, e eles viram que a esquadra volante estava se formando a sua volta.

Gamini e Fonseka continuaram a trabalhar no menino, mantendo apenas uma enfermeira. O coração do tamanho de uma goiaba. Abriram o átrio direito. Foi o momento mais mágico de todo o tempo que passaram na região. Conversavam freneticamente para certificar-se de que estavam fazendo tudo certo. Ouviam os carrinhos carregando equipamentos ou corpos, não sabiam direito o quê, correndo pelos corredores. Fora um massacre, eles ouviam dizer agora, uma aldeia a cinqüenta quilômetros dali praticamente arrasada. Alguém fora enviado até lá para ver se havia algum sobrevivente. O menino deitado na mesa de operação tinha uma anomalia congênita, era uma criança linda, Gamini sentia vontade de tirar a máscara para ver seu rosto outra vez. Queria só olhar para os olhos negros do menino, que estavam cheios de confiança quando se voltaram para ele no momento em que Gamini deu-lhe a injeção que o desacordou.

A *tetralogia de Fallot*. Quatro defeitos no coração, que o fariam viver no máximo até o início da adolescência se não fosse operado agora. Um menino lindo. Gamini não ia abandoná-lo, traí-lo enquanto ele dormia. Manteve Fonseka a seu lado, não o deixando ir junto com os outros tal como Fonseka achava que devia fazer. "Eu tenho que ir, eles não param de me chamar." "Eu sei. Aqui é só um menino." "Porra, não é isso que eu quis dizer." "Você tem de ficar."

A operação levou seis horas, e Gamini passou todo esse tempo junto com o menino. Deixou Fonseka ir embora depois de três horas. A enfermeira teria de ajudá-lo a reverter o by-pass. Ele a conhecia do tempo em que ela era uma interna principiante; uma tâmil casada com um médico da equipe. Viera com o marido ao hospital periférico no último mês. Gamini, ao lado do menino, explicou-lhe o que teriam de fazer. O menino seria reaquecido com sangue a uma temperatura mais elevada, e o by-pass precisava ser retirado no momento exato. A *tetralogia de Fallot*. Ninguém jamais realizara aquela cirurgia no país.

Assim, na quinta hora de operação, Gamini e a enfermeira reverteram o processo que ele e Fonseka haviam iniciado. A jovem enfermeira o olhava, para saber se estava fazendo alguma coisa de errado. Mas era impecável, impecável, mais calma, ao que parecia, que ele. "Este aqui?" "Isso. Preciso que você faça um corte superficial de oito centímetros ali. Não, mais para a esquerda." Ela cravou o bisturi no corpo do menino. "Não continue enfermeira. Você vai dar uma boa médica." Ela sorria por trás da máscara.

Assim que o menino passou para a sala de recuperação, Gamini deixou-o aos cuidados da enfermeira. Não havia mais ninguém em quem pudesse confiar. Pegou dois bipes e disse-lhe que o contatasse se surgisse algum problema. Lavou-se e mergulhou no caos da triagem. Todos estavam sujos de sangue, menos ele.

Tiveram de trabalhar mais algumas horas para enfrentar a crise. Na cirurgia, todos usavam botas brancas de borracha, e todas as portas tinham de ser fechadas. Às vezes um médico passava mal por causa do calor, e ficava alguns minutos no banco de sangue, entre os frascos de plasma e papa de hemácias. Gamini assumiu o serviço de cirurgia. Havia um pequeno Buda iluminado com uma lâmpada fraca em quase todas as seções do hospital, inclusive naquela.

Todos os sobreviventes já haviam sido trazidos. A matança ocorrera às duas da manhã num vilarejo à margem da estrada principal de Batticaloa. Entregaram-lhe dois gêmeos de nove meses de idade; cada um levara um tiro em cada mão e outro na perna direita — ou seja, não era acidente, foram atingidos à queima-roupa, e abandonados para morrer; a mãe fora morta. Duas semanas depois aquelas crianças eram seres cheios de paz, de luz. Primeiro pensava-se: o que eles fizeram para merecer isso? E depois: o que eles fizeram para sobreviver a isso? Suas feridas, que na realidade não eram sérias, não lhe saíram da cabeça. Era a malevolência planejada do ato, talvez; ele não sabia. Trinta pessoas foram chacinadas naquela madrugada.

Lakdasa foi até a aldeia fazer as autópsias, senão os parentes não receberiam nenhuma indenização. Pois naquela região todos eram pobres como o vento. Naquelas aldeias, o pai de uma família de sete membros ganhava cem rupias por dia trabalhando numa marcenaria. Isso queria dizer que cada um deles podia fazer uma refeição diária de cinco rupias. Dava para comprar um tofe. Quando vinham políticos às províncias e lhes ofereciam chá e almoço, a visita custava quarenta mil rupias.

Os médicos lidavam com feridos de todas as partes em conflito, e havia uma única mesa de operação. Quando um paciente era retirado, enxugava-se o sangue com jornal e a mesa era desinfetada com Dettol para ser ocupada pelo paciente seguinte. O grande problema era a água, e nos hospitais maiores, por causa das constantes faltas de energia, vacinas e outros remédios eram jogados fora com freqüência. Os médicos viam-se obrigados a sair pelo interior procurando equipamentos — baldes, sabão em pó Rinso, uma máquina de lavar. "Grampos cirúrgicos para nós eram como ouro para uma mulher."

Aquele hospital era como uma aldeia medieval. Num quadro-negro na cozinha havia uma lista com o número de pães e o número de alqueires de arroz necessários para alimentar quinhentos pacientes por dia. Isso foi antes de trazerem as vítimas do massacre. Os médicos fizeram uma vaquinha e contrataram dois escribas do mercado para ir junto com eles de enfermaria em enfermaria anotando os nomes dos pacientes e suas doenças. Os problemas mais comuns eram picada de cobra, hidrofobia transmitida por raposas ou mangustos, insuficiência renal, encefalite, diabetes, tuberculose e a guerra.

A noite tinha também suas atividades. Gamini acordava e na mesma hora se ligava aos sons do mundo. Uma briga de cachorros, um homem indo correndo buscar alguma coisa, água sendo vertida num recipiente. Quando menino, as noites eram apavorantes para Gamini, que ficava de olhos escancarados até adormecer, certo de que ele e sua cama haviam soltado as amarras na escuridão. Sentia necessidade de relógios barulhentos a seu lado. O ideal era ter um cão no quarto, ou então uma outra pessoa — uma tia ou ama que roncasse. Agora, trabalhando ou dormindo durante o turno da noite, sentia-se seguro com toda aquela atividade humana e animal a estender-se além de onde alcançava a luz do hospital. Só as aves, que passavam o dia afirmando ruidosamente seus territórios, silenciavam, se bem que havia um galo em Polonnaruwa que saudava madrugadas falsas desde as três horas da manhã. Alguns internos estavam tentando matá-lo.

Gamini caminhava de uma ponta à outra do hospital, de uma ala à outra; de ambos os lados havia espaço aberto. Ouvia um zumbido de eletricidade perto das regiões iluminadas quando passava por elas. Só se dava conta do ruído à noite. Via um arbusto e tinha a impressão de que era capaz de perceber seu crescimento. Alguém saía, jogava fora sangue numa sarjeta e tossia. Todo mundo tossia muito em Polonnaruwa.

Gamini ficava atento para todos os sons. Um passo de pé calçado com sapato ou sandália, o ruído das molas do colchão quando levantava um paciente, o estalo de uma ampola ao partir-se. Dormindo nas enfermarias, ele era como um braço ou perna de uma enorme criatura, ligado aos outros pelos fios dos ruídos.

Mais tarde, quando não conseguia dormir no prédio do oficial médico do distrito, caminhava os duzentos metros de rua vazia — havia toque de recolher — que o separavam do hospital. A enfermeira de plantão virava-se e, ao se deparar com a expressão em seu rosto, encontrava uma cama para ele. Gamini adormecia em segundos.

Na clínica da aldeia havia vinte mães com bebês. Elas preenchiam fichas clínicas, e as mulheres grávidas eram examinadas para se verificar se tinham diabetes ou anemia. Os médicos conversavam com cada uma, examinando as fichas enquanto elas avançavam na fila. Numa mesa improvisada, uma enfermeira embrulhava em jornal pílulas de vitamina e entregavam-nas às mães. Uma panela de pressão estava sendo usada como esterilizador de seringas de vidro e agulhas.

Os gritos começavam assim que o primeiro bebê era picado pela agulha, e segundos depois a maioria dos bebês dentro do barracão que fazia às vezes de clínica estava aos berros. Cerca de cinco minutos depois, estavam em silêncio de novo; as mães já haviam posto para fora os seios e sorriam para os bebês; havia uma solução e vitória para todos. Aquela clínica atendia quatrocentas famílias da região, e mais trezentas de uma região vizinha. Ninguém do Ministério da Saúde jamais estivera nas aldeias de fronteira.

Para todos os médicos, Lakdasa era a grande força moral, o implacável irmão da justiça. "O problema aqui não é o problema dos tâmeis, é o problema humano." Tinha trinta e sete anos e seus cabelos estavam grisalhos. Quando bebia, revelava um conjunto complexo de fabulações, como se estivesse navegando numa enseada orientado por uma boa carta. "Se bebo mais de setenta e dois milímetros, meu fígado apronta. Se bebo menos, meu coração apronta."

Lakdasa alimentava-se basicamente de roti de batata. Fumava cigarros Gold Leaf em seu jipe, que tinha um ventilador colado ao pára-brisa. Guardava seu sarongue no porta-luvas e dormia onde tivesse de dormir — na sala do oficial médico do distrito, num sofá na casa de um amigo. Havia meses em que ele de repente perdia cinco quilos. Era obcecado com a pressão e tirava-a diariamente, e ao final de todas as sessões na clínica pesava-se e testava o açúcar do sangue. Observava as curvas normais e continuava, como sempre, atravessando selvas e áreas de conflito em seu jipe para visitar seus pacientes. Não fazia diferença em que estado se encontrava, desde que soubesse que estado era esse.

Nas manhãs de sábado, Gamini e Lakdasa voltavam a Polonnaruwa ouvindo uma partida de críquete. Um longo dia na clínica. Às vezes havia, ao longo da estrada, de vez em quando, faixas de cereais de dez metros sendo secados no asfalto, faixas tão estreitas que o carro podia passar por cima delas sem que os pneus encostassem no cereal. Um homem com uma vassoura ficava postado ali para fazer sinal para os carros que passavam e para varrer o cereal de volta para o centro da pista quando os motoristas não se davam conta de sua presença.

No refeitório do hospital central — um intervalo de meia hora no seu plantão — uma mulher sentou-se à mesa de Gamini e ficou tomando chá e comendo um biscoito com ele. Eram por volta das quatro da manhã, e ele não a conhecia. Limitou-se a saudá-la com um movimento de cabeça, sentia-se ensimesmado e cansado demais para conversar.

"Eu o ajudei numa operação uma vez, uns meses atrás. A noite do massacre." A mente de Gamini deu um salto de um século para trás.

"Eu pensava que você havia sido transferida."

"E fui mesmo, só que depois voltei para cá."

Ele não a reconhecera em absoluto. Ela estava de máscara quando passaram juntos aquelas horas críticas operando o menino. Quando não estava de máscara, no pré-operatório, ele provavelmente se limitara a olhá-la de relance. A camaradagem entre os dois fora praticamente anônima.

"Você está casada com alguém daqui, não é?" Ela fez que

sim. Havia uma cicatriz em seu pulso. Era recente, ele teria reparado nela durante a cirurgia.

Ele rapidamente levantou a vista e encarou-a. "É muito bom vê-la outra vez."

"Para mim também", disse ela.

"Você foi para onde?"

"Ele...", uma tosse, "foi transferido para Kurunegala."

Gamini olhava para ela com insistência, observava seu jeito de escolher as palavras com cuidado. O rosto era jovem, magro e moreno, os olhos brilhavam como se fosse dia.

"Sabe, eu já passei muitas vezes por você aqui no hospital!"

"Desculpe."

"Não. Eu sei que você não me reconheceu. Não havia por quê." Uma pausa. Então ela passou a mão pelos cabelos e ficou imóvel.

"Eu vi aquele menino."

"Aquele menino?"

Ela olhou para baixo, sorrindo para si própria. "O menino que nós operamos. Fui visitá-lo. Eles... eles mudaram o nome dele. Para Gamini. Os pais. Por sua causa. Deu muito trabalho, muita burocracia, mas conseguiram."

"Bom. Quer dizer que agora eu tenho um herdeiro."

"Tem, sim... Agora estou fazendo um treinamento de hora extra na enfermaria das crianças." Ia dizer mais alguma coisa, porém calou-se.

Ele fez que sim, sentindo-se exausto de repente. A coisa que queria da vida agora lhe parecia muito difícil. Envolveria as vidas dos outros, anos de esforço. Caos. Injustiça. Mentira.

Ela olhou para o chá e terminou de tomá-lo.

"Foi bom ver você outra vez."

"Foi."

* * *

Gamini raramente se via do ponto de vista de um estranho. Embora a maioria das pessoas soubesse quem ele era, sentia-se invisível para os que o cercavam. Assim, a mulher caminhava a seu lado e seus passos ressoavam nos aposentos quase vazios de seu coração. Tornou-se, tal como havia sido na noite daquela operação, o único acompanhamento para seus pensamentos, seu trabalho. Quando, mais tarde, ele virou as mãos de um paciente, pensou na cicatriz no pulso dela, o modo como ela correra os dedos por entre os cabelos, o que ele gostaria de revelar a ela. Mas era seu próprio coração que não podia se manifestar no mundo.

*

Há um intervalo antes da hora das visitas às enfermarias às seis da tarde. Gamini pega o livro de registro na estante. Desde que os escribas foram contratados, as anotações estão muito melhores — a letra imaculada e pequena, os meses e os domingos sublinhados com tinta verde. Ele não se lembra mais da data, por isso procura uma página onde haja um grande número de admissões, o que assinalaria o dia do massacre. Então corre a lista de internos e enfermeiras.

Prethiko
Seela
Raduka
Buddhika
Kaashdya

Seu dedo percorre a página para verificar as atribuições, e descobre o nome dela.

***

Ele caminha mais de um quilômetro para comparecer ao evento, com seu único paletó decente. A estalagem serve a comida ruim de praxe na sala de jantar envidraçada suspensa sobre a água. As crianças esperam com estrelinhas ainda não acesas, doidas para participar de uma cerimônia qualquer. Pedaço de bolo numa das mãos, estrelinha na outra. Lakdasa está organizando a queima de fogos numa jangada, alinhando rodinhas e foguetes. Gamini viu-a de relance ao longe. Não a vê desde aquele chá, duas semanas antes.

Depois, mais de perto, percebe os pequenos brincos vermelhos contra a pele escura. Pertenceram a sua avó, e os cabelos curtos, à la garçonne, os deixam bem à vista, a pedra vermelha destaca-se de cada lóbulo, pequena como uma joaninha. "Eu enterro esses brincos quando não estou usando", diz ela. Caminham em direção às ruínas, afastando-se da estalagem. Dizia uma placa: FAVOR NÃO ENTRAR E PÔR OS PÉS NAS IMAGENS E TIRAR FOTOGRAFIAS.

Atrás dela há velhos fragmentos de cor, as bordas brancas e vermelhas na pedra pintada que ele vê até mesmo à luz da lua. Do promontório assistem ao início da queima de fogos. Algumas das explosões extravagantes são interrompidas prematuramente, quando os fogos caem na água cedo demais, ou então deslizam perigosamente sobre a água, como se fossem pedras iluminadas que alguém tivesse lançado em direção à estalagem.

Gamini vira-se para a mulher. Ela vestiu o paletó dele por cima da blusa guarnecida de babados.

E então ela se dá conta de que há uma seriedade emocional naquele homem distante. É necessário sair daquele labirinto em que os dois entraram do modo mais inocente. Ele contenta-se de estar ao seu lado, da beleza daquela orelha e daquele brinco, depois uma comparação com o outro lado de sua cabeça, a presença da lua no céu e também na água, o modo como a água contém as plantas aquáticas e seus reflexos. Eles estão cercados por alternativas falsas e verdadeiras.

Ela pega a mão de Gamini e a leva a sua própria testa. "Sinta só. Está sentindo?" "Sim." "É o meu cérebro. Não estou tão bêbada quanto você, de modo que estou mais esperta que você. Mas mesmo se não estivesse bêbado acho que eu veria a situação com mais clareza que você. Um pouco mais." Então um sorriso que o fará perdoar qualquer coisa que ela disser.

Ela fala com ele, com mais vigor do que dá a entender a cicatriz em seu pulso, a gola aberta da blusa formando um volume junto ao pescoço.

"Em certos momentos você lembra a mulher do meu irmão." Ele ri.

"Então você vai ser para mim o irmão do meu marido. É assim que vou tratar você. É uma espécie de amor."

Ele encosta no pavilhão de pedra, a montanha cósmica de alguma seita, e ela esboça um movimento em sua direção, ele pensa que é uma aproximação, mas é apenas para devolver seu paletó preto.

Ele se lembra de que depois nadou, ainda naquela noite, lembra de mergulhar na água, nu, e depois subir na jangada dos fogos, agora abandonada. Vê algumas silhuetas na estrutura de vidro sobre a água. A rainha da Inglaterra esteve nesta estalagem muitos anos atrás, quando era jovem. Sentado na jangada, ele relembra o jeito como ela desapareceu no meio da multidão, com o mais sutil dos acenos. O jeito...

Daqui a um ano ele voltará a Colombo e conhecerá sua futura esposa. *Gamini?* Uma mulher chamada *Chrishanti* dirá, aproximando-se dele. Chrishanti. Ele conhecera o irmão dela na escola. É num outro baile à fantasia. Nenhum dos dois está fantasiado, mas ambos estão disfarçados pelo passado.

Havia alguns passageiros no trem acocorados nos corredores levando embrulhos, pássaros de estimação.

Era a mim que ela devia ter amado, disse Gamini.

Sentada a seu lado, Anil imaginou que ia agora ouvir uma confissão. O médico volúvel prestes a pôr a nu seu coração. Uma forma de sedução. Mas em tudo que ele fez e disse no resto da viagem — estavam indo ao hospital ayurvédico que ele se oferecera para mostrar-lhe — não havia nenhum dos artifícios da sedução. Apenas uma voz lenta e arrastada, e quando o trem mergulhava sem hesitação nos túneis escuros, ele desviava o olhar das mãos para o reflexo de seu próprio rosto no vidro da janela. Foi assim que Gamini falou com ela, olhando para baixo, sem encará-la de frente, Anil vendo-o apenas num reflexo instável que desaparecia cada vez que emergiam na luz do dia.

Eu a via sempre. Mais do que as pessoas imaginavam. Como ela trabalhava na rádio, e eu tinha uns horários estranhos, era fácil. E éramos "parentes"... Não foi bem um namoro. Uma palavra que evoca a imagem de duas pessoas dançando. Se bem que dançamos uma vez, no dia do meu casamento, creio eu. "The air that I breathe." Lembra dessa música? Um momento romântico. Afinal, era um casamento, a gente podia se abraçar. Eu estava me casando. Ela já era casada. Mas era a mim que ela devia ter amado. Eu já estava tomando bolinha naquela época, quando ia me encontrar com ela.

De quem é que você está falando, Gamini?

Estou sempre acordado. Sou bom no que faço. Assim, quando ela foi levada ao Dean Street Hospital, eu estava lá. Ela havia engolido soda cáustica. Os suicidas escolhem esse método porque, como é o mais doloroso, talvez consigam se impedir de consumar o ato. A garganta é queimada, depois os órgãos. Ela estava desacordada, mesmo quando acordou não sabia onde estava. Levei-a para a seção de pronto-socorro com duas enfermeiras.

Com uma das mãos eu lhe dava analgésico, com a outra usava amônia para despertá-la. Eu precisava me comunicar com ela. Não queria que se sentisse sozinha, naquele momento final. Dei-lhe uma dose forte de analgésico, mas não queria que dormisse. Foi egoísmo da minha parte. Eu devia simplesmente dopá-la logo de uma vez. Mas queria que se confortasse sabendo que eu estava ali. Eu, não ele, não o marido dela.

Abri suas pálpebras com os meus dedos. Sacudi-a até que visse quem era. Ela permaneceu indiferente. Estou aqui. Eu amo você, eu disse. Ela fechou os olhos, com uma expressão que parecia ser de repulsa. Então a dor voltou.

Não posso lhe dar mais, disse eu, senão você vai embora. Ela levantou a mão e fez o gesto de cortar a garganta.

O trem foi tragado pelo túnel, e os dois estremeceram na escuridão.

Quem era ela, Gamini? Anil não conseguia vê-lo. Tocou-o no ombro, sentiu que ele se virava em sua direção. Gamini apro-

ximou seu rosto do rosto de Anil. Ela nada via, apesar da luz turva que piscava de vez em quando.

Para que você quer saber o nome? Mas aquilo não era uma pergunta. Era uma explosão.

O trem emergiu na luz por alguns segundos, depois mergulhou na escuridão de um outro túnel.

Todas as seções do hospital estavam em polvorosa naquele dia, continuou ele. Gente que havia sido baleada, pacientes que iam ser operados. Sempre tem muito suicídio em tempo de guerra. De início isso parece estranho, depois a gente compreende. E ela, a meu ver, não agüentou a situação. As enfermeiras nos deixaram a sós, e depois me chamaram para fazer triagem. Ela estava dopada com morfina, dormindo. Encontrei um garoto no corredor e disse-lhe que ficasse de olho nela. Se acordasse, que fosse me procurar na ala D. Eram três horas da manhã. Mas eu não queria que ele dormisse, por isso parti ao meio um comprimido de Benzedrina e dei-lhe metade. Mais tarde ele foi me procurar, dizendo que estava acordada. Mas não pude fazer nada por ela.

Uma das janelas do trem estava aberta, e a barulheira era maior do que nunca. Anil sentia as lufadas de vento.

Para que você quer saber o nome? Para contar ao meu irmão?

Alguém chutou-a no tornozelo, e ela prendeu a respiração.

Quando Leaf foi embora do Arizona, Anil ficou mais de seis meses sem notícias suas. Embora durante a despedida ela prometesse o tempo todo que ia escrever. Leaf, que era sua amiga mais íntima. Uma vez chegou um cartão-postal com a foto de um poste de aço inoxidável, mais nada. Quemado, Novo México, era o que parecia estar escrito no carimbo, mas nenhum endereço para contato. Anil concluiu que ela a abandonara, abraçara uma nova vida, novos amigos. *Cuidado com os tatus, senhorita!* Assim mesmo, Anil deixou na geladeira uma foto delas duas dançando numa festa, aquela mulher que fora seu reflexo, que assistia filmes com ela no quintal. Balançavam-se na rede, comiam torta de ruibarbo, acordavam às três da manhã abraçadas, e Anil pegava o carro e voltava para casa pelas ruas desertas.

O cartão seguinte mostrava uma antena parabólica. Mais uma vez, não havia nenhuma mensagem e nenhum endereço. Anil irritou-se e jogou-o fora. Alguns meses depois, quando estava trabalhando na Europa, recebeu o telefonema. Não sabia como Leaf a havia encontrado.

"Esta ligação é pirata, por isso não diga o meu nome. Eu entrei no telefone de outra pessoa."

(Quando adolescente, Leaf fazia ligações interurbanas usando o número de Sammy Davis Jr., que ela havia roubado.)

"Ah, Angie, onde que você está! Você ficou de me escrever."

"Desculpe. Quando que é que você tira férias?"

"Em janeiro. Dois meses. Talvez eu vá ao Sri Lanka depois."

"Se eu lhe mandar a passagem, você vem me visitar? Estou no Novo México."

"Vou. Vou, sim..."

Assim, Anil voltou aos Estados Unidos. E foi com Leaf num café em Socorro, Novo México, a um quilômetro do Very Large Array of Telescopes, que a cada minuto que passava extraía dados astronômicos do céu. Dados sobre a situação das coisas há dez bilhões de anos, e outros tantos bilhões de quilômetros de distância. Foi ali, naquele lugar, que uma se pôs em dia com a verdade da vida da outra.

Antes Leaf lhe dissera que sofria de asma, que fora por isso que se mudara para o deserto durante um ano, desaparecendo da vida de Anil. Começara a trabalhar no projeto Earthworks e estava morando no Campo dos Relâmpagos, perto de Corrales. Em 1977, o artista Walter De Maria havia instalado quatrocentos postes de aço inoxidável numa faixa de planalto desértico com um quilômetro e meio de comprimento. O primeiro trabalho de Leaf foi de zeladora da hospedaria. Ventos fortes vinham do deserto, e ela testemunhou tempestades, porque durante o verão os postes atraíam relâmpagos. Caminhava entre eles, cercada de eletricidade, de trovões simultâneos. Tinha vontade de ser caubói. Adorava o Sudoeste.

Agora Leaf encontrava-se com Anil perto do Very Large Array — a rede de radiotelescópios que captava dados oriundos do universo acima do deserto. Estava morando junto daqueles receptores que apreendiam a imensa história dos céus. Quem estaria lá fora? De que distância viriam aqueles sinais? Quem estaria morrendo, longe de tudo e todos?

Pois era Leaf.

Elas faziam as refeições sentadas uma de frente para a outra, todos os dias, no Pequod. Anil tinha a impressão de que os radiotelescópios imensos do deserto descampado eram da mesma espécie que os *drive-ins* que Leaf tanto amava. Cada uma falava e ouvia o que a outra tinha a dizer. Leaf adorava Anil. E sabia que Anil também a adorava. Eram como irmãs. Mas Leaf estava doente. E só ia piorar.

"Como assim?"

"Eu... esqueço tudo. Eu conheço o diagnóstico. Estou com mal de Alzheimer. Sei que não tenho idade para isso, mas é que eu tive encefalite quando criança."

Ninguém percebera sua doença no tempo em que trabalhavam no Arizona. Como irmãs. E ela fora embora sem revelar a Anil o motivo verdadeiro de sua partida. Com toda a energia solitária de que era capaz, Leaf fora para o leste, rumo aos desertos do Novo México. Dizendo que era asma. Mas estava começando a perder a memória, a lutar pela existência.

Passavam as tardes no Pequod, em Socorro, cochichando.

"Leaf, escute. Lembra? Quem matou Cherry Valance?"

"O quê?"

Anil repetiu a pergunta lentamente.

"Cherry Valance", disse Leaf, "eu..."

"Foi o John Wayne. Não esqueça."

"Eu sabia disso?"

"Você sabe quem é o John Wayne?"

"Não, minha querida."

Minha querida!

"Será que eles nos ouvem?", perguntou Leaf. "Aquela orelha imensa de metal no deserto. Será que ela capta as nossas vozes também? Eu sou apenas um detalhe de um enredo secundário, não é?"

Então um vestígio de memória lhe voltou e ela acrescentou, sinistra: "É, você sempre achou que Cherry Valance morria".

E ela, morreu?, perguntara Sarath, quando Anil falou-lhe sobre sua amiga Leaf.

"Não. Ela me telefonou naquela noite em que eu estava com febre, quando estávamos no Sul. A gente tinha o hábito de uma ligar para a outra e conversar até cair de sono, rindo ou chorando, trocando histórias. Não. A irmã está tomando conta dela, não muito longe daqueles telescópios no Novo México."

Prezado John Boorman,

Não tenho seu endereço, mas o sr. Walter Donohue da Faber & Faber prontificou-se a fazer esta carta chegar às suas mãos. Escrevo em meu nome e no de minha colega Leaf Niedecker, a respeito de uma cena de um filme antigo de sua autoria, À queima-roupa.

No início do filme, numa espécie de prólogo, Lee Marvin é atingido por uma bala de uma distância de pouco menos de um metro e meio, ao que parece. Ele cai dentro de uma cela, e somos levados a pensar que talvez tenha morrido. Porém depois ele volta a si, sai de Alcatraz, atravessa a nado o estreito de Não-sei-quê e chega a San Francisco.

Somos cientistas forenses, e estamos discutindo a respeito do lugar onde o tiro teria atingido Lee Marvin. Minha amiga acredita que a bala atingiu de raspão uma costela e a quebrou, mas não atingiu nenhum órgão. Já eu imagino que tenha sido um ferimento de maior gravidade. Sei que já se passaram muitos anos, mas talvez o senhor ainda se lembre por onde a bala entrou e saiu; talvez lembre-se também das conversas que teve com Lee Marvin sobre o modo como ele deveria reagir e movimentar-se no resto do filme, quando já se passou algum tempo e seu personagem está recuperado.

Atenciosamente,
Anil Tissera

Uma conversa na walawwa, numa noite de chuva.

"Você gosta de se manter obscuro, não é, Sarath, até para você mesmo."

"Clareza não é necessariamente verdade. É simplicidade, não é?"

"Preciso saber o que você pensa. Tenho necessidade de desmontar as coisas para entender as origens de uma pessoa. Isso também é uma forma de aceitação da complexidade. Os segredos perdem a força ao ar livre."

"Os segredos políticos não perdem a força de jeito nenhum", disse ele.

"Mas a tensão e o perigo em torno deles — não há como fazer que evaporem. Você é arqueólogo. A verdade termina vindo à luz. Está nos ossos, nos sedimentos."

"Está no caráter, nas nuanças, nos estados de espírito."

"Isso é o que governa as nossas vidas, não é a verdade."

"Para os vivos, é a verdade", disse ele, em voz baixa.

"Por que foi que você se meteu nisso?"

"Adoro a história, a intimidade de penetrar nessas paisagens todas. É como entrar num sonho. Alguém levanta uma pedra e encontra uma história."

"Um segredo."

"Isso, um segredo... Fui escolhido para ir estudar na China. Estive lá um ano. E da China só vi uma única área mais ou menos do tamanho de um pasto. Não fui a lugar nenhum. Foi lá que fiquei e trabalhei. Os habitantes de uma vila foram desmatar um morro pequeno e encontraram uma terra de cor diferente. Uma coisa simples, mas vieram umas equipes de arqueólogos. Debaixo da terra cinzenta, de cor diferente, encontraram umas lajes de pedra, e debaixo delas encontraram vigas — umas vigas enormes que haviam sido cortadas e descascadas e dispostas como se formassem o soalho de um grande salão. Mas é claro que era um teto.

"Foi como eu lhe disse, como num desses sonhos em que você é obrigado a ir cada vez mais fundo. Trouxeram guindastes para levantar as vigas, e debaixo delas encontraram água — um túmulo de água. Três grandes piscinas. Flutuando nelas havia um caixão laqueado de um rei antigo. Também encontraram na água caixões com os corpos de vinte mulheres, músicas, cada uma com seu instrumento. Estavam lá para acompanhá-lo, entende? Com cítaras, flautas, flautas de Pã, tambores, sinos de ferro. Ele estava sendo entregue a seus ancestrais. Quando retiraram os esqueletos dos caixões e os dispuseram no chão, os ossos estavam intatos, não havia nada que revelasse como as músicas haviam sido mortas, nenhum osso fraturado."

"Então foram estranguladas", disse Anil.

"É. Foi o que nos disseram."

"Ou sufocadas. Ou envenenadas. Um estudo dos ossos poderia ter revelado a verdade. Não sei se o uso do veneno era uma tradição na China daquela época. Quando foi?"

"Quinto século antes de Cristo."

"É, eles conheciam venenos, sim."

"Embebemos os caixões laqueados em polímero para que eles não se esfacelassem. A laca fora feita com seiva de sumagre misturada com pigmentos coloridos. Centenas de camadas. Então descobriram os instrumentos musicais. Tambores. Flautas feitas com cabaças. Cítaras chinesas! Mas o que mais havia eram sinos.

"A essa altura já haviam chegado historiadores também. Estudiosos do taoísmo e do confucionismo, especialistas em sinos musicais. Retiramos sessenta e quatro sinos da água. Até então nunca haviam encontrado nenhum instrumento musical daquele período, embora se soubesse que a música era a atividade e a *idéia* mais importante daquela civilização. Quer dizer, a pessoa era enterrada não com sua riqueza, mas com sua *música*. Os sinos grandes retirados da água foram estudados, e constatou-se que foram construídos com as técnicas mais sofisticadas. Cada região do país tinha seu próprio método de fazer sinos. Naquelas regiões havia, literalmente, guerras musicais...

"Nada era mais importante que a música. Não era só uma diversão, era um elo com os ancestrais que haviam conduzido a nação até aquela etapa, era uma força moral e espiritual. A experiência de atravessar as barreiras de ardósia, madeira e água, para descobrir uma orquestra feminina enterrada, tinha uma lógica mística semelhante, você entende? É preciso compreender que elas de certo modo aceitavam aquela morte. Como os terroristas de hoje em dia são convencidos de que vão se tornar eternos se morrerem pela causa do líder deles.

"Antes de eu ir embora, organizaram um evento em que todos os que trabalharam naquele sítio foram ouvir os sinos. Foi no final do ano que passei lá. O evento aconteceu num fim de tarde, e enquanto escutávamos sentíamos que os sinos estavam fisicamente subindo na escuridão. Cada sino tinha duas notas, que representavam os dois lados do espírito, contendo um equilíbrio de forças em oposição. Talvez tenha sido por causa daqueles sinos que eu me tornei arqueólogo."

"Vinte mulheres assassinadas."

"Foi um mundo diferente, com um sistema de valores diferente, que veio à tona."

"Ama-me, ama minha orquestra. Do mundo tudo se leva, sim! Esse tipo de loucura está na base de todas as civilizações, e não só nas culturas remotas. Os homens são sentimentais. Morte e glória. Conheço um sujeito que se apaixonou por mim por causa da minha risada. A gente nunca havia se encontrado, nunca tinha estado na mesma sala, ele só tinha me ouvido numa gravação."

"E aí?"

"Ah, ele se babava todo por mim como se fosse um homem casado, me fez me apaixonar por ele. Você já viu esse filme. Mulher inteligente que vira uma idiota, esquecendo tudo que devia continuar sabendo. No final eu já não tinha muito por que rir. Nem tocar sinos."

"Ele estava apaixonado por você antes mesmo de conhecê-la — é o que você acha?"

"É interessante, sabe? Talvez estivesse acostumado com a minha voz. Acho que já tinha ouvido a fita duas ou três vezes. Era escritor. Escritor. Os escritores têm tempo para arranjar encrenca. Eu havia sido convidada a falar num seminário organizado por um professor meu, Larry Angel. Uma pessoa maravilhosa, muito engraçada, de modo que eu ria muito do modo como ele pensava e associava idéias sem seguir um encadeamento linear. Estávamos no palco, à mesma mesa, e eu o apresentei, e acho que meu microfone estava ligado e eu ria baixinho enquanto ele falava. Eu e esse velho tínhamos uma relação muito boa. Um clima de tio e sobrinha, ligeiramente sexualizado, mas platônico, mesmo.

"Acho que o escritor, que acabou se tornando meu amigo, também tinha uma mente não linear, de modo que estava entendendo a graça do que o Larry dizia. Ele pediu a fita porque estava interessado em pesquisar túmulos ou coisa parecida, um assunto bem sério, e queria informações, detalhes. Foi assim que a gente se conheceu. Por procuração. Não foi um grande momento para o universo... Foram três anos na corda bamba durante o nosso relacionamento."

*

A primeira aventura deles juntos: Anil foi dirigindo seu carro branco sujo, que cheirava a mofo, até um restaurante de comida cingalesa. Foi apenas alguns meses depois de Cullis ouvir sua voz na gravação. Era a hora do rush de fim de tarde.

"Mas então. Você é famoso?"

"Não." Ele riu.

"Um pouco?"

"Eu diria que cerca de setenta pessoas que não são parentes nem amigos reconheceriam meu nome."

"Mesmo aqui?"

"Acho difícil. Sei lá. Onde estamos, Muswell Hill?"

"Archway."

Ela abriu a janela e gritou.

"*Atenção, todo mundo* — aqui no meu carro comigo está o escritor de artigos científicos Cullis Wright! Ou seria Cullis wrong? É, sim! Ele está aqui comigo, hoje!"

"Obrigado."

Ela fechou a janela. "Amanhã a gente confere as colunas sociais, para ver se você foi preso." Abriu a janela outra vez, e agora usou a buzina para chamar atenção. Estavam presos no engarrafamento de qualquer jeito. Talvez, vista de longe, a cena parecesse uma briga. Mulher zangada com a cabeça para fora do carro apontando para uma outra pessoa a seu lado, tentando recrutar aliados entre os passantes.

Ele relaxou no seu banco e ficou contemplando a energia deslanchada daquela mulher, a facilidade com que levantava as saias até o joelho e saltava do carro novamente, após puxar o freio de mão com um gemido. Agora ela estava agitando os braços, batendo na capota suja do carro.

Ele se lembraria de outros momentos como esse, depois — momentos em que ela tentava despi-lo de sua cautela, desarmar seu olhar preocupado. A vez em que o fez dançar numa rua escura na Europa ao som de um pequeno toca-fitas que encostou em seu ouvido. "Aquarela do Brasil." *Lembre desta música*. Ele cantou a letra com ela naquela rua de Paris, os dois pisando no contorno de um cachorro traçado no chão.

Cullis, afundado no banco do carona, cercado de tráfego por todos os lados, via o torso de Anil pela porta do carro, enquanto gritava e batia na capota. Tinha a sensação de que estava encerrado em gelo ou metal, que Anil batia na superfície para chegar a ele, para libertá-lo. A energia de suas roupas a rodopiar, o sorriso escancarado no rosto dela quando voltou para dentro e o beijou — talvez pudesse tê-lo libertado. Mas, como homem casado, já havia empenhado seu coração.

Ela terminou abandonando-o no quarto do motel Una Palma em Borrego Springs. Sem deixar nada de seu a que ele pudesse apegar-se. Só o sangue, negro como os cabelos dela, o quarto escuro como sua pele.

Cullis permanecia deitado no quarto escuro, vendo o latejar do músculo do braço fazer a faca pulsar. Deixava-se levar pela correnteza, um barco sem remos, rumo ao torpor. A noite inteira ouvira o zumbido suave do relógio do hotel. Seu medo era que o pulsar de seu sangue cessasse, que o barulho na capota do carro, ela tentando chegar até ele, morresse. De vez em quando passava um caminhão silencioso, com seu lampejo de luz. Ele resistia ao sono. Normalmente gostava de se entregar às circunstâncias. Quando escrevia, mergulhava na página como se na água, e se deixava levar. O escritor era alguém que se deixava levar. (Ele se lembraria disso?) Se não, então um funileiro, carregando um monte de panelas e potes e pedaços de linóleo e arames e capuzes e lápis e... a gente levava essas coisas durante anos e aos poucos as ia encaixando num livro pequeno, modesto. A arte de empacotar. Então ele voltaria a perambular pelo mundo afora. Como se faz um livro, Anil. Você me perguntou *Como*, você perguntou, *Qual a coisa mais importante que você precisa?* Anil, eu vou lhe dizer...

Mas ela estava dentro do ônibus, subindo a encosta do vale, agasalhada em seu ferren cinzento — um híbrido de capa e poncho. Os olhos próximos da janela, captando vislumbres de árvores iluminadas. Ah, ele conhecia aquela expressão dela, estabilizando-se após uma briga. Mas esta seria a última vez. Não haveria uma segunda oportunidade. Ela sabia, ele também. Aquela vida de amor conflituoso, tentativas de separação, o pior e o melhor dos tempos, a lembrança de tudo aquilo equilibrada, como se numa mesa fartamente iluminada, em Oklahoma, o ônibus trepidante a subir a serra em meio à névoa, passando pelas cidadezinhas.

Anil se encolhia à medida que esfriava. Porém seus olhos não piscavam, não queria perder nenhum instante daquela última noite com ele. Estava decidida a ressaltar todos os crimes que um havia praticado contra o outro, todos os seus fracassos.

Era só disso que queria certificar-se, embora soubesse que depois haveria versões diferentes daquele amor fatal.

Fora o motorista, Anil era a única sentinela. Viu a lebre. Ouviu o baque de uma ave noturna contra o ônibus. Não havia luzes naquela nau flutuante. Anil passaria os próximos cinco dias esvaziando suas gavetas, depois partiria para o Sri Lanka. Havia na sua bolsa uma lista de todos os telefones e fax em que Cullis poderia encontrá-la na ilha nos próximos dois meses. Antes ela pretendia entregá-la a ele. Anil havia girado em torno da vida idiota de Cullis, seus medos tensos, o amor e conforto que tinha medo de tirar dela. Mesmo assim, Cullis fora como uma casa maravilhosa, cheia de cômodos inesperados, com tantas possibilidades, estranhamente estimulante.

O ônibus já havia emergido do vale. Tal como Cullis, ela não conseguia dormir. Tal como ele, continuaria a combater. Como Cullis dormiria com o nome de Anil entre ele e a esposa? Até mesmo os momentos mais ternos do casal conteriam sua presença, como uma sombra. Ela não queria mais isso. Ser um cisco, um eco, uma bússola que só servia para dizer a Cullis em que lugar ela se encontrava.

E com quem, senão Anil, ele falaria no meio da noite, atravessando tantos fusos horários? Como se ela fosse a pedra nos templos usada pelos sacerdotes para se confessar. Bem, por ora os dois estavam sem destino. Só lhes cabia fugir do passado.

Anil não sabia cantar, mas conhecia a letra e o ritmo do fraseado.

Ah, são altas as árvores no estado de Nova York,
E brilham como ouro no outono —

Nunca fui triste antes de ir a Nova York,
Só fico triste quando me apaixono.

Recitou os versos num sussurro, de cabeça baixa, como se falasse com seu próprio peito. Outono. Apaixono. Como esta última palavra se aninhava perfeitamente em sua companheira de rima!

A RODA DA VIDA

Sarath e Anil haviam identificado o Marinheiro na terceira aldeia em que os habitantes trabalhavam nas minas de plumbagina. Era Ruwan Kumara, e trabalhara como extrator de seiva de cariota. Após quebrar a perna ao cair de uma árvore, empregara-se na mina de sua aldeia, onde as pessoas lembravam-se dos forasteiros que o levaram um dia. Entraram no túnel onde havia doze homens trabalhando. Traziam um billa — um membro da comunidade com um saco de aniagem enfiado na cabeça, com furos para os olhos — para identificar no anonimato o simpatizante dos rebeldes. Um billa era um monstro, um fantasma, que assustava as crianças nas brincadeiras, e ele apontou Ruwan Kumara, que foi levado embora.

Agora sabiam a data exata do seqüestro. De volta à walawwa, planejavam o próximo passo. Sarath achava que deviam continuar agindo com cautela, juntar mais provas, senão todo o trabalho deles seria rejeitado. Propôs que fossem a Colombo procurar pelo nome de Ruwan Kumara numa lista de pessoas indesejáveis preparada pelo governo; afirmava que conseguiria obtê-la. Levaria dois dias, e depois voltaria. Seu telefone celular ficaria com Anil, mas provavelmente ela não conseguiria ligar para ele. Assim, Sarath lhe telefonaria.

Cinco dias depois, porém, Sarath ainda não havia regressado.

Todos os temores de Anil voltaram à tona — o parente dele que era ministro, sua opinião sobre o perigo da verdade. Ela caminhava sozinha pela walawwa, furiosa. Seis dias. Conseguiu fazer funcionar o telefone de Sarath e ligou para o Ratnapura Hospital, mas foi informada de que Ananda fora embora, para sua aldeia. Não havia ninguém com quem conversar. Estava sozinha com o Marinheiro.

Pegou o telefone e foi até junto ao arrozal.

"Quem é?"

"Anil Tissera."

"Ah, a desaparecida."

"Sim, senhor, a nadadora."

"Você nunca veio me procurar."

"Preciso falar com o senhor."

"Sobre o quê?"

"Tenho que preparar um relatório, e preciso de ajuda."

"Por que eu?"

"O senhor conheceu o meu pai. Trabalhou com ele. Preciso de alguém em quem eu possa confiar. Pode ser um caso de assassinato político."

"Você está falando de um celular. Não pronuncie o meu nome."

"Estou ilhada aqui. Preciso ir a Colombo. O senhor pode me ajudar?"

"Posso tentar alguma coisa. Onde você está?"

Era a mesma pergunta que ele já havia feito uma vez. Ela fez uma pausa.

"Em Ekneligoda. Na walawwa."

"Conheço o lugar."

Ele desligou.

No dia seguinte Anil estava em Colombo, no Auditório do Arsenal que era parte da unidade antiterrorismo em Gregory's Road. Não estava mais em posse do esqueleto do Marinheiro. Um carro a havia apanhado na walawwa, mas o doutor Perera não estava dentro dele. Quando ela chegou no hospital em Colombo, o doutor veio recebê-la, abraçou-a. Os dois almoçaram juntos no refeitório, e ela lhe contou o que havia feito. Ele aconselhou-a a não levar aquilo adiante. Achava que seu trabalho fora bem-feito, mas era perigoso. "O senhor fez um discurso sobre a responsabilidade política", Anil disse. "A opinião do senhor era outra." "Aquilo era um discurso", retrucou o doutor. Quando voltaram ao laboratório, ninguém sabia direito onde estava o esqueleto.

Agora, em pé no pequeno auditório onde metade dos lugares estavam ocupados por funcionários diversos, entre eles militares e policiais com treinamento antiguerrilha, Anil sentia-se ilhada. Pediam-lhe que apresentasse seu relatório sem que tivesse provas concretas. Era uma maneira de desacreditar toda a sua investigação. Ao lado de um esqueleto antigo sobre uma mesa, provavelmente o Funileiro, Anil começou a resumir os diferentes métodos de análise de ossadas e identificação de esqueletos quanto à profissão e origem, embora aquele não fosse o esqueleto de que precisava.

Sarath, sentado na última fileira, sem que ela o visse, ouvia suas explicações cuidadosas, seu tom seguro, sua absoluta tranqüilidade, sua recusa em exaltar-se ou zangar-se. Era um arrazoado de advogado e, mais importante ainda, um depoimento de cidadão; agora Anil não era mais apenas uma autoridade estrangeira. Então Sarath ouviu-a dizer: "Acho que vocês assassinaram centenas de compatriotas nossos". *Compatriotas nossos*, Sarath pensava com os seus botões. Quinze anos no estrangeiro, e finalmente ela virou uma compatriota.

Porém agora os dois estavam em perigo. Sarath sentia a hostilidade no auditório. Só ele, ali, não estava contra ela. Agora, teria de proteger a si próprio.

Entre Anil e o esqueleto, discretamente oculto, estava seu gravador, registrando todas as palavras, opiniões e perguntas que partiam dos funcionários, as quais, até agora, ela respondia de modo educado e implacável. Porém ele via algo que Anil não via — as trocas de olhares na sala quente (certamente haviam desligado o ar-condicionado após a primeira meia hora da exposição, um velho método de perturbar o raciocínio); as pessoas começavam a conversar a seu redor. Ele desencostou-se da parede e avançou.

"Com licença, por favor."

Todos os olhares voltaram-se para Sarath. Anil encarou-o, atônita com a sua presença e com aquela interrupção.

"Este esqueleto também estava no sítio arqueológico de Bandarawela?"

"Estava", respondeu ela.

"E qual a profundidade da camada de terra que havia sobre ele?"

"Cerca de um metro."

"Dá para ser mais precisa?"

"Não. Realmente, não vejo qual a relevância disso."

"Porque havia partes do morro em torno da caverna, onde este aqui foi encontrado, que haviam sido erodidas pelo gado, pelos ventos, pelas chuvas... não é? Será que alguém poderia ligar o ar-condicionado, está um calor infernal aqui, não se pode nem pensar direito. Não é verdade que nos velhos cemitérios do século XIX tanto as vítimas de assassinato quanto as sepulturas eram normalmente — quase sempre, aliás — encontradas sob uma camada de terra com menos de sessenta centímetros de espessura?"

Ela estava ficando nervosa, e resolveu calar-se. Sarath percebia que todos estavam voltando-se para ele, mudando de posição nas cadeiras.

Sarath caminhou até a frente do auditório, e deixaram que se aproximasse de Anil. Agora os dois estavam um de frente para o outro, com a mesa a separá-los. Sarath pegou uma pinça e retirou o pedaço de pedra preso dentro da caixa torácica.

"Esta pedra foi encontrada entre as costelas do esqueleto."

"Foi."

"Diga o que acontece com as antigas práticas... Pense com cuidado, senhorita Tissera, nada de teorizar."

Houve uma pausa.

"Por favor, não fale assim. Com esse tom arrogante."

"Diga o que acontece."

"Eles enterram os corpos e normalmente colocam uma pedra na terra em cima deles. Para marcar o lugar. A pedra cai quando a carne cede."

"Cede? Como assim?"

"Um momento!"

"Quantos anos leva para isso acontecer?"

Silêncio.

"Hein?"

Silêncio.

Ele agora falava bem devagar.

"Nove anos, no mínimo, não é? Até que a pedra caia para dentro da caixa torácica. Certo?"

"Certo, mas..."

"Certo?"

"Certo. Mas não no caso de cadáveres queimados. Incendiados."

"Mas nem disso nós temos certeza, porque em sua maioria eles foram queimados no século passado, os que estão nos sítios históricos. Como a senhorita sabe, houve uma peste em 1856. Outra em 1890. Muitos foram queimados. Este esqueleto provavelmente tem cem anos de idade — apesar de todas as suas belas pesquisas sociais a respeito da carreira dele, dos hábitos e da dieta dele..."

"O esqueleto que eu *poderia* usar para provar alguma coisa foi confiscado."

"Pelo visto, está havendo uma inflação de cadáveres aqui. Este aí é menos importante que o que foi confiscado?"

"Claro que não. Mas o confiscado morreu há menos de cinco anos."

"Confiscado. Confiscado... Quem foi que o confiscou?", perguntou Sarath.

"Foi levado quando fui me encontrar com o doutor Perera no Kynsey Road Hospital. Ele se perdeu lá."

"Então a senhorita o perdeu. Ele não foi confiscado."

"Eu não perdi, não. Ele foi retirado do laboratório enquanto eu conversava com o doutor no refeitório."

"Então a senhorita não sabe onde ele está. Acha possível que o doutor Perera tenha alguma relação com o desaparecimento?"

"Não sei. Talvez. Não o vejo desde que isso aconteceu."

"E a senhorita queria provar que o esqueleto era de uma pessoa que morreu recentemente. Mesmo não tendo as provas agora."

"Senhor Diyasena, gostaria de lembrar que eu vim aqui como membro de um grupo de defesa dos direitos humanos. Como especialista forense. Não trabalho para o senhor, não sou sua funcionária. Trabalho para uma autoridade internacional."

Ele se virou e dirigiu-se à platéia.

"Essa 'autoridade internacional' foi convidada a vir aqui pelo governo, não foi? Certo?"

"Nós somos uma organização independente. Fazemos relatórios independentes."

"Para *nós*. Para o governo *daqui*. Isso quer dizer que a senhorita trabalha para o governo daqui."

"O que eu quero relatar é que é possível que forças do governo tenham assassinado inocentes. É isso que eu estou lhe dizendo. Como arqueólogo, o senhor deveria acreditar na verdade da história."

"Acredito numa sociedade que vive em paz, senhorita Tissera. O que a senhorita está propondo poderia resultar no caos. Por que não investiga o assassinato de membros das forças armadas? Dá para ligar o ar-condicionado, por favor?"

Houve alguns aplausos isolados.

"O esqueleto que estava comigo era prova de uma espécie de crime. É isso que é importante aqui. '*Uma aldeia pode falar por muitas aldeias. Uma vítima pode falar por muitas vítimas.*' Lembra? Eu achava que o senhor representava mais do que isso."

"Senhorita Tissera..."

"Doutora."

"Está bem, 'doutora'. Trouxe aqui um outro esqueleto tirado de outro sítio, de um século anterior. Para mostrar a diferença, gostaria que a doutora fizesse um estudo forense dele para mim."

"Isso é ridículo."

"Não é ridículo. Eu gostaria de ter provas da diferença entre os dois cadáveres. Somasena!"

Fez sinal para uma pessoa no fundo do auditório. O esqueleto, embrulhado em plástico, foi trazido numa maca.

"Um cadáver de duzentos anos", disse ele, alto. "É o que nós achamos, nós arqueólogos. Talvez a doutora possa provar que estamos enganados."

Ele batia o lápis na mesa, como que para irritá-la.

"Preciso de tempo."

"Nós lhe damos quarenta e oito horas. Largue o esqueleto de que estava falando e vá com o senhor Somasena até o saguão, ele lhe servirá de guia. A doutora terá de deixar aqui toda a sua pesquisa antes de ir embora. Preciso avisá-la disso. Este esqueleto vai estar a sua espera na entrada da frente dentro de vinte minutos."

Ela deu as costas para ele e recolheu seus papéis.

"Deixe os papéis e o gravador, por favor."

Ela ficou imobilizada por um momento, depois retirou do bolso o gravador que acabava de guardar, e o pôs na mesa.

"O gravador é meu", sussurrou ela. "Lembra?"

"Nós vamos devolver."

Anil começou a subir as escadas da saída. A platéia praticamente não olhava para ela.

"Doutora Tissera!"

Ela se virou do alto da escada e o encarou, certa de que pela última vez.

"Não tente voltar para pegar estas coisas. Saia do prédio. Se quisermos a sua presença, nós vamos chamá-la."

Ela abriu a porta e saiu. A porta fechou-se com um sibilo de ar.

Sarath continuou lá, falando em voz baixa, no meio dos outros.

Com Gunesena, Sarath levou os dois esqueletos no carrinho, saindo por uma porta lateral. A porta dava num corredor escuro que os levaria ao estacionamento. Ficaram parados por um momento. Gunesena não dizia nada. Acontecesse o que acontecesse, Sarath não queria voltar ao auditório. Apalpou a parede e encontrou o interruptor. Ouviu-se o estalido do néon tentando pegar, o gaguejar de luz que era comum em prédios como aquele.

Uma fileira de setas vermelhas iluminava o corredor, cujo piso era em aclive. Foram empurrando o carrinho com os dois esqueletos na penumbra, os braços avermelhando-se cada vez que passavam por uma seta. Sarath imaginava Anil dois andares acima, caminhando furiosa, batendo cada porta pela qual passava. Ele sabia que iam detê-la em cada corredor, verificar seus documentos vez após vez para irritá-la e humilhá-la. Sabia que seria revistada, frascos e lâminas seriam retirados de sua pasta e seus bolsos, teria de despir-se e vestir-se outra vez. Levaria mais de quarenta minutos para atravessar o corredor polonês daquele prédio, e no final, ele sabia, não teria mais nada, nenhum vestígio de informação, uma única fotografia que tivesse tido a imprudência de levar consigo ao prédio naquela manhã. Mas ela ia conseguir sair, e isso era a única coisa que Sarath desejava.

Desde a morte de sua mulher, Sarath não encontrara o caminho de volta ao mundo. Rompeu com a família dela. As cartas de pêsames foram deixadas no escritório dela, sem ser abertas. Na realidade, se destinavam a ela e não a ele. Retomou a arqueologia, e escondeu sua vida no trabalho. Organizou escavações em Chilaw. Os rapazes e as moças que treinava sabiam muito pouco sobre o que acontecera em sua vida, e por isso era em meio a eles que Sarath se sentia mais à vontade. Ensinava-os a maneira correta de aplicar tiras de gesso úmido nos ossos, como juntar e arquivar peças de mica, quando os objetos encontrados deveriam ser transportados e quando deveriam ser deixados *in situ*. Comia com eles, estava aberto a toda e qualquer pergunta relativa ao trabalho. Não lhes negava nada que soubesse ou suspeitasse no seu campo de especialidade. Todos que trabalhavam com ele aceitavam os fossos de privacidade que ele cavara a seu redor. Sarath voltava a sua barraca cansado após um dia de escavações na costa. Estava com quarenta e tantos anos, embora os estagiários o julgassem mais velho. Esperava até o cair da tarde, quando os outros já não estavam mais nadando no mar, para caminhar até o fundo, desaparecendo nas águas escuras. Naquela hora de escuridão, longe da praia, havia correntes que não deixavam o nadador voltar, que insistiam em tragá-lo. Sozinho em meio às ondas, Sarath deixava-se levar, seu corpo era lançado de um lado para o outro como se numa dança, apenas a cabeça racional, fora d'água, atenta para o que o cercava, o brilho imperceptível das ondas grandes que ele atravessava no momento em que elas atingiam a altura máxima.

Desde menino ele amava o mar. No tempo em que estudava no St. Thomas, era só atravessar a estrada de ferro para chegar à praia. E sempre que estava na costa — fosse em Hambantota, em Chilaw ou em Trincomalee — ficava a ver os pescadores em seus catamarãs se afastando ao cair da tarde até desaparecerem na noite, além de onde alcançavam seus olhos de menino. Como se a separação e a morte e o desaparecimento não fossem mais do que um afastamento dos olhos de quem vê.

As configurações da morte o cercavam sempre. Em seu trabalho, tinha a impressão de que era ele a própria ligação entre a mortalidade da carne e do osso e a imortalidade de uma imagem gravada na pedra, ou — mais estranho ainda — sua imortalidade como resultado da fé ou de uma idéia. Assim, se uma cabeça de sábio do século VI era retirada, ou se braços e mãos de pedra despencavam como resultado de um cansaço secular, tais coisas se davam paralelamente ao destino dos homens. Ele segurava estátuas com dois mil anos de idade. Ou encostava a mão numa rocha antiga e quente que fora recortada de modo a imitar as formas de um ser humano. Dava-lhe conforto ver sua própria carne escura contra a pedra. Era este o seu prazer. Nem conversar nem ensinar os outros nem desfrutar do poder, porém simplesmente pôr a mão sobre uma gal vihara, uma pedra viva cuja temperatura dependia da hora, cuja porosidade aparente mudava quando chovia, ou quando escurecia rapidamente.

Aquela mão de pedra podia ser a mão de sua mulher. Era tão escura e antiga quanto ela, e sua maciez lhe era familiar. E com facilidade Sarath poderia recriar a existência dela, os anos que viveram juntos, com base nos fragmentos de seu quarto. Dois lápis e um xale seriam o bastante para assinalar e relembrar seu mundo. Porém a vida *deles dois* permanecia enterrada. Os motivos que a teriam levado a abandoná-lo, os possíveis vícios e defeitos e deficiências dele que a haviam afastado, eram coisas que Sarath não tentava encontrar. Era um homem capaz de passar por um campo e imaginar um prédio que fora incendiado ali seiscentos anos antes; era capaz de voltar-se para aquela ausência e recriar, com base em uma marca de fumaça e uma impressão digital, a luz e as posturas dos que se reuniam ali numa cerimônia vespertina. Mas de Ravina não desenterrava nada. Não que sentisse raiva dela; era só por não conseguir voltar ao trauma daquele lugar em que ele falara no meio do escuro, fingindo haver luz. Mas agora, naquela tarde, havia regressado aos meandros do mundo público, com suas verdades diversas. Ele havia agido sob essa luz. Sabia que isso não lhe seria perdoado.

Sarath e Gunesena empurravam o carrinho ladeira acima. Quase não havia ar naquele túnel. Sarath acionou o freio.

"Me arranje água, Gunesena."

Gunesena assentiu. Havia irritação naquele gesto formal. Saiu, deixando Sarath na penumbra, e voltou cinco minutos depois com um copo grande de água.

"É fervida?"

Novamente Gunesena fez que sim. Sarath bebeu e depois levantou-se do chão, onde se sentara.

"Desculpe, eu estava me sentindo meio fraco."

"Sim, senhor. Eu também bebi um copo."

"Bom."

Veio-lhe à mente a imagem de Gunesena bebendo o resto de licor, Anil segurando a garrafa, na noite em que o pegaram na estrada de Kandy.

Continuaram a empurrar o carrinho por mais algum tempo. Abriram as portas de vaivém, emergiram na luz do dia.

O barulho e o sol quase o fizeram dar um passo para trás. Estavam no estacionamento dos oficiais. Alguns motoristas aguardavam à sombra de uma árvore. Outros permaneciam dentro dos carros, com o ar-condicionado ronronando. Sarath olhou para a entrada principal, mas não viu Anil. Já não tinha certeza se ela ia mesmo conseguir sair. A van em que seria transportado o esqueleto que iriam lhe dar estacionou ao lado, e Sarath supervisionou a operação de enfiá-lo dentro do veículo. Os jovens soldados queriam saber exatamente o que estava acontecendo. Não estavam desconfiados, era apenas curiosidade. Sarath ansiava por uma pausa, por silêncio, mas sabia que isso não iria acontecer. As perguntas eram pessoais, e não oficiais. De onde era? Havia quanto tempo ele...? A única maneira de escapar daquele interrogatório era responder. Quando começaram a fazer perguntas sobre o vulto que estava no carrinho, Sarath sacudiu as mãos na frente de seu próprio rosto e deixou Gunesena com eles.

Anil não havia saído do prédio. Ele sabia que, acontecesse o que acontecesse, não poderia entrar para procurá-la. Teria de enfrentar sozinha todos os obstáculos de insulto, humilhação e constrangimento. Já fazia quase uma hora que Sarath a vira pela última vez.

Ele precisava ocupar-se com alguma coisa. Do outro lado da cerca havia um homem vendendo abacaxis fatiados; Sarath comprou duas fatias e temperou-as com uma mistura de sal e pimenta. Duas fatias por uma rupia. Ele podia entrar no saguão, para fugir do sol, mas não sabia se Anil conseguiria controlar-se e não se expor ainda mais ao perigo.

Uma hora e meia. Quando Sarath virou-se e olhou para a porta pela quarta vez, viu-a lá. Parada, sem se mexer, sem saber onde estava, sem saber o que fazer.

Sarath aproximou-se, punho cerrado, a cabeça fervilhando.

"Você está bem?"

Ela baixou a vista para não encará-lo.

"Anil."

Ela retirou o braço que Sarath tentou tocar. Ele percebeu que estava sem pasta. Sem papéis. Sem equipamento profissional. Pôs a mão em seu peito para ver se os pequenos tubos de ensaio estavam no bolso interno do casaco, mas não estavam. Anil não reagiu a esse gesto. Mesmo no estado em que se encontrava, compreendeu o que ele fazia.

"Eu lhe disse que ia voltar à walawwa."

"Mas não voltou."

"Todo mundo repara. Meu irmão lhe disse isso. As pessoas já sabiam que você estava em Colombo no momento em que você chegou."

"Vai se foder."

"Você tem que ir embora agora."

"Não, obrigada. Não quero mais nenhuma ajuda sua."

"Pegue o esqueleto que eu lhe dei e entre na van. Volte para o navio com o Gunesena."

"Todos os meus papéis estão nesse prédio. Eu preciso deles."

"Eles não vão ser devolvidos. Você entende? Esqueça. Você vai ter que recriar tudo. Na Europa você compra um equipamento novo. Pode substituir quase tudo. O problema é a sua segurança."

"Muito obrigado pela ajuda. Guarde essa merda de esqueleto pra você."

"Gunesena, pegue a van."

"Escute..." Ela voltou o olhar para Sarath. "Mande-o me levar em casa. Acho que não vou conseguir ir a pé. Eu não quero a sua ajuda, não. Mas não consigo andar. Eu fui... lá dentro..."

"Vá para o laboratório."

"Meu Deus, guarde essa..."

Ele lhe deu um tapa com força. Viu que havia pessoas ali perto, viu a expressão atônita no rosto dela, que parecia febril.

"Leve o esqueleto e trabalhe nele. Você não tem muito tempo. Não me telefone. Termine isso hoje à noite. Eles querem um relatório em dois dias. Mas termine hoje."

A atitude dele deixou-a de tal modo aparvalhada que Anil entrou lentamente na van, já parada a seu lado. Sarath a observava. Ele entregou a Gunesena o passe pela janela. Viu o rosto dela, abaixado e vermelho, enquanto o veículo fazia a curva e desaparecia.

Para ele, não havia veículo nenhum. Passou pelos guardas no portão, saiu à rua, fez sinal para um bajaj e deu ao condutor o endereço de seu escritório. Era impossível recostar-se no banco e relaxar num bajaj; se a pessoa se distraísse, corria o risco de perder o equilíbrio e cair na rua. Porém, sentado na ponta do banco, com a cabeça nas mãos, Sarath tentava perder o contato com o mundo a sua volta enquanto o táxi de três rodas driblava o trânsito.

Anil subiu a prancha e chegou ao tombadilho superior. Uma tarde no porto. Ouvia apitos e buzinas ao longe. Queria espaço aberto, ar, não queria enfrentar a escuridão do porão. No cais, a uma certa distância, havia um homem com uma câmara. Anil recuou um passo para que ele não pudesse vê-la.

Sabia que sua permanência ali estava chegando ao fim, não tinha mais vontade de ficar. Havia sangue por toda parte. Os massacres eram aceitos com naturalidade. Veio-lhe à mente o que uma mulher no Nadesan Centre lhe dissera. "Larguei o movimento dos direitos humanos em parte por não conseguir mais me lembrar qual massacre tinha ocorrido quando e onde..."

Eram cerca de cinco horas. Anil encontrou a garrafa de áraque e pôs uma dose num copo. Desceu a escada estreita que levava ao porão.

"Tudo bem, moça?"

"Obrigada, Gunesena. Pode ir embora."

"Sim, senhora." No entanto, Anil sabia que ele ia ficar, em algum lugar do navio.

Ela acendeu uma luminária. Lá estava o outro jogo de instrumentos, o que pertencia a Sarath. Ouviu a porta fechar-se.

Bebeu mais áraque e falou alto, só para ouvir o eco na penumbra, para não se sentir sozinha com o esqueleto antigo que lhe fora entregue. Cortou o invólucro de plástico com um bisturi e o foi dobrando. Reconheceu-o de imediato. Mas, para ter certeza, pôs a mão direita no calcanhar e sentiu o corte no osso que ela fizera algumas semanas antes.

Sarath havia encontrado o Marinheiro. Lentamente, ela acendeu outra luminária. As costelas que pareciam a carcaça de um barco. Pôs a mão entre os ossos arqueados e tocou o gravador que estava lá, não acreditando nisso, não ainda, só mesmo depois que apertou o botão e as vozes encheram o espaço a sua volta. As perguntas deles. E o Marinheiro estava ali, com ela. Anil pôs a mão entre as costelas de novo para desligar o aparelho, porém nesse instante ouviu a voz dele, muito nítida e clara. Ele certamente havia cochichado com o gravador bem perto dos lábios:

> "Estou no túnel do prédio do Arsenal. Só tenho um momento. Como você está vendo, este esqueleto é o Marinheiro. É a sua prova do século XX, uma vítima morta há cinco anos. Apague esta fita. Apague isto que estou dizendo. Complete o relatório e esteja preparada para partir às cinco da manhã. Tem um avião que sai às sete. Alguém vai levar você ao aeroporto. Se pudesse, eu iria, mas provavelmente vai ser Gunesena. Não saia do laboratório nem me telefone."

Anil rebobinou a fita. Afastou-se do esqueleto e ficou andando de um lado do porão ao outro, escutando a voz dele outra vez.

Ouvindo tudo outra vez.

Em Galle Face Green, os irmãos haviam conversado sem constrangimento apenas por causa da presença dela. Fora essa a impressão de Anil. Só muito tempo depois se deu conta de que na verdade estavam falando apenas um com o outro, e que isso lhes dava prazer. Todos os dois queriam entrar em acerto, ela era o disfarce, o pretexto. Aquilo era a conversa deles sobre a guerra civil e o que cada um havia feito e não ia fazer durante a guerra. Em retrospecto, pareciam-lhe mais próximos do que imaginavam.

Se voltasse a uma outra vida agora, a vida no país que escolhera para viver, até que ponto Gamini e a lembrança de Sarath se tornariam parte de sua existência? Ela falaria a seus amigos mais íntimos sobre eles, os irmãos de Colombo? E ela, de certa forma como uma irmã, entre os dois, impedindo que um atacasse o mundo do outro? Onde quer que fosse, pensaria neles? Naquele estranho par de irmãos criados numa família de classe média que, no meio de suas vidas, haviam mergulhado num mundo tão diferente?

Em algum momento daquela noite, Anil lembrava, eles haviam falado no quanto amavam seu país. Apesar de tudo. Nenhum ocidental seria capaz de compreender o amor que tinham pelo lugar. "Mas eu jamais poderia sair daqui", dissera Gamini, num sussurro.

"Filmes americanos, livros ingleses — lembra como acabam sempre?", Gamini perguntou naquela noite. "O americano ou inglês pega o avião e vai embora. E pronto. A câmera vai junto com ele. Pela janela ele olha para Mombaça ou o Vietnã ou Jacarta, algum lugar que agora vê por entre as nuvens. O herói cansado. Um comentário breve para a moça sentada ao lado dele. Está voltando para casa. Assim, a guerra, para todos os fins, está terminada. Isso, para o Ocidente, já basta em matéria de realidade. É a história dos últimos dois séculos de literatura política ocidental. Voltar para casa. Escrever um livro. Fazer o lançamento."

O representante da organização de direitos civis chegou junto com os relatórios de vítimas de sexta-feira — as fotos preto-e-branco recém-ampliadas, quase úmidas, sete esta semana. Rostos cobertos. Os relatórios eram deixados para Gamini na mesa junto a sua janela. Quando finalmente pôde pegá-los, era hora de mudança de turnos. Ligou o gravador e começou a descrever os ferimentos e enumerar as causas prováveis. Quando chegou à terceira foto, reconheceu as feridas, as inocentes. Largou os relatórios onde estavam, desceu um lanço de escadas e precipitou-se pelo corredor até a enfermaria. A porta estava destrancada. Começou a arrancar os lençóis de todos os corpos até ver o que sabia que ia encontrar. Desde que pegara a terceira foto, a única coisa que ouvia era seu próprio coração disparado.

Gamini não saberia dizer quanto tempo ficou parado ali. Havia sete corpos na enfermaria. Algumas coisas ele poderia fazer. Não sabia. Coisas que poderia talvez fazer. Ver as queimaduras de ácido, a perna torcida. Destrancou o armário onde eram guardados os esparadrapos, as talas, o desinfetante. Começou lavando as manchas escuras no corpo com loção limpadora. Podia cuidar de seu irmão, pôr os ossos da perna esquerda no lugar, lidar com todas as feridas como se estivesse vivo, como se tratando das centenas de pequenos traumatismos pudesse por fim fazê-lo voltar à vida.

A cicatriz no cotovelo daquela vez que você caiu da bicicleta em Kandy Hill. Esta aqui fui eu, quando bati em você com uma baliza de críquete. Como irmãos, chegamos a ponto de nunca um dar as costas ao outro. Você sempre foi excessivo no seu papel de irmão mais velho, Sarath. Mas se eu já fosse médico na época, teria dado os pontos com mais cuidado que o doutor Piachaud. Faz trinta anos, Sarath. Estamos no final da tarde — todo mundo já foi para casa, menos eu, o seu parente de quem você gosta menos. Aquele em cuja presença você não consegue nunca relaxar nem se sentir seguro. A sua sombra infeliz.

Estava debruçado sobre o corpo, começando a pensar as feridas, e a luz enviesada da tarde abraçava os dois num mesmo raio amplo.

Há pietàs de todos os tipos. Ele relembra a pietà sexual que viu uma vez. Um homem e uma mulher, ele tendo gozado e ela acariciando-lhe as costas, seu rosto exprimindo a aceitação da transformação física sofrida pelo homem. Eram Sarath e a mulher de Sarath que ele havia testemunhado, e então os olhos da mulher haviam se voltado para ele, em sua loucura, sem que a mão dela parasse de acariciar o corpo em seus braços.

Havia outras pietàs. A história de Savitra, que arrancara o marido das garras da Morte à força; nas pinturas que representavam essa cena mitológica ela era representada segurando o homem — o rosto transfigurado de júbilo, enquanto o dele parecia invertido, no meio daquela metamorfose tremenda, o regresso ao amor e à vida.

Mas aquilo era uma pietà de dois irmãos. E tudo que Gamini sabia, na estupefação e confusão em que se encontrava, era que aquilo seria o fim, ou talvez o início de um diálogo constante com Sarath. Se não conversasse com ele naquele momento, se não concedesse isso a si mesmo, seu irmão desapareceria de sua vida. Assim, naquele instante também ele estava nos liames de uma pietà.

Desabotoou a camisa do irmão para pôr a nu o peito. Um peito delicado. Não duro e feroz como o seu. Era o peito generoso de um Ganesh. Um peito asiático. De alguém que, vestido com um sarongue, ia ao jardim ou à varanda com o chá e o jornal. Sarath sempre contornara a violência por causa de sua personalidade, como se jamais tivesse havido uma guerra dentro dele. Isso tinha o efeito de enlouquecer as pessoas a sua volta. Se Gamini fora o Camundongo, seu irmão fora o Urso.

Gamini pousou sua mão quente no rosto imóvel. Jamais se preocupara com a segurança de seu único irmão, sempre achara que ele próprio era o irmão fatal. Talvez ambos imaginassem que os dois se despedaçariam sozinhos nas trevas que criaram ao redor de si próprios. Seus casamentos, suas carreiras naquela fronteira de guerra civil entre governos e terroristas e rebeldes. Jamais houvera um túnel de luz entre eles. Em vez disso, limitaram-se a buscar e encontrar cada um seu próprio domínio. Sarath nos campos ensolarados procurando pedras astrológicas, Gamini em seu mundo medieval do pronto-socorro. Cada um sentindo-se mais à vontade, mais livre, quando não pensava no outro. Eram essencialmente semelhantes demais, e por isso incapazes de ceder um ao outro. Cada um se recusava a demonstrar hesitação e medo, e na companhia do outro só revelava força e raiva. Aquela mulher, Anil, dissera naquela noite em Galle

Face Green: "Nunca consigo entender uma pessoa pelo que ela tem de forte. Ali nada se revela. Só entendo as pessoas pelo que elas têm de fraco".

O peito de Sarath dizia tudo. Era contra aquilo que Gamini havia lutado. Porém agora aquele corpo jazia na cama, indefeso. Era o que era. Não mais um ponto de contenda, uma opinião que Gamini se recusava a aceitar. Ah, parecia haver uma marca assim, feita por uma lança. Uma ferida pequena, não muito profunda, no peito, e Gamini lavou-a e fez um curativo.

Ele já vira casos em que todos os dentes haviam sido arrancados, o nariz cortado fora, os olhos humilhados com líquidos, os ouvidos penetrados. O que ele temia mais, nos momentos em que percorria os corredores do hospital, era ver o rosto do irmão. Era o rosto que atacavam em alguns casos. Tinham um conhecimento hediondo das maneiras de extinguir a vaidade. Porém não tocaram no rosto de Sarath.

A camisa que haviam vestido nele tinha mangas imensas. Gamini sabia por quê. Rasgou-as até os punhos. As mãos foram quebradas em vários lugares.

Estava escuro agora. A sala parecia estar cheia de água cinzenta. Ele caminhou até a porta e tocou o interruptor, e sete luzes centrais se acenderam. Voltou e sentou-se ao lado do irmão.

Ainda estava ali uma hora depois quando começaram a chegar corpos de um atentado a bomba em algum lugar da cidade.

O presidente Katugala usava um traje de algodão branco e parecia velho, muito diferente de sua imagem nos cartazes gigantescos espalhados pela cidade, que havia anos o celebrizavam e idealizavam. Quem olhava para o homem em carne e osso, o rosto magro sob os ralos cabelos brancos, sentia compaixão por ele, independentemente do que havia feito. Parecia exausto e assustado. Estava tenso nos últimos dias, como se tivesse uma espécie de premonição, como se algum mecanismo que não podia controlar houvesse entrado em ação. Mas era o Dia dos Heróis Nacionais. E todos os anos, infalivelmente, no Dia dos Heróis Nacionais, o Presidente Prateado ia ao encontro do povo. Nunca foi capaz de abrir mão de um comício político.

Na semana anterior, as forças especiais de polícia e do exército o haviam aconselhado a *não* andar no meio das multidões. E de fato ele prometera não fazer tal coisa. Mas por volta das três e meia da tarde constatou-se que o presidente estava caminhando no meio do povo. O chefe da unidade especial de Katugala, com alguns outros funcionários, entrou correndo num jipe e saiu a sua procura. Não demoraram para localizá-lo nas ruas apinhadas de Colombo, e haviam acabado de se aproximar dele, colocando-se atrás de seu corpo, quando a bomba explodiu.

Katugala estava com uma túnica branca de mangas curtas e de sarongue. Calçava sandálias. Tinha um relógio no pulso esquerdo. Parou junto ao Lipton Circus e fez um pequeno discurso de dentro de seu veículo à prova de balas.

R—— estava com uma bermuda de jeans e uma camisa larga. Por baixo dessas roupas havia uma camada de explosivos, duas pilhas Duracell e dois interruptores azuis. Um para a mão esquerda, outro para a direita, conectados por fios aos explosivos. O primeiro interruptor armava a bomba. Ficaria ligado por quanto tempo R—— desejasse. Quando o segundo interruptor fosse acionado, a bomba explodiria. Era preciso ativar ambos para detonar o artefato. Podia-se esperar o tempo que se quisesse antes de acionar o segundo interruptor. Ou então podia-se desligar o primeiro. R—— tinha mais roupas acima da cintura. Quatro tiras de velcro mantinham os explosivos presos a seu corpo, e juntamente com a dinamite havia o grande peso de milhares de pequenas esferas de rolimã.

Quando terminou de falar no Lipton Circus, Katugala seguiu no Range Rover blindado em direção ao grande comício em Galle Face Green. Um ano antes, um adivinho dissera: "*Ele será destruído como um prato que cai no chão*". Agora ele seguia em frente na avenida de pista dupla. Porém a toda hora saltava do veículo e saudava a multidão. R—— seguia numa bicicleta em meio ao caos de gente, ou então ia a pé, empurrando a bicicleta. Fosse como fosse, agora Katugala estava no meio do povo; havia parado outra vez porque vira uma passeata de partidários seus, carregando cartazes com slogans, chegando por uma via transversal. E R——, que o mataria, que havia se infiltrado no círculo mais periférico do pessoal da moradia presidencial, de modo que se tornara conhecido deles, R—— aproximava-se lentamente, a pé ou de bicicleta.

Há algumas fotografias de Katugala tiradas nos seus últimos trinta minutos de vida, que só existem num arquivo pertencente ao exército. Duas fotos foram tiradas pela polícia do alto de um edifício, outras por jornalistas, confiscadas e jamais devolvidas, jamais publicadas em nenhum jornal. Nelas ele aparece com seu traje branco, com ar frágil, começando a demonstrar preocupação. Acima de tudo, parece envelhecido. Nos últimos anos, nenhuma fotografia em que ele não saísse muito bem aparecia nos jornais. Mas nessas fotos a primeira coisa que salta à vista é sua idade — enfatizada pelo fato de que atrás dele aparece uma gigantesca representação platônica de sua imagem recortada em papelão, em que exibe um ar vibrante, com cabelos brancos abundantes. E atrás vê-se também o veículo blindado do qual saltou pela última vez.

O plano de Katugala, em seus últimos minutos, era fazer com que a passeata de partidários seus se unisse à multidão em Galle Face Green. Chegara a caminhar em direção a seu carro, porém mudou de idéia e voltou para coreografar a passeata outra vez; assim, foi apanhado com seus guarda-costas entre duas multidões muito diferentes — a de seus seguidores e o populacho comum comemorando o Dia dos Heróis Nacionais. Se alguém dissesse que o presidente estava entre eles, a maioria das pessoas naquela multidão teria demonstrado surpresa. *Onde está o presidente?* Do ponto de vista de quem estava na rua, no meio da confusão, a única presença presidencial era uma imagem gigantesca sua recortada em papelão, carregada como se fosse parte de um cenário num filme, oscilando ao sabor da maré humana.

Ninguém sabe se R—— veio junto com essa segunda massa humana, o que é mais provável, ou se já se encontrava no ponto em que o grupo juntou-se à multidão maior. Ou então estava aguardando perto do veículo. Fosse como fosse, estava esperando por aquele dia, em que tinha certeza de poder encontrar Katugala na rua. Teria sido impossível entrar no terreno do palácio presidencial com explosivos e bolas de rolimã presos no corpo. Os seguranças eram implacáveis. Não abriam exceção para ninguém. Cada caneta em cada bolso era examinada. Assim, R—— tinha de encontrá-lo num lugar público, com toda a parafernália da destruição amarrada em seu corpo. Ele era ao mesmo tempo a arma e a mão que fazia pontaria. A bomba destruiria quem estivesse à sua frente. Seus olhos e seu corpo eram os retículos de mira. Quando se aproximou de Katugala, já havia acionado uma das baterias. Uma lâmpada azul acendendo-se no meio daquelas roupas. Quando se viu a cinco metros de Katugala, acionou o segundo interruptor.

Às quatro da tarde do Dia dos Heróis Nacionais, mais de cinqüenta pessoas tiveram morte instantânea, inclusive o presidente. O impacto direto da explosão reduziu Katugala a pedaços. A questão central, após o atentado, era se o presidente fora levado dali, e — caso isso de fato tivesse ocorrido — se havia sido levado pela polícia e as forças armadas ou pelos terroristas. Porque ninguém conseguia encontrar o presidente.

Onde estava o presidente?

O chefe da unidade presidencial, que meia hora antes fora informado de que Katugala estava se misturando à multidão, que havia corrido para pegar o jipe e tentar encontrar o Presidente Prateado, acabara de alcançá-lo e estava insistindo com ele para que entrasse no carro blindado e voltasse para a residência presidencial. Quando a bomba explodiu, por milagre permaneceu ileso. A chuva de esferas de rolimã entrou no corpo de Katugala e lá ficou, ou então atravessou-o e caiu no asfalto alguns metros atrás dele estrepitosamente. Porém o som da explosão tornou inaudível o ruído das esferas no asfalto. E foi a explosão tremenda que mais ficou gravada na lembrança das pessoas, as que sobreviveram.

Assim, ele foi o único ser humano que permaneceu em pé no silêncio que se seguiu aos últimos ecos da bomba. Não havia ninguém num raio de vinte metros, senão a réplica enorme de Katugala, o papelão agora atravessado pelos raios de sol, que as bolas de rolimã haviam furado.

À sua volta, os mortos. Simpatizantes de Katugala, um astrólogo, três policiais. O Range Rover blindado, a apenas alguns metros dali, não fora danificado. Havia sangue nas vidraças intatas. Dentro do jipe, o motorista não fora ferido; apenas seus ouvidos, danificados pelo ruído da explosão.

Um pouco de carne, provavelmente do homem da bomba, foi encontrada na parede do prédio do outro lado da rua. O braço direito de Katugala pousou sobre o ventre de um dos policiais mortos. Havia fragmentos de tigelas de coalhada por toda a calçada. Quatro da tarde.

Às quatro e meia, todos os médicos que puderam ser localizados já haviam se apresentado nos prontos-socorros de Colombo. Mais de cem pessoas foram feridas na periferia da explosão. E em pouco tempo chegaram às enfermarias boatos de que Katugala estava na multidão quando a bomba explodiu. Assim, todos os hospitais ficaram aguardando a chegada de seu corpo ferido. Porém ele nunca chegou. O corpo, o que restava dele, só foi encontrado muito tempo depois.

O público geral só ficou sabendo do assassinato quando começaram a receber telefonemas da Inglaterra e da Austrália, pessoas que ouviram dizer que Katugala havia morrido. Então, a verdade chegou a Colombo em uma hora.

DISTÂNCIA

A estátua de 35 metros de altura erguia-se havia gerações num campo em Buduruvagala. A oitocentos metros dali ficava um monumento mais famoso, a muralha de pedra de Bodhisattvas. No calor do meio-dia, as pessoas caminhavam descalças e olhavam para cima para ver as imagens. Era uma região de fazendeiros desesperados, e a aldeia mais próxima ficava a mais de seis quilômetros. Assim, aqueles corpos de pedra que brotavam da terra eram as únicas formas humanas que o fazendeiro via em sua paisagem durante o dia. Contemplavam o campo imóvel, ao som do zumbido histérico das cigarras invisíveis no capim ressecado. Davam um toque de permanência àquelas vidas breves.

Após a escuridão prolongada da noite, o sol nascente coloria antes de qualquer outra coisa as cabeças dos Bodhisattvas e do Buda solitário, depois descia, percorrendo-lhes as vestes de pedra, até por fim, livre das florestas, projetar-se sobre a areia, o capim seco e a pedra, e os vultos humanos que caminhavam, os pés descalços queimando, em direção às estátuas sagradas.

***

Três homens tinham viajado a noite toda pelos campos carregando uma fina escada de bambu. Conversavam em voz baixa, com medo de serem vistos. Haviam construído a escada naquela tarde, e agora a apoiavam na estátua do Buda. Um deles acendeu um bidi e o pôs na boca, depois subiu a escada. Enfiou uma banana de dinamite numa dobra das vestes de pedra e acendeu o estopim com o cigarro. Depois pulou para o chão, os três saíram correndo, viraram-se para trás ao ouvir o barulho e baixaram as cabeças, acocorados, quando a estátua estremeceu, o torso saltou em direção à terra e o grande rosto expressivo do Buda caiu para a frente e despedaçou-se no chão.

Os ladrões abriram o ventre com ferros, mas não encontraram nenhum tesouro, e foram embora. De qualquer modo, era só pedra. Não era uma vida humana. E pelo menos não era um ato político, nem um ato perpetrado por seguidores de uma religião contra os de outra. Esses homens estavam tentando encontrar uma solução para a fome, ou uma maneira de escapar de suas vidas em processo de desintegração. E os campos "neutros" e "inocentes" ao redor da estátua e das esculturas de pedra eram talvez lugares de torturas e sepultamentos. Como era uma terra pouco habitada, onde só havia uns poucos fazendeiros e peregrinos, ali vinham caminhões para queimar e esconder as vítimas de seqüestros. Era nesses campos que o budismo e seus valores entravam em choque com os brutais eventos políticos do século XX.

O artesão levado a Buduruvagala para tentar reconstruir a estátua do Buda era um homem do Sul. Nascido numa aldeia de canteiros, fora pintor de olhos. Segundo o Departamento de

Arqueologia, que administrava o projeto, o homem bebia, mas só começava a beber na parte da tarde. Havia um curto período do dia em que ainda estava trabalhando e já começara a beber, mas era só ao final da tarde que se tornava inabordável. Perdera a mulher alguns anos antes. Ela era uma das tantas pessoas que haviam desaparecido.

Ananda Udugama chegava ao nascer do dia, fincava no chão os diagramas e distribuía tarefas entre os sete homens que trabalhavam com ele. Os trabalhadores haviam escavado a base, que continha a parte inferior das pernas e as coxas da estátua, não afetadas pela explosão. Essas partes foram retiradas e guardadas num campo onde havia abelhas, para lá ficar até que o resto do corpo fosse reconstruído. A oitocentos metros dali, e ao mesmo tempo que este Buda enorme estava sendo reconstruído, uma outra estátua era feita — para substituir o deus destruído.

Fora acertado que Ananda trabalharia sob a autoridade e a orientação de especialistas estrangeiros, mas essas celebridades acabaram não vindo. A situação política estava muito tumultuada, e perigosa demais. Encontravam-se cadáveres diariamente, nem sequer sepultados, nos campos adjacentes. Vítimas que haviam desaparecido em lugares tão distantes quanto Kalutara estavam sendo trazidas aqui, fora do alcance de suas famílias. O olhar de Ananda parecia não ver nada disso. Ele atribuiu a dois dos homens de sua equipe a tarefa de lidar com os cadáveres — etiquetá-los, avisar as autoridades ligadas aos direitos civis. Quando chegaram as monções, as chacinas haviam diminuído, ou pelo menos aquela área deixou de ser usada como local de execuções e sepultamentos.

Mais tarde reconheceu-se que o trabalho feito por Ananda era complexo e inovador. Atravessando as diferentes estações de calor, monções e tempestades, ele coordenava os trabalhos na vala enlameada, que parecia um caixão de trinta metros de comprimento. Naquela estrutura eram colocados os fragmentos de pedra encontrados. Lá dentro havia uma grade dividida em quadrados de trinta centímetros de lado, e cada vez que uma pedra era identificada como provavelmente pertencente a uma determinada parte do corpo pela pessoa responsável pela triagem, era levada à seção apropriada. Todo esse trabalho era experimental, aproximativo. Havia verdadeiros penedos e fragmentos menores que um dedo. A fase de classificação ocorreu no auge das monções de maio, de modo que os fragmentos de pedra eram jogados em poças d'água quadradas.

Ananda trouxe gente da aldeia para trabalhar, mais dez homens. Era mais seguro ser visto trabalhando num projeto como aquele, senão corria-se o risco de ser convocado pelo exército ou detido como suspeito. Ele envolveu mais pessoas da aldeia, mulheres junto com homens. Quem se oferecia era aceito. Todos deveriam chegar às cinco da manhã, e o expediente se encerrava às duas da tarde, quando então Ananda Udugama tinha seus próprios planos para o resto do dia.

As mulheres classificavam as pedras, que escorregavam molhadas de suas mãos para dentro da grade. Choveu por mais de um mês. Quando a chuva parava, o vapor começava a subir do capim a sua volta, por fim tornava-se possível um ouvir a voz do outro, e as pessoas começavam a conversar; em quinze minutos suas roupas secavam. Então a chuva voltava, e mais uma vez todos ficavam encerrados no barulho, silenciosos, solitários no campo cheio de gente, o vento sacudindo e desprendendo um telhado de ferro corrugado, tentado arrancá-lo de um galpão. O trabalho de classificação levou várias semanas, e quando chegou a estação seca a maior parte dos membros já havia sido reunida. Tinham agora um braço, quinze metros de comprimento, uma orelha. As pernas ainda guardadas no campo das abelhas. Começaram a aproximar as seções umas das outras, caminhando pelo capim cheio de cigarras. Vieram engenheiros, e com uma broca de seis metros perfuraram as solas dos dois pés até penetrar os membros do corpo, formando um caminho para a introdução do esqueleto de metal derretido, túneis entre os quadris e o torso, entre os ombros e o pescoço, chegando à cabeça.

Durante os meses do trabalho de montagem, Ananda passara a maior parte do tempo trabalhando na cabeça. Ele e dois auxiliares usavam um sistema de fundir pedras. Visto de perto, o rosto parecia uma colcha de retalhos. Haviam planejado homogeneizar a pedra, fazendo do rosto uma só unidade, porém quando o viu nesse estado Ananda resolveu deixá-lo assim mesmo. Em vez disso, concentrou seus esforços na expressão de tranqüilidade e nas qualidades do rosto.

No horizonte, a outra estátua do Buda ia aos poucos se elevando no céu, enquanto a reconstrução de Ananda se alongava por um caminho de areia. O caminho era um aclive, ficando a cabeça no ponto mais baixo — o que era essencial para a etapa final da junção.

Cinco caldeirões de ferro fervente sibilavam sob a chuva fina. Os homens dispuseram os alguidares corrugados e começaram a verter neles o ferro, que desaparecia dentro dos pés da estátua — o metal vermelho ia preenchendo o caminho de trinta metros no seu interior. Quando endurecesse, todos os membros estariam unidos. Então choveu de novo, dessa vez por dois dias, e os trabalhadores da aldeia foram mandados para suas casas. Todos foram embora do lugar.

Ananda estava sentado numa cadeira ao lado da cabeça. Olhou para o céu, de onde despencava a tempestade. Haviam construído uma passarela a três metros do chão, sobre bambus. Então aquele homem de quarenta e cinco anos levantou-se, subiu na passarela e ficou olhando para o rosto e o torso, cheios de ferro vermelho que esfriava.

Voltou na manhã seguinte. Continuava a chover, quando de repente a chuva parou e o calor começou a arrancar vapor da terra e da estátua. Ananda a toda hora tirava e enxugava os óculos remendados com arame. Agora passava a maior parte do tempo na passarela, usando uma das camisas indianas de algodão que Sarath lhe dera anos antes. Seu sarongue estava pesado e escuro por causa da chuva.

Estava contemplando o que haviam conseguido refazer do rosto. De longa data ele já não acreditava na originalidade dos artistas. Conhecera alguns quando jovem. A gente deitava-se na velha cama da arte, onde eles haviam dormido. Ali era confortável. Dava para ver os dias de glória deles, e os dias de exílio também. Ananda sempre gostava mais deles, e de sua arte, nos anos de exílio. Quanto a ele, já não criava nem inventava rostos. A invenção era apenas uma lasca. Fosse como fosse, todo o trabalho que fizera na reconstrução da estátua tinha como objetivo aquilo: o rosto. Os cem fragmentos de pedra reunidos, fundidos, a bochecha riscada pela sombra dos bambus. Durante toda a sua existência, até aquele instante, a estátua jamais sentira o contato com uma sombra humana. Ela olhara por cima daqueles campos tórridos, fixando-se nos terraços verdes do Norte longínquo. Testemunhara as guerras e oferecia paz ou ironia para os que nelas morriam. Agora o sol atingia as emendas do rosto, como se ele tivesse sido alinhavado de modo grosseiro. Ananda não ocultaria esse fato. Viu os olhos cinzentos, com pálpebras pesadas, que fora esculpido num outro século, aquele olhar dilacerado, levado a uma enorme aceitação; estava bem perto dos olhos agora, sem distância alguma, como um animal num jardim de pedras, um velho no futuro. Em poucos dias o rosto estaria no céu, e não embaixo dele enquanto caminhava naquela plataforma, sua sombra riscando-lhe as formas, os fundos contendo água de chuva, de modo que Ananda podia abaixar-se e bebê-la, como se fosse um alimento, uma riqueza. Contemplou os olhos que haviam pertencido a um deus. Era o que ele sentia. Como artesão, agora, não celebrava a grandeza de uma fé. Mas sabia que se não continuasse a ser um artesão se transformaria num demônio. A guerra a sua volta era causada por demônios, espectros de retaliação.

Era a véspera da cerimônia de Nētra Mangala da nova estátua do Buda, e das aldeias vizinhas chegavam oferendas. A figura erguia-se ereta, muito acima das fogueiras, como que se inclinando em direção à escuridão. Às três da manhã a cantoria havia dado lugar à recitação de slokas com o acompanhamento de tambores suaves. Ananda ouvia recitarem o *Kosala-bimba-varnanava*, ouvia também os insetos noturnos cricrilando às margens dos caminhos de luz que se irradiavam da estátua, como raios de rodas a penetrar os campos, levando a fogueiras junto às quais crianças e mães dormiam ou aguardavam a chegada da manhã. Os tocadores de tambor, findo seu trabalho, voltaram suando no frio e na escuridão, seus pés iluminados pelos lampiões a óleo dispostos junto aos caminhos.

As obras das duas estátuas haviam terminado com um intervalo de poucos dias a separá-las, de modo que agora pareciam ter surgido de repente duas figuras — uma de rocha cinzenta cheia de cicatrizes, a outra de gesso branco — erguendo-se no vale aberto, a oitocentos metros uma da outra.

Ananda estava sentado numa cadeira de teca, sendo vestido e pintado. Ia realizar a cerimônia do olho na estátua nova. A escuridão que o cercava havia abolido séculos de história. No tempo dos reis antigos, como Parakrama Bahu, em que só os reis se encarregavam da cerimônia, haveria dançarinas no templo dançando e cantando as Melodias, como se estivessem no céu.

Eram quase quatro e meia quando os homens trouxeram do campo escuro duas compridas escadas de bambu e, cercados pelo círculo de fogueiras, as apoiaram na estátua. Quando o sol nascesse, todos veriam que as escadas chegavam aos ombros da figura gigantesca. Ananda Udugama e seu sobrinho já estavam subindo as escadas, desaparecendo na noite. Ambos trajavam mantos, e Ananda tinha na cabeça um turbante de seda fina. Ambos levavam sacolas de pano a tiracolo.

No frio do mundo, a meio caminho do alto, parecia-lhe que as fogueiras lá embaixo eram seu único elo com a terra. Nesse momento, mirando a escuridão, constatou que a madrugada já começava a destacar-se do horizonte, emergindo no alto das árvores da floresta. O sol iluminava o bambu verde da escada. Ananda sentia o calor suave nos braços, via iluminarem-se os brocados do traje que vestira por cima da camisa de Sarath — que ele prometera a si próprio usar naquela cerimônia. Ele e aquela mulher, Anil, levariam consigo para sempre o fantasma de Sarath Diyasena.

Chegou à cabeça alguns minutos antes da hora exata da cerimônia do olho. Seu sobrinho já estava lá, à sua espera. Ananda subira na escada na véspera, de modo que sabia que o lugar melhor e mais confortável para trabalhar seria dois degraus antes do último. Prendeu seu próprio corpo à escada com uma faixa, e em seguida o sobrinho entregou-lhe os cinzéis e os pincéis. Lá embaixo os tambores se calaram. O menino levantou o espelho de metal de modo a refletir o olhar vazio da estátua. Os olhos ainda informes, cegos. E enquanto não tivesse olhos — sempre a última coisa a ser pintada ou esculpida — ele não seria o Buda.

Ananda começou a cinzelar a pedra. Com uma casca de coco retirava o pó da grande fenda que ele abrira, a qual, para os que olhassem do chão, seria apenas uma sutil linha de expressão. Ele e o menino não conversavam. De vez em quando Ananda debruçava-se e soltava os braços, deixando que o sangue fluísse para eles. Mas os dois trabalhavam depressa, porque em pouco tempo o sol inclemente estaria no céu.

Estava trabalhando no segundo olho, suando dentro do traje de brocado, embora ainda fizesse o calor tênue da madrugada. Apenas a faixa o prendia. Havia pó de gesso por toda parte — nas faces e ombros da estátua, nas roupas de Ananda, no menino. Ananda estava exausto. Como se todo seu sangue por mágica houvesse entrado naquele corpo. Logo, porém, chegaria o momento em que os olhos, refletidos no espelho, por fim o veriam, mergulhariam nele. A primeira e a última vez que veriam uma pessoa tão de perto. Depois, a estátua só veria vultos ao longe.

O menino o observava. Ananda fez um sinal com a cabeça para mostrar que estava bem. Continuavam sem falar. Provavelmente havia mais uma hora de trabalho pela frente.

O barulho do martelo cessou, e agora ouvia-se apenas o vento em volta deles, a lufar e bufar e silvar. Ananda entregou as ferramentas ao sobrinho. Então tirou de uma bolsa as cores para o olho. Olhou para a paisagem que se estendia além da linha vertical da face. Tons claros e escuros de verde, o esvoaçar e o som de pássaros por perto. Era a imagem do mundo que a estátua veria para sempre, na chuva e ao sol, um mundo combustível de elementos naturais, mesmo sem o elemento humano.

Os olhos, como os seus nesse momento, estariam sempre voltados para o norte. Tal como o grande rosto cheio de cicatrizes a oitocentos metros dali, que ele havia recriado colando fragmentos de pedra, uma estátua que não era mais um deus, que não tinha mais as linhas graciosas de um deus, porém apenas o olhar triste e puro que Ananda encontrara.

E agora, com olhar humano, ele estava vendo todas as fibras da história natural a sua volta. Testemunhava o menor movimento de aproximação de cada pássaro, cada bater de suas asas, e uma tempestade vindo a cem quilômetros dali, descendo as montanhas perto de Gonagola até chegar à planície. Sentia cada corrente de ar, cada sombra esgarçada e verde criada pelas nuvens. Havia uma jovem caminhando na floresta. A chuva, longe dali, descendo do céu como uma poeira azulada, vindo em sua direção. Capim sendo queimado, bambus, cheiro de gasolina e granadas. Um estalo forte, como se uma camada de rocha em seu braço escamasse no calor. O rosto de olhos abertos nos grandes aguaceiros de maio e junho. As intempéries que se formavam nas florestas e mares temperados, na mata enfezada atrás dele, a sudeste, nas serras onde as árvores soltavam as folhas, e atravessando a savana tórrida perto de Badulla, e então a costa de manguezais, lagunas e deltas. A enorme turbulência das intempéries muito acima da terra.

Por alguns instantes Ananda viu esse ângulo do mundo. Havia ali algo que o seduzia. Os olhos que ele esculpira e focalizara com o cinzel de seu pai lhe mostravam isso. As aves mergulhavam nos vazios entre as árvores! Atravessavam camadas de correntes quentes. O coração mais mínimo delas batendo exausto, depressa, tal como Sirissa morrera na história que ele inventara para ela no vácuo de seu desaparecimento. Um coração pequeno e valente. Nas alturas ela amava, na escuridão tinha medo.

Ananda sentiu a mão preocupada do menino sobre a sua. O doce toque do mundo.

Agradecimentos

Gostaria de agradecer aos médicos e enfermeiros, arqueólogos, antropólogos forenses e membros de organizações de direitos humanos e direitos civis de todo o mundo que consultei no Sri Lanka e em outros lugares. Teria sido impossível escrever este romance sem a generosidade dessas pessoas, seu conhecimento e experiência com relação a sítios arqueológicos, hospitais de caos e dedicação, arquivos de uma tristeza atroz. Este livro é dedicado a todas essas pessoas e organizações, em particular Anjalendran, Senake e Ian Goonetileke.

*

Agradeço às seguintes pessoas a ajuda que me deram durante as fases de pesquisa e de redação do livro: Gillian e Alwin Ratnayake, K. H. R. Karunaratne, N. P. Sumaraweera, Manel Fonseka, Suriya Wickremasinghe, Clyde Snow, Victoria Sanford, K. A. R. Kennedy, Gamini Goonetileke, Anjalendran C., Senake Bandaranayake, Radhika Coomaraswamy, Tissa Abeysekara, Jean Perera, Neil Fonseka, L. K. Karunaratne, R. L. Thambugale, Dehan Gunasekera, Ravindra Fernando, Roland Silva, Ananda Samarasingha, Deepika Udagama, Gunasiri Hewepatura, Vidyapathy Somabandu, Janaka Weeratunga, Diluni Weerasena, D. S. Liyanarachchi, Janaka Kandamby, Dominic Sansoni, Katherine Nickerson, Donya Peroff, H. Rousseau, Sara Howes, Milo Beech, David Young e Louise Dennys.

Também sou grato às seguintes instituições: o Kynsey Road Hospital, o Base Hospital Polonnaruwa, o Karapitiya General Hospital, o Nadesan Centre, o Movimento de Direitos Civis do Sri Lanka, a Anistia Internacional e a Conferência sobre Direitos Humanos organizada pela Colombo Medical Faculty e o Colombo University Centre for the Study of Human Rights em maio de 1996.

*

As seguintes obras foram de importância fundamental para a elaboração deste livro: *The National Atlas of Sri Lanka* (Survey Department, 1988); *Cūlavaṃsa*; *Asiatic Art in the Rijksmuseum, Amsterdam*, org. Pauline Scheurleer (Rijksmuseum, 1985); *Bells of the Bronze Age*, documentário produzido pela *Archaeological Magazine*; *Mediaeval Sinhalese Art*, de Ananda K. Coomaraswamy (Pantheon Books, 1956), especialmente os textos referentes às "cerimônias dos olhos"; *Reconstruction of Life from the Skeleton*, org. Mehmet Yaşar İşcan e Kenneth A. R. Kennedy (Wiley, 1989), em particular o texto de Kennedy sobre marcas causadas por profissões específicas; "Upper Pleistocene fossil hominids from Sri Lanka", de Kennedy, Deraniyagala, Roertgen, Chiment e Disotell, *American Journal of Physical Anthropology* (1987); *Stones, Bones, and the Ancient Cities*, de Lawrence H. Robbins (St. Martin's Press, 1990); panfletos sobre cirurgia em tempo de guerra, especialmente "Injuries due to Anti-Personnel Landmines in Sri Lanka", de G. Goonetileke; "Senarat Paranavitana as a Writer of Historical Fiction in Sanskrit", de Ananda W. P. Guruge, *Vidyodaya Journal of Social Sciences* (University of Sri Jayawardenapura); *Witnesses from the Grave: The Stories Bones Tell*, de Christopher Joyce e Eric Stover (Little, Brown, 1991); "A Note on the Ancient Hospitals of Sri Lanka" (Departamento de Arqueologia); "Restoration of a Vandalized Bodhisattva Image at Dambogoda", de Roland Silva, Gamini Wijeysuriya e Martin Wyse (Konos Info, março de 1990); as memórias de P. R. C. Peterson referentes ao tempo em que trabalhou como médico no Sri Lanka, *Great Days! Memoirs of a Government Medical Officer of 1918*, compiladas e organizadas por Manel Fonseka; relatórios da Anistia Internacional, Asia Watch, the Commission of Human Rights.

*

A epígrafe combina dois poemas extraídos do ensaio "Miner's Folk Songs of Sri Lanka", de Rex A. Casinander, *Etnologiska Studier* (Goteborg), nº 35 (1981).

A lista parcial de pessoas "desaparecidas" foi extraída de relatórios da Anistia Internacional.

O verso de Robert Duncan foi extraído de *The HD Book*, capítulo 6, "Rites of Participation" (*Caterpillar*, outubro de 1967).

Trechos de *Os miseráveis* de Victor Hugo e de *O homem da máscara de ferro* de Alexandre Dumas aparecem na p. 63.

Citações grifadas de *The King and the Corpse*, de H. Gimmer (Bollingen Series XI, Princeton University Press, 1956), aparecem na p. 66.

O verso grifado na pp. 153-4 foi extraído de *Plainwater*, de Anne Carson (Knopf, 1995).

O comentário grifado na p. 51 foi extraído de *Great Books*, de David Denby (Simon and Schuster, 1996).

O comentário sobre Jung na p. 258 é de Leonora Carrington, em entrevista concedida a Rosemary Sullivan.

Agradeço a David Thomson por sua genealogia de heróis de faroestes americanos.

Um agradecimento especial a Manel Fonseka.

Muitas informações sobre ciências forenses e medicina foram extraídas de entrevistas com Clyde Snow em Oklahoma e na Guatemala; com Gamini Goonetileke em Sri Lanka; e com K. A. R. Kennedy em Ithaca, estado de Nova York, bem como com muitas das pessoas arroladas acima.

*

Agradeço à Jet Fuel. A Rick/Simon e Darren Wershler-Henry e Stan Bevington da Coach House Press. A Katherine Hourigan, Anna Jardine, Debra Helfand e Leyla Aker. E também a Ellen Levine, Gretchen Mullin e Tulin Valeri.

Por fim, agradeço a Ellen Seligman, Sonny Mehta e Liz Calder. E Linda, Griffin e Esta.

ESTA OBRA FOI COMPOSTA PELO GRUPO DE CRIAÇÃO EM ELECTRA,
TEVE SEUS FILMES GERADOS PELO BUREAU 34 E FOI IMPRESSA PELA
DONNELLEY COCHRANE GRÁFICA EDITORA (UNIDADE HAMBURG)
EM OFF-SET SOBRE PAPEL PÓLEN SOFT DA COMPANHIA SUZANO
PARA A EDITORA SCHWARCZ EM SETEMBRO DE 2000